IN HET HART

KATE MORGENROTH

In het hart

Oorspronkelijke titel: *Through The Heart*

© Kate Morgenroth, 2009

Published by arrangement with Sterling Lord Literistic, Inc.

Nederlandse vertaling © 2012 Valérie Janssen en Uitgeverij Verbum Crime

Foto omslag © Mau Horng Photography

Omslagontwerp Cunera Joosten

Boekverzorging Michiel Niesen, ZetProducties, Haarlem

ISBN 9789461090300

NUR 332

Meer informatie over Verbum Crime op www.verbumcrime.nl

'Je leert mensen kennen via het hart,
niet via de ogen of het verstand.'

MARK TWAIN

Nora | Kansas

Het gebeurde op een maandagochtend.

Hét.

Datgene waarnaar we allemaal op zoek zijn. Liefde. Op een maandagochtend.

Mijn moeder noemde maandag altijd de Dag van de hartaanval, omdat op die dag meer mensen een hartaanval krijgen dan op welke andere dag van de week dan ook (ze vond het leuk om me zulke opwekkende weetjes te vertellen).

Het was gek genoeg heel toepasselijk dat het juist op die dag gebeurde, want liefde is tenslotte ook een soort hartaanval. Liefde doet soms minstens zoveel pijn als een hartaanval – en de pijn houdt ook veel langer aan.

Volgens de statistieken had mijn moeder gelijk met haar maandag hartaanvaldag, maar toen ik het een keer op internet opzocht, ontdekte ik dat het tweede tijdstip van de week waarop de kans op een hartaanval groot is, de zaterdagochtend is. Dat vond ik volstrekt logisch – voor sommige mensen is het vooruitzicht dat ze maandag weer naar hun werk moeten een uitstekende reden om een hartaanval te krijgen. Voor anderen is het de gedachte dat ze twee hele dagen met hun gezin moeten doorbrengen.

Ik kon me dat laatste heel goed voorstellen – zeker toen mijn moeder me voor de zoveelste keer zei dat ik, als ik niet snel een man vond, altijd alleen zou blijven, want een vrouw van over de veertig had meer kans dat ze door terroristen werd vermoord dan dat ze ooit nog zou trouwen. Dat had ze tientallen jaren geleden eens gelezen in *Newsweek* en hoewel ik haar had uitgelegd dat ze zich bij dat onderzoek op foutieve gegevens hadden gebaseerd, geloofde zij kennelijk dat het wel waar moest zijn, aangezien het zwart op wit stond gedrukt.

Nu we het toch over moord hebben: zaterdag blijkt toevallig ook de dag te zijn waarop de meeste moorden worden gepleegd. Mensen maken zich overigens over het algemeen meer zorgen over het feit dat ze een hartaanval kunnen krijgen dan dat ze vermoord zouden kunnen worden. Toch komt het allebei voor. Het enige verschil is dat het ene iets is waar je je iets bij kunt voorstellen en het andere iets wat alle verbeelding te boven gaat. Moord is iets wat voorkomt in het nieuws, in griezelfilms, in het leven van andere mensen – niet iets wat ook in jouw eigen leven werkelijkheid zou kunnen worden. Als mensen zich al inbeelden dat ze zouden kunnen worden vermoord, dan is dat meestal door een seriemoordenaar of bij een terroristische aanval. Onderzoek heeft echter uitgewezen dat tussen de 50 en 75 procent van alle slachtoffers van een moord hun moordenaar persoonlijk kent.

Om een moord in een verhaal op te lossen, zoeken we vaak in het verleden naar aanwijzingen. Als er in het verleden echter aanwijzingen kunnen worden gevonden, moeten ze al die tijd al aanwezig zijn geweest – we wisten alleen niet hoe we ze moesten interpreteren.

Mijn eigen persoonlijke hartaanval vond op een maandag plaats. En precies volgens de statistische lijn der verwachting (waaraan we meestal liever niet denken – waarschijnlijk omdat we daar op een bepaald moment allemaal deel van zullen uitmaken), eindigde de droom op een zaterdag.

Wat misschien nog wel het vreemdst was van alles, was dat mijn beste vriendin Tammy beide gebeurtenissen had voorspeld. Ik vraag me weleens af of het verschil zou hebben gemaakt als ik naar haar had geluisterd. Waarna ik me gelijk afvraag of ik het anders zou doen als ik het mocht overdoen.

Timothy | New York

'En ze leefden nog lang en gelukkig' bestaat niet.

Verraad ik hiermee nu alles? Volgens mij niet. Ik geloof dat elk begin het eind al in zich draagt. Je kunt proberen het te negeren, maar het is er wel. In geluk ligt altijd verdriet besloten.

Misschien ben ik wel een spelbreker. Dat is in elk geval absoluut niet het ergste wat er over me wordt gezegd. Er zijn een hoop mensen die nare dingen over me zeggen. Ze zeggen dat ik wreed ben. Dat ik ongevoelig ben. Gevaarlijk. Het ergste wat je me voor de voeten zou kunnen gooien? Ik heb het vast al eens eerder gehoord, al moet ik er wel bij vertellen dat degenen die al die dingen zeiden allemaal vrouwen waren. Maakt dat iets uit? Ik weet het niet. Ik vind het wel een interessant feitje.

Ze hebben trouwens wel gelijk... die vrouwen. Het enige wat ik als verweer kan aanvoeren is: wat voor iemand zou jij zijn als je vanaf je geboorte werkelijk alles had gehad?

Als ik zeg dat ik alles had, denken mensen altijd het eerst aan geld. Waarom hechten we daar toch altijd zo veel waarde aan? Het zijn maar stukjes papier – vaak minder nog dan papier. Voor de meesten van ons zijn dollars en dollarcenten slechts getallen in een of andere computer. Ik ben echter met heel veel geld opgegroeid en toen ik oud genoeg was om te werken, verdiende ik er nog meer bij. Gemakkelijk. Moeiteloos. Het geldbedrag werd vertwee- en zelfs verdrievoudigd.

Het draait echter nooit alleen om geld. Aangezien mijn vader geld had, trouwde hij met een adembenemend mooie vrouw. Ik lijk uiterlijk op haar. Gewoon een foutje van de genen, een toevallige rangschikking van gelaatstrekken: deze kin, die neus, dat stel ogen. Het maakt echter een enorm verschil – volgens mij heeft het zelfs meer impact dan geld. Het is echt verbazingwekkend wat voor invloed een beetje schoonheid op mensen kan hebben.

Om het plaatje helemaal compleet te maken, heb ik ook nog een goed stel hersens met alle pracht en praal die daarbij horen: een doctoraalbul van een elitaire universiteit, gepromoveerd aan Wharton. Ik kan zelfs de cijfers van mijn toelatingsexamens nog wel ergens opduikelen, als we echt zo ver terug willen gaan.

Je zal wel denken: Och, wat ben je toch een vreselijk sneu rijkeluiszoontje. Dat zou ik ook denken. Al die dingen die we een zegen noemen zijn het niet, kan ik je vertellen. Maar we blijven ze najagen omdat we denken dat we er gelukkig van worden.

Het enige wat ik wilde – het enige wat ik niet had, niet kon kopen en wat dus onbereikbaar was omdat ik niet wist hoe ik eraan kon komen, was liefde. Echte liefde. Waar vind je die? En hoe weet je zeker dat het om ware liefde gaat? Kun je dat testen?

Er zijn vast veel mensen die vinden dat ik geen recht heb op liefde en om eerlijk te zijn waren er best dagen dat ik ze daar gelijk in gaf. Dat had ik ook niet. Toch vond ik haar. Of eigenlijk vond zij mij. Ze vond me ook nog eens op de laatste plek waar ik haar zelf zou hebben gezocht. Het is dus eigenlijk een wonder dat ik haar herkende toen ik haar vond. Drie keer raden wat ik deed toen ik haar eindelijk herkende? Ik deed alles om haar aan het wankelen te brengen. Dat deed ik echt. Zou jij niet doodsbang worden zodra je echte liefde vindt? Misschien kom je dan wel tot de ontdekking dat je hetzelfde zou doen als ik. Oordeel zelf maar.

Het politieonderzoek
Politierapport, de Hamptons, New York

Zaaknummer: 3462
Incident: moord
Rapport: 5 april

De telefonische melding van het misdrijf kwam om
10.27 uur in de ochtend binnen bij de meldkamer. Er
werd gebeld vanaf de plaats delict: een Bed & Breakfast. De coördinator noteerde de melding en waarschuwde de dichtstbijzijnde patrouillewagen.
De patrouillewagen reed naar het adres en de twee
agenten werden naar een kamer op de vierde verdieping doorverwezen. Het lijk lag met een mes in de
borst op een hemelbed.
Zodra de agenten hadden vastgesteld dat het slachtoffer was overleden, zetten ze de plaats delict en
de gehele vierde verdieping af. Ze waarschuwden ook
de dienstdoende chef van het politiedistrict, die op
zijn beurt het rechercheteam inseinde. Alle getuigen werden door de agenten ter plekke vastgehouden.
De technische recherche arriveerde en begon met het
verzamelen van bewijsmateriaal. De politiearts on-
derzocht het lijk en trok een voorlopige conclusie.
De dood was vermoedelijk veroorzaakt door één enkele
uithaal met het mes waarbij het hart was doorboord.

Nora | Tammy's voorspelling

De dag waarop Tammy haar voorspelling deed, was een heel normale dag – voor mijn doen, tenminste. Toen ze langskwam wilde ik net in de keuken een tosti voor mezelf klaarmaken. Mijn moeder was boven en had zich in haar slaapkamer opgesloten. We hadden weer eens ruzie gehad. Die ochtend waren we naar Kansas City geweest voor haar vijfde chemosessie. De tweede kuur.

Ik denk dat mijn moeder stiekem genoot van onze ruzies. Jammer genoeg gold dat niet voor mij. De ruzies vormden een stoorzender voor wat Tammy mijn Florence Nightingale-waan noemde. Toen ik weer thuis kwam wonen, verwachtte ik dat de kanker weliswaar verschrikkelijk zou zijn, maar dat hij ons ook op wonderbaarlijke wijze nader tot elkaar zou brengen. Ik zou voor mijn moeder zorgen en we zouden hechter worden dan we tijdens mijn jeugd ooit waren geweest.

Het had anders uitgepakt – heel anders zelfs.

Terwijl ik in de keuken een koekenpan op het vuur zette, hoorde ik de voordeur dichtslaan en daarna een bekende kreet: 'Nora? Hallooo? Is er iemand thuis?'

Tammy kwam al sinds we in de tweede klas van de lagere school beste vriendinnen waren geworden op die manier binnen en Tammy was niet iemand die oude gewoonten snel vergat. Ik liep naar de keukendeur en wenkte met een vinger tegen mijn lippen dat ze binnen moest komen. Alsof dat zin had.

'O, is het weer kotsdag?' vroeg Tammy. Dat was typisch Tammy. Ze zei graag choquerende dingen. Ik kan je geen voorbeeld noemen van iets waar Tammy niet de lol van inzag. Er zijn altijd wel mensen die durven te beweren dat ze om foute dingen kunnen lachen, maar er is altijd iets waardoor ze direct ontnuchteren, iets waardoor ze zeggen: 'Nee, dat is helemaal niet grappig.'

Tammy niet. Ze lachtte gewoon.

'Je beseft toch wel dat ze je kan horen, hè?' zei ik tegen Tammy, terwijl ze door de woonkamer naar me toe kwam.

'Denk je nu echt dat ze ervan opkijkt?' antwoordde Tammy gevat. Ze praatte iets harder dan noodzakelijk was, zodat ik wist dat het niet alleen voor mijn oren was bestemd. Het was een klein huis. Je kon er alles horen, zeker als je mijn moeders oren had.

'Daar zeg je zo wat,' zei ik.

Het was een van de dingen die Tammy zo bijzonder maakte – mijn moeder wist wat voor opmerkingen Tammy altijd maakte en hoewel ze deed alsof ze ontzettend geschokt was, zeurde ze nooit aan mijn hoofd over onze vriendschap. Volgens mij was dat waarschijnlijk het enige wat belangrijk voor me was, wat mijn moeder niet had geprobeerd van me af te pakken of te verpesten. Ik begreep het niet, maar was niet van plan een gegeven paard in de bek te kijken.

'Wil je een tosti?' vroeg ik, terwijl ik de deur achter Tammy dichtdeed.

Tammy liet zich op een van de gammele houten stoelen vallen met een rieten zitting die zo oud was dat ze kraakte wanneer je je bewoog.

'God, ja. Ik verga van de honger. Robbie had echt helemaal niets in huis.'

'Robbie?' vroeg ik, terwijl ik boter op een paar boterhammen smeerde. 'Ken ik die al?'

'Doe maar een heleboel boter op de mijne,' droeg Tammy me op. 'Ik heb je vorige week al over Robbie verteld.'

'Wacht even. Dat meen je niet,' zei ik. Ik draaide me om met het mes nog in mijn hand. 'Je hebt het toch niet echt gedaan? Met de jongen die in de Price Chopper je boodschappen inpakt?'

'Die ja,' zei Tammy.

'Mag dat wel volgens de wet?'

'En dat zeg jij, terwijl jij zelf een mes in je hand hebt?'

Ik keek naar de hand die het mes vasthield en toen weer naar

Tammy. 'Tammy, het is een botermes. Overdrijven is ook een vak.'

'Hij is trouwens negentien,' zei Tammy. 'O, was ik maar weer negentien.'

'Je bent echt schaamteloos,' zei ik, terwijl ik me weer omdraaide naar het brood.

'Klopt,' zei Tammy instemmend. 'Schaamte is een nutteloze emotie, net als schuldgevoel en spijt.'

'Zeg, je zit nu tegen de steunpilaren van mijn bestaan te schoppen. Schuldgevoel, spijt en tosti's.' Ik peuterde een paar plakjes kaas uit het pakje. 'Hoeveel plakjes kaas wil je, een of twee?'

'Drie,' antwoordde Tammy.

'Heb je hem verteld hoe oud je bent?' vroeg ik.

'Jazeker,' zei Tammy. 'Ik heb gezegd dat ik vierentwintig ben.'

'O, nu wordt-ie helemaal mooi.'

Ik was even oud als Tammy, we waren drieëndertig.

'Nou, zo oud voel ik me nu eenmaal,' antwoordde Tammy.

'Ja, en zo gedraag je je ook.'

'En zo zie ik er ook uit,' kaatste ze terug.

Dat was inderdaad waar. Maar dat kwam vooral doordat Tammy sinds de middelbare school niets aan haar uiterlijk had veranderd. Ze had lang blond haar dat ze meestal in een paardenstaart droeg. Ze gebruikte nog steeds dezelfde make-up, waarvan roze lipgloss een belangrijk bestanddeel vormde. Het belangrijkste was echter haar lengte. Tammy was vrij klein. Ze was hooguit een meter vijftig en was heel tenger, met één uitzondering – haar boezem. Het was altijd erg grappig om te zien hoe mannen reageerden wanneer ze haar voor het eerst ontmoetten. Ze probeerden krampachtig naar haar gezicht te kijken, maar hun blik werd altijd als door een magneet naar haar borsten getrokken.

'Je bent gewoon jaloers omdat ik wel aan mijn trekken kom.'

'Je hebt helemaal gelijk.' Ik zette het vuur hoog en gooide de boterhammen in de pan.

'Hoe lang is het nu geleden?' vroeg Tammy.

'Je weet best hoe lang het geleden is. Dwing me alsjeblieft niet om het hardop te zeggen.' Ik drukte de boterhammen plat met de spatel.

'En die kerel afgelopen lente in Chicago dan?'

'Nee.'

'Ik dacht...'

'Nee,' herhaalde ik. 'Hoe komt het toch dat jij in dit piepkleine stadje mannen bij de vleet vindt, maar ik zelfs niet één?'

Onze stad was volgens de maatstaven van het midden-westen niet eens echt klein, aangezien ongeveer 90 procent van de stadjes in het midden-westen van Amerika minder dan drieduizend inwoners telt. Kennelijk verliet iedereen de kleine steden – het werd wel de grote uittocht van het platteland genoemd. Ik wilde maar dat ik daar deel van uitmaakte.

'Je vindt niemand omdat je niet benaderbaar bent,' zei Tammy. Ze voegde er iets vriendelijker aan toe: 'Ik ben gewoon niet zo kieskeurig. Jij wilt een man per se aardig vinden. Ik wil alleen maar een beetje plezier maken.'

'Waarom ben ik niet benaderbaar?'

'Omdat je dat gewoon niet bent. Eigenlijk ben je zelfs een beetje intimiderend.'

'Ik?' zei ik. 'Schei uit.'

'Je zit al te lang vast in deze stad. Je hebt gewoon geen flauw idee hoeveel schade je ergens anders zou kunnen aanrichten. Je ziet er echt niet slecht uit, hoor,' zei Tammy.

'Jeetje, dank je wel.' Ik keerde de tosti's om. De onderkant was prachtig goudbruin van kleur.

'Oké, je bent mooi. Nou goed?'

'Ja, ik weet het, vanwege mijn haar natuurlijk...'

Mijn moeder zei altijd dat mijn schoonheid in mijn haar zat. Het heeft een kleur die je niet vaak ziet: donkerrood, en het is steil en dik. Ik had nooit het idee dat ik zelf mooi was, alleen mijn haar was dat.

'Nee, ik heb het helemaal niet over je haar,' zei Tammy.

'Zwam niet,' zei ik. 'Ik ben heus niet lelijk, maar mooi ben ik ook niet.'

'Vroeger niet, nee,' beaamde Tammy. 'Toen was je schattig. Je bent echt veranderd.'

'Dat zal best. Ik ben een treurwilg geworden. Dat komt natuurlijk door mijn afgetobde, door leed getekende gezicht.'

'Precies,' zei Tammy. 'Over lijden gesproken, hoe gaat het nu met...' Ze rolde met haar ogen naar het plafond.

'Niet zo goed.' Ik controleerde de andere kant van de tosti's, maar ze waren nog niet klaar.

'Erger dan anders?' vroeg Tammy.

Ik haalde mijn schouders op.

Tammy kende me erg goed. Ze trapte niet in mijn nonchalante houding. 'Nee, hè. Wat is er gebeurd?'

'Ik heb weer gevraagd of ik met haar mee het ziekenhuis in mocht.'

'Wat vreselijk,' zei Tammy lijzig. Ze legde theatraal een hand op haar borst. 'Vragen of je met je zieke moeder het ziekenhuis in mag in plaats van in de auto blijven wachten – hoe kon je dat nu doen?'

Ik controleerde de onderkant van de tosti's nog een keer. Ze waren klaar. Ik hevelde ze over naar de klaarstaande borden, bracht ze naar de tafel en ging zitten. De stoel kraakte protesterend. Niets in dit huis was solide.

'Ja, dat is ongeveer wat zij ook zei,' gaf ik toe. 'Ach, je weet heus wel dat ze het niet meent.'

Tammy kon niet meteen antwoorden, want ze had net een enorme hap van haar brood genomen dat nog veel te warm was en wuifde nu doelloos met haar hand voor haar opengesperde mond heen en weer. Kennelijk wilde ze heel graag iets zeggen, want ze zag eruit alsof ze bijna stikte.

'Ja, natuurlijk weet ik dat,' zei Tammy. 'De vraag is alleen: weet jij dat ook? Ze manipuleert je, lieverd.'

'Wat zou jij dan doen? Ik meen het serieus...' Ik zweeg even, alsof Tammy ooit echt serieus was en besloot het anders te verwoorden. 'Als ze jouw moeder was, bedoel ik.'

'Als ze mijn moeder was, had ze nooit kanker gekregen, want dan had ik haar voor die tijd allang vermoord.'

Sommige mensen zouden Tammy's reactie misschien wel een beetje, nou ja, onaardig hebben gevonden. Ik vond het juist geweldig. Tammy zei allerlei dingen die je eigenlijk niet mocht zeggen. Ik weet nog goed dat ik Tammy vertelde dat mijn moeder leukemie had en dat Tammy toen zei: 'Typisch iets voor jouw moeder om een kinderziekte te krijgen. Heel toepasselijk, want ze gedraagt zich alsof ze vijf is.'

'Zo erg is ze nu ook weer niet', zei ik.

Tammy wierp me een blik toe.

'Bespaar me alsjeblieft die medelijdende blik van je,' zei ik.

'Ach, medelijden wie medelijden toekomt, moet je maar denken,' zei Tammy. Ze nam weer een hap. Op een of andere manier was ze erin geslaagd om bijna haar hele tosti in drie happen naar binnen te werken. Ik was nog niet eens aan de mijne begonnen. Ik pakte de tosti op, zuchtte en legde hem weer neer.

'Ja, je hebt gelijk. Het komt me inderdaad toe,' zei ik.

'Geef het nou maar toe, Nora, je leven is waardeloos.'

'Dat ontken ik ook helemaal niet. Als jij me kunt vertellen hoe ik kan ontsnappen, zou ik dat bijzonder waarderen. Dat zou nog eens goede raad zijn, waaraan ik echt iets heb.'

'Ga gewoon weg,' zei Tammy bot – en niet voor het eerst.

'Hoe moet jij je dan zonder mij redden?'

'Alsjeblieft, zeg. Laat mij maar lekker in mijn uppie hier achter. Wat zou ik jou dat graag willen zien doen.'

'Goed dan. Misschien doe ik dat ook wel.'

Tammy rolde met haar ogen. 'Dat klonk niet bepaald overtuigend.'

'Je zou er nog van staan te kijken,' zei ik.

'Ja, hoor, tuurlijk. Kom op. Laten we dit nu maar voor eens en altijd afhandelen.'

Tammy veegde haar vingers af aan het servetje, stak haar hand uit en wachtte tot ik de mijne erin had gelegd. We deden dit al sinds de middelbare school. Het was begonnen met een boek dat Tammy had gelezen over een helderziende die iemands toekomst kon voorspellen door zijn hand vast te pakken en een vraag te stellen.

Tammy besloot dat zij een helderziende was en wilde het met mij als proefkonijn uitproberen. We testten het door te vragen wanneer ik voor het eerst ongesteld zou worden (Tammy menstrueerde al. Het leek wel alsof zij alle belangrijke mijlpalen in het leven altijd eerder bereikte dan ik.) Tammy had mijn hand vastgepakt en de vraag gesteld, en toen, zo vertelde ze me, was het alsof er een datum voor haar geestesoog verscheen, net alsof hij op een stukje papier stond geschreven. De datum was 2 februari, nog ruim vijf maanden weg. In de brugklas is dat ongeveer een eeuwigheid. Ik vergat het dus helemaal – tot 2 februari aanbrak en ik halverwege het lesuur maatschappijleer ongesteld werd. Op de wc miste ik alles over de Boerenoorlog. Ik weet nog steeds niet wat er toen is gebeurd.

Tammy had sinds die tijd van alles voor me voorspeld. Ze voorspelde mijn eerste zoen en mijn eerste vriendje. Ze vertelde me waar ik zou gaan studeren, waar ik naartoe zou gaan om te promoveren, dat ik mijn promotieonderzoek niet zou afmaken en dat ik weer thuis zou komen wonen. (Ik weet nog goed hoe hard ik om dat laatste moest lachen toen ze het voorspelde.)

Het lukte niet altijd. Er waren ook dagen dat ze helemaal niets doorkreeg; ze zei dat haar hoofd dan gewoon leeg bleef. Dat gebeurde bijvoorbeeld een paar keer toen ze iets voor een aantal andere vriendinnen probeerde te voorspellen. Ze zei dat ze helemaal leeg was. Om een of andere reden lukte het bij mij altijd wel en wanneer ze iets voorspelde, klopte het altijd. Echt altijd.

Dat had me eigenlijk de stuipen op het lijf moeten jagen. Ik weet niet waarom dat niet gebeurde. Misschien hoorde dit voor mij gewoon bij mijn vriendschap met Tammy. Haar moeder was altijd al een beetje anders geweest, wat mensen een 'rare' noemden, met haar lange rokken en haar voortdurende geklets over horoscopen en de stand van Mercurius.

Ik denk dat ik niet bang was omdat ik er heel diep vanbinnen eigenlijk niet in geloofde. Ergens kan ik mezelf dat ook niet kwalijk nemen. Wie zou het nu wel geloven – zelfs met alle bewijzen die

Tammy door de jaren heen leverde? Als ik er wel in had geloofd, zou dat hebben betekend dat niets is wat we denken dat het is. In plaats daarvan en in weerwil van al het bewijsmateriaal koos ik er dus voor te geloven dat de wereld solide, normaal en bekend is. Net als iedereen eigenlijk.

Ik legde mijn hand in die van Tammy. 'We hebben dit al een keer geprobeerd. Het werkt niet bij deze vraag.' We hadden al eens eerder geprobeerd erachter te komen of ik ooit zou vertrekken en zo ja, wanneer. Tammy kreeg echter nooit iets door.

'Tot nu toe heeft het niet gewerkt, nee,' verbeterde Tammy me. Ze pakte mijn hand vast. Haar handpalmen voelden droog en warm aan.

We deden allebei onze ogen dicht. Tammy klemde mijn hand stevig tussen de hare en de warmte nam toe als in een oven.

Ik voelde – of dacht te voelen – dat er een klein elektrisch vonkje van mij naar haar oversprong. Het was net alsof ik alle informatie over mijn eigen leven aan haar doorgaf om te decoderen.

Ik deed mijn ogen open. Zij deed op precies hetzelfde moment ook de hare open.

'Ga alsjeblieft niet weg.'

'Wat? Waarom mag ik dan niet weg? Waar mag ik niet heen?'

'Ga alsjeblieft niet weg. Blijf hier bij je moeder.'

'Wacht eens even,' zei ik. 'Je roept al drie jaar dat ik weg moet gaan en nu zeg je opeens dat ik moet blijven? Wil je soms beweren dat ik gedoemd ben de rest van mijn leven hier door te brengen?'

Het was grappig bedoeld, maar er kon bij Tammy zelfs geen glimlachje af. Haar ogen tuurden afwezig in de verte, alsof ze nog steeds mijn toekomst bekeek.

'Nee, dat is juist het probleem – ik zie dat je vertrekt.'

'Om een heel lange reis te gaan maken zeker?' grapte ik.

Op dat moment sprak Tammy de woorden die ik niet had verwacht ooit van haar te zullen horen: 'Het is niet grappig. Het zal lijken alsof je alles krijgt waar je ooit naar hebt verlangd, maar het is niet veilig. Luister naar me, oké? Het is niet veilig.'

'Och, je geeft echt om me,' zei ik plagend.

Tammy keek me woedend aan.

'Toe, jij bent niet iemand die zich overal zorgen over maakt,' hielp ik haar herinneren.

Na die opmerking focusten haar ogen zich eindelijk weer op mij en ze snoof – plotseling was de Tammy die ik kende weer terug.

'O ja, dat is waar ook,' zei ze. 'Dat was ik heel even vergeten – ik ben zo'n meisje dat nergens om geeft. Godzijdank. Het komt vast door dit huis. De sfeer van zorgzaamheid en plichtsbesef die hier hangt is verstikkend. Ik moet hier weg.'

Ze stond op en veegde de kruimels van haar shirtje – zo op de vloer.

'Wacht even. Bedoel je nu dat je me verder niets vertelt?'

'Vandaag niet,' zei ze. 'Eerst maar eens zien wat er gebeurt. Misschien zit ik er wel helemaal naast en zit jij hier gewoon voorgoed vast. In dat geval is het niet belangrijk.'

'Wat ben je toch een enorme steun voor me.'

'Bel me morgen maar om me te vertellen of er iets is gebeurd,' zei ze.

'Ik bel je toch al bijna elke dag. Er gebeurt trouwens nooit iets, dus ik betwijfel of er vóór morgen iets interessants gaat gebeuren.'

Daarin vergiste ik me dus.

Timothy | Het familiediner

Mijn moeder had geen ziel. Die gedachte schoot door mijn hoofd toen ik opkeek van de eettafel en haar aankeek. Die gedachte kwam elke week bij me op wanneer we bijeen waren voor het familiediner of wat volgens mijn moeder voor familie moest doorgaan. Andrew, die na mij de oudste was, begroette mijn moeder altijd met een vluchtige zoen op haar wang en de woorden: 'Je krijgt de groeten van Nancy en de kinderen.' Nancy was zijn vrouw, maar ik betwijfelde of Nancy en de kinderen haar echt de groeten lieten doen – ze waren namelijk niet uitgenodigd voor het familiediner. Nooit.

Mijn zus Emily had echtgenoot nummer twee ooit eens zomaar meegenomen, maar mijn moeder loste dat op door niet toe te staan dat iemand een stoel voor hem haalde. Nadat hij een paar minuten ongemakkelijk had rondgehangen, was hij vertrokken. Emily had het met echtgenoot nummer drie zelfs niet eens geprobeerd.

Ik had nooit een echtgenote gehad die kon worden buitengesloten en hetzelfde gold voor mijn jongste broer Edward. In bepaalde opzichten lijken Edward en ik wel wat op elkaar, alleen was hij een extremere versie van mij – als je mij een hufter vindt, zou je Edward eens moeten zien.

Ons wekelijkse familiediner is niet zomaar een diner. Als je erbij zou zijn zou je denken dat we een of andere belangrijke mijlpaal vierden, zoals een vijfentwintigjarig huwelijk of een vijftigste verjaardag, maar zo deed mijn moeder zulke dingen nu eenmaal – alles tot in de puntjes verzorgd. De tafel was gedekt met zilver, kristal, porselein, bloemen en zilveren terrines. Het eten werd elke week door een andere chef-kok bereid, ook al at niemand van ons echt veel.

'Vertel eens, Timothy, hoe staat het ervoor met de aandelenportefeuille?' vroeg mijn moeder aan mij, terwijl ze een piepklein stukje van de kip sneed. Ze sneed haar eten altijd in zulke kleine stukjes dat ik niet begreep hoe ze daar nog op kon kauwen.

Voordat ik de vraag van mijn moeder kon beantwoorden, nam Emily het woord.

'Kunnen we niet tot na het eten wachten om dit te bespreken?' zanikte ze. 'Als ik Timothy over geld hoor praten, raak ik altijd meteen mijn eetlust kwijt.'

'Alsjeblieft, zeg,' zei ik tegen Emily. 'Laat mij erbuiten. Jij eet al sinds 1986 niet meer.' In dat jaar werd ze voor het eerst in het ziekenhuis opgenomen vanwege anorexia. Ze was toen twaalf.

'Timothy, doe niet zo akelig,' zei mijn moeder, maar ik durfde te zweren dat ze glimlachte. Ze keek Emily aan om het uit te leggen. 'Lieve schat, we moeten onze financiën bespreken. Weet je dan niet wat er allemaal aan de hand is op de financiële markten?' vroeg ze vriendelijk – alsof mijn zus niet op de hoogte was van de financiële crisis die op de voorpagina van elke krant in het land stond.

In werkelijkheid was Emily waarschijnlijk slimmer dan de rest van ons bij elkaar, maar mijn moeder behandelde haar altijd alsof ze achterlijk was. Helaas deed mijn zus er van alles aan om aan dat beeld te voldoen. Ze had nog nooit een baan gehad en was drie keer getrouwd geweest, waarvan één keer slechts voor een periode van drie uur. Je begrijpt vast wel waar dit naartoe gaat: mijn zus was niet bepaald een stabiel persoon.

'Ik snap gewoon niet waarom we het er per se tijdens het eten over moeten hebben,' zei Emily.

'Ik beloof je dat ik mijn mond zal houden zodra ik je daadwerkelijk zie eten,' zei ik tegen haar.

'Bemoei je verdomme met je eigen zaken,' zei zij.

'Goed, Timothy, ga alsjeblieft verder,' richtte mijn moeder het woord weer tot mij.

Ik beheerde het geld van de hele familie en normaal gesproken was het enorm eentonig om verslag uit te brengen aan mijn moeder, maar nu had ik de hele week al naar dit moment uitgekeken.

'Onze portefeuille is vijftien procent in waarde gedaald,' zei ik tegen haar.

Mijn moeder verslikte zich bijna in het piepkleine stukje kip. Het was kostelijk. Werkelijk waar. Een onbetamelijke, onbeheerste reactie van mijn moeder; die aanblik was zelfs het dubbele waard van wat we waren kwijtgeraakt. Ze vermande zich snel en drukte een servet tegen haar mond. Toen zei ze: 'Zeg me alsjeblieft dat het een grapje is, Timothy.'

'Over zoiets zou ik nooit een grapje maken,' zei ik eerlijk. Ik nam mijn werk heel serieus. Ik vond het leuk en was er goed in. Ik wist echter ook dat je, om goed te zijn in geld verdienen, ook goed moest zijn in geld verliezen. Dat was iets wat mijn moeder totaal niet begreep.

'Dat is onacceptabel. Ik verwacht dat je beter voor je familie zorgt. Wil je soms dat we allemaal in het armenhuis belanden?' Dat was een van haar favoriete uitdrukkingen. Terwijl zij zelf juist degene was die ons heel hard die kant op joeg. Dat wist ik omdat ik als beheerder van het familiefortuin inzicht had in de uitgaven van de anderen. Mijn moeder had een angstaanjagend talent voor het uitgeven van geld; dat wil zeggen, als er al iets was wat mij angst aanjoeg. Als het háár niet lukte zou het niemand lukken – dat dacht ik tenminste.

Ik sneed een stuk van de kip op mijn bord en nam voorzichtig een hapje. Het smaakte als een toetje. Had de kok kaneel gebruikt? Waarschijnlijk was het de nieuwste trend op kookgebied. Het smaakte in elk geval walgelijk, maar leverde me wel de beoogde vertraging op – mijn moeder moest wachten op mijn antwoord.

'We hebben minder verloren dan de winst van vorig jaar,' zei ik tegen haar.

Mijn moeder wilde echter helemaal niet horen dat de situatie minder ijzingwekkend was dan zij deed voorkomen.

'Ik wil je smoezen niet horen. Ik wil dat je dat geld terugverdient. In de tussentijd zullen de anderen hun bestedingspatroon moeten aanpassen. Nu we niet langer dezelfde financiële middelen tot onze beschikking hebben, moeten we zorgvuldig en zuinig omspringen met ons fortuin.'

'We zouden een flink bedrag kunnen besparen door te snoeien in de familiediners,' stelde ik voor.

'Tijd voor je familie is niet iets waar je in snoeit,' snauwde mijn moeder.

Ze staarde me kwaad aan, maar ik liet me niet kennen. Ik staarde gewoon terug. Het was alsof ik in de ogen van Medusa keek en in steen veranderde.

Toen ze haar hoofd afwendde was het duidelijk dat ik klaar was.

In de weken dat het verslag over de portefeuille positief was, moest ik altijd alle details van iedere transactie met haar doornemen. Soms spraken we het hele diner lang alleen maar over het geld dat we hadden verdiend. Als het nieuws slecht was, was ze totaal niet geïnteresseerd in details. Ook wanneer haar vragen over de portefeuille een groot deel van het diner doorgingen, vond ik nog dat ik er goed vanaf kwam. Mijn wekelijkse verhoor betrof alleen maar het geld. De rest van het gezin moest verdragen dat ze in hun privéleven wroette.

Nadat ze met mij klaar was, las ze Andrew de les over zijn zoons en of ze wel op een 'geschikte' privéschool zaten. Zij was van mening dat er slechts één 'geschikte' privéschool bestond. Dit was werkelijk van het allerhoogste belang, ook al ging zijn oudste zoon net naar de kleuterschool en was de andere amper oud genoeg voor de peuterspeelzaal.

Na Andrew moest Edward het ontgelden, die werd aangespoord om te vertellen of hij de eerste versie van zijn boek nu al eens af had. Hij wilde de volgende Hemingway worden. De levensstijl en de vrouwen had hij al aardig te pakken, maar het schrijfgedeelte leek hem minder goed af te gaan. Hij was nu al twaalf jaar bezig aan wat de belangrijkste Amerikaanse roman van zijn tijd moest worden.

Emily werd doorgezaagd over haar gewicht. Die dag beweerde ze dat ze bijna drie pond was aangekomen. Mijn moeder geloofde haar niet. Ze droeg Mary, de huishoudster, op om de weegschaal uit de badkamer te halen en naar de eetkamer te brengen. Vervolgens dwong mijn moeder mijn zus om erop te gaan staan. Daardoor besefte ik dat mijn moeder echt in een barslecht humeur was. Dat had ze namelijk al een hele tijd niet gedaan.

Mijn vader was de enige die aan een kruisverhoor ontkwam, maar hij woonde dan ook bij haar. Wie wist wat er allemaal gebeurde als ze met hem alleen was? Ik denk ook dat ze wist dat hij haar de vrije teugels liet zolang ze zijn grenzen maar respecteerde. Die grenzen hielden echter geen bescherming in voor ons, zijn kinderen. Dat was altijd al zo geweest.

Terwijl dit allemaal aan de gang was, probeerde ik intussen de andere dingen op mijn bord uit. Er lag een donkerrood, opgerold geval. Ik vermoedde dat het biet was, maar wist het niet zeker. De kip viel af. Het enige wat ik veilig kon eten waren drie piepkleine reepjes aardappel en zeven sperziebonen. Gezien het eten dat mijn moeder ons voorschotelde, snap ik niet hoe ze ooit kon verwachten dat Emily een normaal gewicht had.

Het diner verliep min of meer zoals het diner elke week verliep. Maar aan het einde van de avond was er zo'n kort moment dat onbeduidend lijkt, maar uiteindelijk je hele leven verandert.

Toen mijn moeder klaar was met het verhoren van de anderen, richtte ze zich weer tot mij. Het was duidelijk dat mijn verslag over de portefeuille haar nog steeds dwarszat.

'Timothy,' zei ze. 'Ik zal een afspraak voor je maken met Warren. Ik denk dat hij je wel advies kan geven. Hij moet je op zijn minst toch aan het verstand kunnen brengen dat je iets meer respect en belangstelling dient te hebben voor jouw positie binnen dit gezin.'

'Moeder, ik denk niet dat Warren daar op dit moment tijd voor...'

'Morgen vlieg je naar Omaha. Het lijkt me het beste dat jij daar naartoe gaat en daar blijft, zodat je beschikbaar bent zodra hij een gaatje heeft.'

Ik deed nog een poging. 'Moeder, dit is wellicht geen geschikt moment voor mij om van kantoor weg te blijven. Er gebeurt momenteel ontzettend veel op de financiële markten. Ik moet echt hier zijn om...'

'Je gaat en daarmee uit.' Uit de manier waarop ze dit zei kon ik opmaken dat er niet met haar te onderhandelen viel.

Er was slechts één persoon die er zijn veto over kon uitspreken.

Ik keek naar mijn vader. Hij greep op het gebied van geldkwesties nog weleens in, aangezien hij degene was die het leeuwendeel ervan had verdiend – met bowlingbanen, kleine winkelpromenades en bejaardentehuizen. In dat opzicht veranderde echt alles wat hij aanraakte in goud.

Op deze dag was hij echter niet bereid om tussenbeide te komen. Toen ik hem aankeek haalde hij alleen maar zijn schouders op. 'Het kan best nuttig zijn om te horen wat Buffet te zeggen heeft. Het kan in elk geval geen kwaad.'

Zo kwam het dus dat ik maandagochtend vroeg naar Omaha vertrok.

Het politieonderzoek
Victimologie

In het handboek *Practical Homicide Investigation* wordt gezegd dat victimologie (slachtofferwetenschap) een van de belangrijkste factoren is bij het onderzoek naar een sterfgeval.

Victimologie is 'het verzamelen en analyseren van alle belangrijke informatie met betrekking tot het slachtoffer en zijn of haar levensstijl' (Geberth, pag. 21).

In feite draait het allemaal om een eenvoudige vraag: wie was het slachtoffer, en wat was er gaande in zijn of haar leven tijdens en voorafgaand aan het tijdstip waarop het incident plaatsvond?

Tijdens het onderzoek is elk detail relevant. Je weet nooit wanneer je in een kleinigheidje een diepere betekenis aantreft die het geheel verklaart.

Nora | Wat er gebeurde nadat Tammy was vertrokken

Nadat Tammy was vertrokken voelde ik me opeens heel energiek. Ik denk dat het kwam door Tammy's voorspelling dat ik weg zou gaan. Ik weet niet of ik haar ook echt geloofde, maar alleen al de gedachte dat ik zou weggaan was voldoende om me aan te sporen. Ik besteedde een paar uur aan het schoonmaken van het huis: ik schrobde de zwarte smurrie van het fornuis, krabde de voedselspetters uit de magnetron, gooide alle spullen in de koelkast waarop schimmel groeide weg, zoog de enorme plukken stof die zich onder de tafels en in de hoeken hadden verzameld op en verwijderde de dikke laag stof van de televisie, het tafeltje in de hal en de boekenplank.

Ik voelde me niet vaak geroepen om schoon te maken, maar wanneer dat wel het geval was, genoot ik echt van het gevoel dat ik iets had gepresteerd. Toen ik die dag klaar was en om me heen keek, was ik echter niet tevreden en ik bedacht dat alles toch alleen maar weer vies zou worden.

Vanaf dat moment ging de dag alleen maar bergafwaarts en laat op de avond zat ik achter de computer voor de zoveelste speurtocht op Google naar de overlevingskans van patiënten met acute lymfatische leukemie, het type leukemie dat mijn moeder had. Het had iets macabers, maar ik kon het gewoon niet helpen. Hoe vaak ik echter ook keek, de overlevingskans werd er niet beter op. Voor kinderen waren de vooruitzichten nog best aardig: 85 procent overleefde het. Bij volwassenen was dat precies fiftyfifty. Ik was voortdurend op zoek naar mooiere cijfers, alsof een paar woorden op een scherm de afloop van mijn moeders ziekte konden veranderen.

Ik werd zo in beslag genomen door de computer dat ik niet eens merkte dat mijn moeder achter me de trap afkwam. Ik hoorde alleen haar stem maar zeggen: 'Liefje?'

Zonder me om te draaien wist ik dat de ruzie van die ochtend voorbij was.

Ik was helemaal vergeten om de lamp aan te doen en werkte bij het licht van het beeldscherm, dus toen ik me omdraaide leek ze in haar witte nachtjapon en met haar korte kapsel in het donker net een kind. Ik ervoer een bizar gevoel van onwerkelijkheid, alsof onze rollen waren omgedraaid en ik de moeder was. Op dat moment stroomde er een golf van krachtige emoties door me heen; ik vermoed dat een moeder op die manier liefheeft: vurig, redeloos. Liefde is niet redelijk; ik ben al lang geleden opgehouden met zoeken naar de redelijkheid van liefde.

Mijn moeder deed het licht aan en ik zag dat haar teennagels net waren gelakt: kleine, volmaakte roze ovaaltjes. Er was iets aan die nagels, de kleur tegen haar bleke huid, wat me heel diep raakte. Het waren niet de grote dingen die me het hardst troffen – het waren juist die kleine voorbeelden van dapperheid.

'Liefje,' zei mijn moeder weer: 'ik vroeg me af of je misschien wat ijs voor me zou willen halen? En gingerale? Ik denk dat mijn maag daarmee misschien tot rust komt.'

'Ja hoor. Natuurlijk,' zei ik. Ik stond op, pakte mijn portemonnee en mijn jas, en zei: 'Ik ben zo terug.' Ik wist heus wel dat ijs en gingerale niets aan de situatie zouden veranderen, maar de illusie dat ik in staat was om haar zich iets beter te laten voelen, al was het maar voor heel even, voelde fijn aan.

Dat gevoel hield precies tien minuten stand – tot ik bij de 7-Eleven aankwam en de blauwe Camry zag staan met het nummerbord dat met 'CHI' begon en een deuk boven het linkerachterwiel.

Ik keek op mijn horloge. Het was al na tienen, dus de 7-Eleven was de enige zaak in de stad die nog open was. Ik kon natuurlijk doorrijden, een ritje met de auto maken en na een tijdje terugkeren in de hoop dat er genoeg tijd was verstreken en hij weg zou zijn – dat is precies wat ik al drie jaar lang deed. Die avond was het me echter te veel moeite.

Ik parkeerde mijn auto dus op het parkeerterrein, ging de winkel binnen en pakte een rood plastic mandje van de stapel bij de deur. Ik liep direct naar de vrieskasten waar het ijs in stond en pakte een bakje vanille-ijs van Häagen-Dazs. Daarna liep ik naar de achterkant van de winkel waar de gekoelde frisdranken stonden.

Toen ik aan het eind van het gangpad de bocht omkwam, stond Dan daar. Hij moet beslist hebben geweten dat ik in de winkel was, want hij keek totaal niet verbaasd toen hij me zag.

We waren bijna tien jaar samen geweest, waarvan twee verloofd, maar inmiddels had ik hem al weer bijna drie jaar niet gezien. Voor me stond het onderwerp en middelpunt van minstens 50 procent van mijn gedachten sinds mijn tienertijd.

Dat was best ironisch, want voordat ik als een blok voor hem viel (tijdens het laatste jaar op de middelbare school) had ik totaal geen interesse in hem gehad. Voor mij was hij gewoon een van de lange blonde footballspelers, knap op een toegankelijke, doorsnee manier. Het grootste deel van mijn middelbare schooltijd dacht ik dat ik anders was. Ik moest niets van doorsnee hebben – zelfs niet als hij knap en populair was. Dan was de vleesgeworden karikatuur van doorsnee.

Dat veranderde toen ik verliefd werd. Toen was hij gewoon... zichzelf. Bijna tien jaar lang (Tammy noemde het 'de eeuwigheid') was hij dat voor mij. Nu ik hem na drie jaar weer terugzag in het gangpad van de 7-Eleven, kwam ik tot de ontdekking dat de lange blonde footballspeler ook het enige was wat ik zag. Alleen werden zijn knappe gelaatstrekken nu stukje bij beetje opgeslokt door rimpels en begon hij rond zijn middel, dat vroeger louter uit huid en spier had bestaan, vadsig te worden.

Ik was hem de afgelopen drie jaar bewust ontlopen, omdat ik bang was dat het ontzettend veel pijn zou doen om hem te zien. Tot mijn grote verbazing deed het echter helemaal geen pijn. Blijkbaar was hij in die drie jaar een vreemde voor me geworden – een vreemde met een baby in een tuigje voor zijn borst. Een slapende baby in een roze jurkje. Een meisje.

'Nora,' zei hij.

'Hallo, Dan,' antwoordde ik.

'Wat is dat lang geleden,' zei hij.

Ik vond eerlijk gezegd dat het bij lange na niet lang genoeg was en wist dus niet wat ik moest zeggen. Opeens schoot me iets te binnen.

'Hoe gaat het met Stacey?' vroeg ik. Stacey was zijn vrouw – degene voor wie hij het met mij had uitgemaakt en met wie hij een maand later vanwege een moetje was getrouwd. Zes maanden daarna werd Dan junior geboren. (Aan het tuigje te zien hadden ze kennelijk bedacht dat het leuk zou zijn om Dan junior een klein zusje te geven.)

Zijn vrouw Stacey had bij ons op de middelbare school gezeten. Ze was cheerleader geweest en ik herinner me nog goed dat ze tijdens het enige vak dat ik samen met haar had heel veel achter in de klas had zitten giechelen. Dans leven was uiteindelijk precies zo verlopen als ik had verwacht voordat ik hem kende: footballspeler trouwt met cheerleader en gaat bij zijn vader in het bedrijf werken. Dat ik nu gelijk bleek te hebben was maar een schrale troost voor die kleine omweg halverwege toen ik dacht dat ik misschien wel met de footballspeler zou trouwen. Mijn stereotype denkbeeld bleek werkelijkheid te zijn geworden en ik was degene die voor paal stond.

'Met Stacey gaat alles prima,' zei Dan. 'Echt prima.'

Nog één zo'n prima en ik zou hem voor geen meter meer geloven.

'Mooi. Daar ben ik blij om.' Ik zweeg even. Toen ging ik lang niet zo soepel als ik zelf had gewild verder: 'Nou, ik zou graag nog even met je blijven praten, maar ik moet ervandoor.' Ik deed een stap naar achteren, omdat het vreemd zou zijn om hem zomaar de rug toe te keren.

'Ga nog niet weg,' zei hij.

'Sorry, misschien kunnen we een ander keertje praten,' zei ik zonder dat ik het meende.

Ik deed weer een stap achteruit en hij herhaalde iets dwingender: 'Ga niet weg. Alsjeblieft.'

Het valt niet mee om weg te lopen wanneer iemand dat tegen je zegt. Ik merkte dat ik het niet kon. Dus bleef ik staan, maar Dan zei verder niets meer. Ik keek naar de baby tegen zijn borst. Het kleine meisje sliep: haar hoofd bungelde slap tegen zijn borst, haar gezicht was volkomen ontspannen en haar mond hing open in een volmaakt babyachtig tuitmondje. Soms zien baby's eruit als een rare versie van hun ouders, maar deze baby leek niet op Stacey en evenmin op Dan. Ze zag eruit als een soort prototype van een baby met een dopneusje, pruillipjes, lange wimpers en lichtgekleurd donshaar.

De stilte hield zo lang aan dat ik langzaam maar zeker begon te denken dat ik misschien toch nog kon ontsnappen. Ik had niet in de gaten dat de lengte van de stilte in werkelijkheid een aanwijzing was voor de moeilijkheidsgraad van het volgende gespreksonderwerp.

Ten slotte gooide Dan er onbeheerst uit: 'Nora, wat is er toch met ons gebeurd? Weet je nog dat we dachten dat we nooit uit elkaar zouden gaan? Wat is er misgegaan?'

Het duurde even voordat mijn hersenen zijn woorden hadden verwerkt.

'Dit lijkt me niet de juiste plek of tijd om dat te bespreken, Dan,' zei ik. Het was geen bijzonder geïnspireerd antwoord, eerder banaal en clichématig, maar het was wel waar. Aan onze ene kant lagen de zakken chips en aan de andere de kuipjes smeerkaas.

Hij luisterde niet echt naar me. 'Dat hoor ik wel vaker. Wat ik wel-eens zou willen weten is wat dan wel de juiste plek en tijd zijn? Kun je me dat dan misschien eens vertellen?' Hij gooide zijn armen in de lucht in een gebaar dat heel theatraal zou zijn geweest als hij geen slapende baby tegen zijn borst had gehad. Toen hij zijn armen op-hief deinde het babyhoofdje op en neer – de baby knipperde even met haar ogen en sliep weer verder.

Ik wierp een voor mijn gevoel zeer nadrukkelijke blik op de baby en zei: 'Dat kan ik je niet vertellen. Ik denk dat je dat beter met je vrouw kunt bespreken.'

Dan had mijn blik kennelijk niet gezien en hij had blijkbaar ook niet in de gaten dat hij wellicht niet een van de meest ontvankelijke luisteraars tegenover zich had.

Hij schudde koppig zijn hoofd. 'Zij is juist degene die altijd zegt dat het niet de juiste plek of tijd is. Ik wil met iemand praten die naar me luistert. Iemand die me kent.'

Het was wel duidelijk dat hij een iets explicietere hint nodig had, begreep ik.

'Dan heb je toch echt de verkeerde voor je,' zei ik ferm tegen hem. 'Het is al een hele tijd geleden, Dan. We kennen elkaar niet meer.'

Ik dacht dat dit wel afdoende zou zijn. Maar daar vergiste ik me in.

'Je hebt het helemaal mis,' hield hij vol. 'Ik ken jou heel goed en jij mij ook. Ik ben nog steeds dezelfde persoon die ik was toen we samen waren. Ik ben niet veranderd.'

Ik wilde hem vragen wie dat dan was. De man die ik dacht te kennen of de man die me, toen ik tijdens de vakantie naar huis kwam, bleek te hebben bedrogen en voor een andere vrouw verliet. Op die dag besefte ik dat de Dan die ik meende te kennen weg was – in feite zelfs nooit had bestaan.

'Ik misschien wel,' zei ik. 'Misschien ben ik wel veranderd.' Ik wenste dat het waar was.

'Welnee,' zei hij. 'Dat ben je niet. Ik weet dat je niet bent veranderd. Wat je voor je moeder doet...'

Ik vond het geen prettig idee dat hij iets van mijn leven afwist. 'Hoe weet jij dat?' vroeg ik.

'Kom nou toch, Nora. We wonen niet bepaald in een grote stad. Of was dat je nog niet opgevallen?'

'Jawel, dat was me al wel opgevallen,' zei ik, terwijl ik terugdacht aan al die keren in de afgelopen jaren dat ik de gedeukte Camry had zien staan op de parkeerplaats naast de Price Chopper, voor de videowinkel of bij de ijzerhandel. De plekken waar ik op dat moment moest zijn, maar waar ik dan onverrichter zake voorbij was gereden.

Het was alsof hij mijn gedachten had gelezen, want hij zei: 'Ik snap niet dat ik je niet vaker ben tegengekomen. Ik denk veel aan je. Ik denk veel aan ons. Aan wat wij hadden kunnen hebben. Ik heb het gevoel dat mijn leven na onze breuk helemaal de verkeerde kant op is gegaan.'

Hoe vaak had ik dit moment in gedachten al niet beleefd? Ik had me voorgesteld wat het horen van die woorden met me zou doen – niet dat ik had verwacht dat al mijn verdriet zou verdwijnen, maar wel dat het me misschien het gevoel zou geven dat ik er toch ook niet helemaal naast had gezeten.

Plotseling riep iets in zijn gezicht de echo op van een oude herinnering – de herinnering aan wat ik vroeger voelde wanneer ik naar hem keek.

'En?' vroeg ik.

'Ik wil je graag nog een keer zien,' zei hij ernstig. 'Zou dat kunnen, denk je? Ik mis je in mijn leven.'

Op dat moment bewoog de baby tegen zijn borst – een tastbare herinnering aan de tussenliggende jaren, het verraad, het verdriet: een oceaan van tranen.

'Hoe heet ze?' vroeg ik hem.

'Courtney.' Hij keek omlaag naar de baby en glimlachte. Het was een onbewuste, gemeende, echte glimlach. Een die ik, zo besefte ik, nog niet eerder bij hem had gezien. Zonder dat ik wist waarom voelde ik opeens pijn in mijn hart.

'Hoe oud is ze?' vroeg ik.

'Zes weken.' Dan pakte met zijn vingers een van haar piepkleine handjes vast. Hij was nog steeds in een zeer openhartige bui. 'Stacey ontdekte dat ze zwanger was... en we dachten... nou ja, het ging al een tijdje niet zo lekker tussen ons en we dachten dat het misschien wel zou helpen. In het begin, toen we Dan net hadden, was het ook ontzettend fijn.'

De pijn werd sterker, stelde ik bijna emotieloos vast. Hij kwam nu ergens uit voort; het deed pijn om te horen dat hij gelukkig was geweest, terwijl ik me zo ellendig had gevoeld.

Hij ging verder: 'Dat was dus niet zo. Het heeft niet geholpen, bedoel ik. Helemaal niet. Niet voor Stacey en mij. Het is juist alleen maar erger geworden.'

'Wanneer heb je besloten dat je bij Stacey zou weggaan?' vroeg ik.

Op het moment dat ik het zei wist ik al dat er iets mis was.

Hij wipte van zijn ene voet op zijn andere en glimlachte – een totaal andere glimlach dan de lach die ik kort ervoor had gezien toen hij naar zijn baby keek. Dit lachje was zenuwachtig, onbehaaglijk, verontschuldigend.

'Ik... tja... weet je wat het is, Courtney is nog zo jong. Ik kan nu niet weg. Nog niet, tenminste. Wanneer ze eenmaal iets ouder is...'

Ik wist wat hij wilde zeggen, maar kon het op een of andere manier gewoon niet geloven.

'Wat bedoelde je dan eigenlijk precies toen je zei dat je mij nog weleens zou willen zien?' vroeg ik. Over mensen die vreemdgaan wordt vaak gezegd: 'Als ze het met je doen, zullen ze je het ook aandoen.' Blijkbaar wilde hij dat omdraaien. Hij had het mij aangedaan en nu wilde hij het met me doen. Hij had lef – dat stond nu wel vast. Toen we bij elkaar waren vond ik juist dat dát het enige was wat eraan ontbrak.

'Nou ja... wat ik bedoelde is... ik mis je. Mijn huwelijk is in wezen voorbij, ook al kan ik nu niet weg. Ik dacht eigenlijk dat jij ook wel eenzaam zou zijn. Ik heb niets gehoord over een vriendje. Het is al zo lang geleden. Misschien heb jij ook wel aan mij gedacht? Ik dacht dat je misschien nooit over me heen was gekomen.'

'Je bedoelt dat je dacht dat ik, als ik niet bij jou kon zijn, ook niet bij iemand anders wilde zijn?' Het had een heel emotionele vraag moeten zijn. Emoties speelden echter al zo lang geen rol meer in mijn leven dat ze misschien wel helemaal waren verdwenen – alsof iemand een gigantische stofzuiger had gepakt en alles had opgezogen.

Hij zei: 'Ik weet het niet. Niet per se. Maar... nou ja, je hebt toch ook geen ander?' Hij voegde eraan toe: 'Volgens mij weet jij ook wel dat het nooit beter zal worden dan wat wij hadden.'

Dit was zo belachelijk dat ik het niet kon helpen. Ik begon te lachen. Recht in zijn gezicht. De woorden rolden als vanzelf uit mijn mond. Ik zei: 'Lieve help, ik hoop in 's hemelsnaam maar dat je daar geen gelijk mee hebt. Dat zou echt afschuwelijk zijn.'

Hij keek ongelooflijk beledigd. Eindelijk drong er iets tot hem door.

Heel even zag ik alles ontzettend helder. Ik had hem in gedachten heel lang gezien als iemand die alles perfect voor elkaar had – iemand met een vrouw en een gezin, een goede baan en een goed leven – maar op dat moment werd het me opeens duidelijk dat hij weliswaar alles leek te hebben, maar in werkelijkheid niet meer had dan ik. Misschien zelfs wel minder.

Het was een van die zeldzame momenten dat al het uiterlijk vertoon in het leven wegvalt en je degene die voor je staat bijna vanbinnen naar buiten ziet in plaats van vanbuiten naar binnen. Konden we elkaar allemaal maar zo zien. Dan zou de buitenkant niet eens bestaan. Die bestaat sowieso niet. Het is gewoon een truc van de geest. Als een illusie die door een goochelaar wordt gecreëerd.

Ik zei ferm, maar niet onvriendelijk: 'Ik moet nu echt gaan. Tot ziens, Dan.'

De gingerale stond vlak achter hem in het gangpad. Ik glipte langs hem heen, pakte een fles en legde hem in mijn mandje. Toen liep ik met een boogje terug naar de vrieskast om het bakje ijs dat ik had gehaald en dat al begon smelten, terug te leggen en een nieuwe te pakken. (Mijn moeder hield van ijs dat zo hard was dat je het min of meer uit de bak moest bikken. Ze zette onze vrieskist altijd op de koudst mogelijke stand en de binnenkant zag er dan ook uit als een poolijskap met een dikke laag rijp en stalactieten die van de bovenkant omlaag hingen.) Nadat ik het ijs had omgeruild liep ik naar de kassa om de twee dingen af te rekenen waarvoor ik was gekomen. Ik vermoedde dat Dan de winkel inmiddels had verlaten, maar wist het niet zeker.

De kassabediende was een vrouw van in de vijftig met haar dat zo slecht was geverfd dat het grijs door het veel te felle rood schemerde. Ik vond dat ze me een beetje vreemd aankeek terwijl ze de twee boodschappen aansloeg en in een zak stopte. Toen ze me het wisselgeld teruggaf, gaf ze me opeens een klopje op mijn hand en zei: 'Dat heb je heel goed gedaan.'

Ik had het eigenlijk vreselijk moeten vinden dat deze vrouw ons gesprek had opgevangen. De woorden klonken echter heel oprecht en kwamen op dat moment over als een van die kleine vriendelijkheden in het leven – heel klein, heel echt, heel onnodig en tegelijkertijd ook heel gemeend – net als de gelakte teennagels van mijn moeder.

'Dank u wel,' zei ik.

Daarna nam ik het ijs en de gingerale mee naar mijn moeder thuis, en terwijl we het opaten, keken we via de kabeltelevisie naar een herhaling van *Millionaire* waarin iemand $ 800.000,- won. Hoewel er van alles mis was, leek het een uur lang toch alsof het leven geweldig was.

Timothy | Na afloop van het familiediner

Toen ik na het familiediner vertrok verging ik van de honger. Ik weet dat het heel freudiaans klinkt, maar het ging bijna altijd zo. Ik kon me na een driegangenmenu volkomen leeg voelen. Soms ging ik rechtstreeks naar huis, maar dan duurde het altijd een eeuwigheid voordat ik in slaap viel. Ik snapte heel goed dat ze waakhonden honger laten lijden om hen scherp te houden.

Edward volgde me na het diner naar buiten en terwijl ik naar de stoeprand liep, vroeg hij: 'Heb jij ook trek?'

'Ja,' zei ik. 'Ik verga van de honger.'

'Ray's?'

'Mij best,' zei ik instemmend.

We namen een taxi naar een van de tientallen Famous Ray's pizzatentjes – deze stond vlak bij zijn flat in West Village. Ik wist nog goed hoe razend mijn moeder was geweest toen Edward besloot naar West Village te verhuizen. Zij was van mening dat Upper East Side de enige geschikte wijk was om te wonen. Edward had het slim aangepakt. Hij vertelde het haar pas toen de koop helemaal rond was en hij het verkoopcontract van zijn oude huis al had ondertekend. Het was natuurlijk wel noodzakelijk dat ik mijn mond hield, maar dat vond ik geen enkel probleem, vooral omdat ik wist hoe kwaad onze moeder zou worden.

Ik was uit Upper East Side ontsnapt door naar Tribeca te verhuizen, maar ik had dan ook het excuus dat ik dichter bij het financiele district wilde wonen. Dat werkte bij mijn moeder. Dat deed het geldexcuus altijd.

Toen we bij Ray's aankwamen, bestelde ik twee pizzapunten met alleen kaas en tomaat, en Edward nam een punt met zo veel troep erbovenop dat je amper kon zien dat het een pizzapunt was.

'Is er nog nieuws?' vroeg ik terwijl we bij de toonbank stonden te wachten tot de punten warm waren.

'Emily denkt dat ze echtgenoot nummer vier heeft gevonden,' vertelde Edward.

'Dan hoop ik voor haar dat het haar lukt onze moeder zover te krijgen dat ze daarmee akkoord gaat,' zei ik.

Emily had de toestemming van onze moeder nodig als ze op de loonlijst wilde blijven staan. Zij – of liever gezegd haar drie ex-echtgenoten – hadden al haar geld erdoorheen gejaagd en ze leefde nu van een maandelijkse toelage die moeder haar gaf.

'Dat is misschien niet nodig. Deze is stinkend rijk,' zei Edward.

'Echt waar?' Dat klonk interessant. Het leek me niet het type waarmee mijn zus ooit zou trouwen. 'Misschien keurt moeder hem dan wel goed.'

'O, maar dat denk ik niet.' Edward grijnsde.

'Wat is het addertje onder het gras?'

'Hij is een Colombiaan.'

Ik lachte gnuivend. Dat was de reden dat ik het met Edward uithield. Hij had tenminste gevoel voor humor, ook al was die gitzwart.

'Drugsgeld?' vroeg ik.

'Ik weet niet precies waar het geld vandaan komt. Vermoedelijk smeergeld, steekpenningen, dat soort zaken. Misschien ook wel drugs, hoor, wie zal het zeggen.' Edward glimlachte vermaakt bij dit idee.

Ik zag dat twee vrouwen aan een van de vieze formica tafeltjes achter in het restaurant naar ons zaten te kijken.

Een seconde later zag Edward hen ook. Zijn grijns verbreedde zich.

'Edward, alsjeblieft niet,' zei ik.

Hij knipoogde naar me en slenterde naar hen toe.

'Hallo, dames,' zei hij.

Ze giechelden alsof dat het allergrappigste was wat ze ooit hadden gehoord. Ik wist echter dat het lachen hen elk moment kon vergaan, want ik wist wat er nu ging gebeuren. Ik had Edward dit al vaker zien doen.

Hij zei tegen de vrouwen: 'Als jullie een keertje zin hebben om te neuken, bel me dan.' En hij gooide achteloos twee visitekaartjes op het tafeltje.

Op de kaartjes die hij hun gaf, stond een telefoonnummer en verder niets. Edward had een aparte telefoon voor het nummer op dat kaartje en wist dus dat een telefoontje naar dat nummer altijd afkomstig was van een willekeurige vrouw voor wie hij geen serieuze belangstelling had.

Zoals ik al had voorspeld hielden ze op met lachen. Hun gezicht verstarde een beetje alsof ze niet goed wisten of hij echt had gezegd wat ze dachten dat hij had gezegd.

Edward wachtte hun reactie niet af; hij draaide zich gewoon om en liep weg. Ik zag echter dat ze de kaartjes niet weggooiden. Dat telefoonnummer van hem werd heel vaak gebeld.

Toen Edward bij ons tafeltje terugkwam keek hij me grijnzend aan.

Ik schudde alleen maar mijn hoofd. 'Wat is er verder allemaal gaande in de familie?' vroeg ik.

'Andrews ettertjes zijn niet toegelaten op die school waar moeder ze per se op wil hebben,' zei hij.

'Hij heeft anders wel een waanzinnig grote cheque voor de school uitgeschreven.' Eigenlijk was ik degene die de cheque in zijn naam had uitgeschreven, dus ik kon het weten en ik wist ook tot op de laatste cent hoe groot het bedrag was geweest.

Edward knikte. 'Ze hebben hem heel hartelijk bedankt voor het geld en de akelige, kleine opdondertjes alsnog geweigerd.'

'Dat zal me dan volgende week een gezellig diner worden.'

'Ik denk dat hij wacht tot ze ergens anders een plek voor hen hebben gevonden. Als het aan mij ligt sturen ze hen naar een openbare school. Daar worden ze hard van.'

Onze pizzapunten waren klaar en we gingen ermee aan een tafeltje zitten.

'Verder nog iets bijzonders?' vroeg ik. Ik wilde graag zo veel mogelijk uit hem zien los te krijgen voordat hij me om de gunst verzocht die er geheid aan zat te komen.

Edward had net een hap van zijn pizza genomen en ik moest op antwoord wachten tot hij klaar was met kauwen. Ik snapte niet hoe hij pizza kon eten die zo gloeiend warm was. Als ik net zo snel een hap zou nemen als hij brandde ik beslist mijn gehemelte. Misschien werd al die troep die hij op zijn punt had niet zo warm als de kaas.

'Moeder is weer eens uit een bestuur gegooid,' merkte hij op nadat hij de boel had doorgeslikt.

Ik rolde met mijn ogen. 'Iets echt interessants, bedoelde ik,' paste ik mijn vraag aan. Onze moeder werd voortdurend uitgenodigd om zitting te nemen in het bestuur van het een of ander en werd er ook voortdurend weer uitgezet. 'En onze ouweheer?' vroeg ik.

'Geen flauw idee. Hij laat zich niet graag in de kaart kijken, dat weet je,' zei Edward.

Dat wist ik inderdaad.

'Heb ik nu lang genoeg naar je pijpen gedanst?' vroeg Edward.

Dat was de afspraak. Edward hield me op de hoogste van de nieuwste familieroddels, maar wel altijd in ruil voor iets. Mijn broer was niet iemand die iets wat mogelijk waardevol was gratis en voor niets weggaf.

'Oké, wat wil je hebben?'

'Twintigduizend.'

'Mag ik ook weten waar het voor is?'

Edward staarde me alleen maar aan.

'Goed,' zei ik. 'Kom van de week maar even op kantoor langs. Ik zal het tegen Marie zeggen, dan regelt zij het wel.'

'Waarom Marie?' vroeg hij, maar toen schoot het hem weer te binnen. 'O ja. Jij bent dan natuurlijk lekker aan het feesten in Nebraska. Jij bepaalt wie van ons geld krijgt, dus het is niet meer dan terecht dat jij nu ook eens naar de pijpen van iemand anders moet dansen.'

Ik haalde mijn schouders op.

Hij keek me even aan. 'Het laat je echt helemaal koud, hè?'

Ik nam voorzichtig een hapje. Zo brandde je de bovenkant van je mond altijd – wanneer je met je voortanden door de korst heen

beet. Met mes en vork was pizza veel sneller te eten, maar geen enkele zichzelf respecterende New Yorker at ooit pizza met mes en
vork.

Ik kauwde, spoelde de hap met wat frisdrank weg en zei toen: 'Ja,
eigenlijk wel.'

'Is dat soms jouw grote geheim? Dat je helemaal niets om iets of
iemand geeft?'

Ik kon niet zeggen of er afkeer of bewondering in zijn stem doorklonk. Eerlijk gezegd liet me dat ook helemaal koud.

Hij was nog niet uitgepraat en wat hij daarna zei klonk een beetje
alsof hij een vloek uitsprak. Hij zei: 'Moge God je bijstaan als je ooit
wel om iets of iemand gaat geven. Je bent dat niet gewend en zult er
zwaar onder lijden.'

Ik nam nog een hap. Die opmerking was echt geen antwoord
waard.

Edward begreep de hint en we aten zwijgend onze pizza op.

Ik was eerder klaar dan hij, ook al had ik twee punten. Ik stond
op. 'Ik moet ervandoor, Eddie.'

Hij vond het afgrijselijk als ik hem zo noemde.

'Wat ben je toch een klootzak,' zei hij.

Ik glimlachte. Dat was nog een reden dat ik Edward graag mocht.
Hij sprak altijd de waarheid.

Het politieonderzoek
Leugendetectie

Bij een moordonderzoek zijn er altijd twee informatiebronnen: bewijsmateriaal en mensen. Het belangrijkste verschil tussen die twee is dat bewijsmateriaal nooit liegt.

Een rechercheur die werkt met de tweede informatiebron, mensen, moet in staat zijn om onderscheid te maken tussen betrouwbare informatie en informatie die dubieus is.

Een artikel in de *ScienceDaily* van 8 juni 2007 beschrijft nieuwe verhoortechnieken. Rechercheurs zijn over het algemeen opgeleid om op zowel visuele als verbale aanwijzingen te letten: of iemand in staat is om oogcontact te maken of bewegingen maakt die op nervositeit duiden (heen en weer schuiven op de stoel, bijvoorbeeld), maar ook of hij over zijn eigen woorden struikelt of tegenstrijdige informatie geeft.

Een door de economische en sociale onderzoeksraad gefinancierde studie over manieren van verhoren die misleiding moeten vaststellen, toont aan dat rechercheurs die meer aandacht hebben voor visuele dan voor aan spraak gerelateerde aanwijzingen, minder goed leugens van de waarheid kunnen onderscheiden. Leugenaars komen vaak minder zenuwachtig over dan mensen die de waarheid vertellen. De beste manier om een leugenaar op te sporen is 'de cognitieve lading verhogen' door de verhoorde te vragen zijn verhaal nogmaals te vertellen, in omgekeerde volgorde te vertellen of gedetailleerder te beschrijven.

Een dergelijk onderzoek is extra gecompliceerd doordat liegen niet per definitie een schuldbekentenis
is. Mensen liegen om heel verschillende redenen. Ze
liegen niet altijd om een misdrijf te verhullen.

Nora | Zondagochtend, Deirdres bezoek

Toen mijn zus arriveerde liep ik nog steeds in mijn nachthemd rond. Ik was net opgestaan om koffie te zetten toen ik de voordeur hoorde. Ik dacht dat het Tammy was, hoewel zij in het weekend alleen bij een flinke crisis voor twaalf uur 's middags haar bed uit kwam.

Toen ik naar de woonkamer liep zag ik Deirdre binnenkomen met een luiertas om haar ene schouder en een van de tweeling slapend tegen de andere. Ze zag er moe uit, alsof het na een zware dag pas midden in de nacht was in plaats van 's ochtends vroeg.

'Is er nog koffie?' was het eerste wat ze tegen me zei.

'Ik moet nog zetten,' zei ik tegen haar.

Ze keek me aan en haar blik viel op mijn nachthemd. 'Je bent nog niet eens aangekleed,' zei ze beschuldigend.

'Het is pas half acht,' zei ik.

Dat Deirdre zo vroeg hier was hield in dat ze ruim voor zessen moest zijn opgestaan, want ze woonde minstens anderhalf uur rijden bij ons vandaan. Bovendien had ze natuurlijk alle spullen die de tweeling nodig kon hebben ook nog in de auto moeten laden. Ik vond het altijd weer verbazingwekkend, niet alleen hoeveel werk kinderen opleveren, maar ook hoeveel spullen je kennelijk nodig had om hen te verzorgen.

'Ik wist trouwens niet dat je zou komen,' voegde ik eraan toe.

Het was de meest neutrale manier die ik kon bedenken om het te zeggen, maar toch ging mijn zus onmiddellijk tot de aanval over.

'Hoezo wist je dat niet? Ik heb mama van de week nog gesproken.'

'Nou, dat heeft ze mij dan niet verteld,' zei ik.

'Tja, misschien zijn er nog wel meer dingen die zij je niet vertelt. Jij mag dan wel denken dat jullie heel hecht met elkaar zijn, maar dat is helemaal niet zo.'

Zo verliepen onze ontmoetingen meestal, maar het was een veeg teken dat de dag meteen al zo begon. Deirdre en ik waren in onze jeugd heel hecht geweest. We vormden een gezamenlijk front tegen onze moeder en boden elkaar een beetje bescherming. Nadat zij het huis was uitgegaan om te studeren, en ze Boyd (haar man) leerde kennen en ik Dan, zagen we elkaar niet zo vaak meer. Het leek er heel lang op dat dit puur en alleen kwam door de afstand en tijd die tussen ons in stonden. Toen ik weer naar huis terugkwam bleek het echter iets heel anders te zijn. Om een of andere reden had mijn zus er de pest over in dat ik onze moeder tijdens haar ziekte verzorgde. Ik nam aan dat dit uit schuldgevoel voortkwam.

Ik zei: 'Het zal wel even duren voordat mama opstaat. Ze heeft gisteren namelijk haar vijfde chemosessie gehad.'

'O ja?' Deirdre deed alsof het haar volkomen onverschillig liet. Ik ging er meestal van uit dat ze die onverschilligheid veinsde, maar soms twijfelde ik.

Zoals gewoonlijk veranderde ze van onderwerp. 'Ik ga May uit de auto halen. Hier, neem jij Frankie even.'

Toen ik hem overnam bleek Frankie net zo zwaar en log te zijn als een zak aardappelen. Je zag totaal niet aan hem af dat hij net een wervelstorm vol energie was wanneer hij wakker was. Deirdre kwam een minuut later terug met May. Terwijl ze wachtte tot de koffie klaar was legde ze de slapende tweeling in de reiswieg die ze had meegebracht. Toen vulde ze een reismok met koffie voor zichzelf, en voordat ik goed en wel in de gaten had wat er gebeurde, riep ze dat ze met een vriendin had afgesproken om in de stad te ontbijten en weg was ze.

Mijn zus kwam pas negen uur later terug.

Toen mijn moeder beneden kwam werd de tweeling net wakker. Frankie sloeg May, May zette het op een gillen en mijn moeder zei: 'Dit kan ik nu even niet hebben. Ik denk dat ik maar weer even ga liggen.' Waarna ze naar boven verdween en zich niet meer liet zien. Ik was opgelucht. Als er iets was waarover mijn zus en ik het roerend met elkaar eens waren, dan was dat wel dat onze moeder niet goed met kinderen kon omgaan, zelfs niet met haar eigen kinderen.

Wij konden het weten – wij hadden er uit eerste hand ervaring mee.

Na twee uur met de tweeling was ik volkomen uitgeput. Ik snapte echt niet hoe mijn zus het volhield. Na acht uur dacht ik dat ik er eindelijk achter was – op een bepaald moment neemt de automatische piloot het over en doe je het omdat je het nu eenmaal moet doen, omdat er domweg niemand anders is.

Toen Deirdre eindelijk weer naar binnen wandelde, zat ik in de woonkamer en lag de tweeling languit te slapen op de bank. Ik zat nog steeds in mijn nachthemd op de vloer met mijn rug tegen de bank en deed mijn best om voldoende energie bij elkaar te schrapen om op te staan en wat te eten te halen. Ik had de hele dag vrijwel niets gehad.

Deirdre zag er heel anders uit toen ze terugkwam. Ze leek op onze moeder, had fijne botten en iets van een klein vogeltje, en ze droeg haar donkerbruine haar vrij kort. Die ochtend had ze haar haren met een hoofdband naar achteren geschoven – en had ze eruitgezien alsof ze het niet eens had geborsteld. Nu glansden haar haren, en waren ze prachtig geknipt en geföhnd. Toen ze vanochtend aankwam droeg ze een grijze joggingbroek en een T-shirt, maar nu had ze een rood shirtje met een ronde halslijn en een spijkerbroek aan. Haar nagels waren in dezelfde kleur als haar shirtje gelakt. Hieruit leidde ik af dat ze in de afgelopen negen uur in minstens drie zaken was geweest: de kapper, de nagelsalon en het winkelcentrum.

Ik stond op het punt iets te zeggen over haar plotselinge verdwijning, maar Deirdre hield na een blik op de slapende kinderen op de bank een vinger tegen haar lippen en wees naar de keuken.

Ik knikte, stond voorzichtig op van de vloer om hen niet wakker te maken en volgde haar.

'Je kunt zeker bijna niet wachten tot je weer in bed kunt kruipen?' zei mijn zus toen we in de keuken waren en de deur goed achter ons hadden dichtgedaan. Ze staarde naar mijn nachthemd.

'Nee, ik heb me vanochtend niet eens omgekleed,' zei ik.

Deirdre lachte. 'Daarom draag ik in bed altijd een joggingbroek en een T-shirt, want als het weer eens zo'n dag is, dan kan tenminste niemand dat aan me zien,' zei mijn zus tegen me, waarmee ze me een blik gunde op een leven dat ik wel had vermoed, maar waarover ik nooit zeker was. Ik besloot niets te zeggen over haar plotselinge verdwijning. Deirdre had het niet gemakkelijk. Mijn leven was weliswaar ook niet bepaald een lolletje, maar als je alles met de tweeling en haar alcoholistische echtgenoot vergeleek, won mijn zus het glansrijk.

'Ik moet echt wat koffie meenemen voor onderweg, zodat ik tijdens de rit naar huis niet in slaap sukkel,' zei ze. Ze liep naar het koffiezetapparaat en stopte er een filter in. Toen maakte ze het blik open waarin we vroeger altijd onze koffie bewaarden.

'De koffie ligt in de vriezer,' zei ik tegen haar.

'Het is helemaal niet goed om koffie in de vriezer te bewaren.' Mijn zus keek me hoofdschuddend aan alsof ik toch beter had moeten weten. 'Je moet het in de koelkast bewaren. De vriezer verpest de olie die erin zit of zoiets. Jij werkt nota bene in een koffiezaak en dan weet je dat niet eens?'

In werkelijkheid wist ik wel beter. Ik wist dat iedereen het erover eens was wat slecht was voor koffie (lucht, vocht, warmte en licht), maar dat niemand kennelijk kon vaststellen of het vriesvak of de koelkast beter was. Dat zei ik echter niet. Ik zei meestal niet tegen mijn zus wat ik dacht. Zo verliep alles veel prettiger.

'Dit is toch wel gewone koffie, hè? Als het dat niet is, is het jouw schuld als ik achter het stuur in slaap val en we allemaal omkomen,' zei Deirdre terwijl ze drie, vier, vijf schepjes in het filter deed.

Ik dacht voor de zoveelste keer bij mezelf dat Deirdre en mijn moeder meer met elkaar gemeen hadden dan alleen hun uiterlijk.

'Waarom blijf je vannacht niet hier slapen?' stelde ik voor. 'Je hebt mama nog niet eens gezien.'

Deirdre liep met de glazen pot naar de gootsteen om hem met water te vullen en wierp me over haar schouder een blik toe. 'Je doet net alsof dat heel erg is.'

Mijn zus had ergens wel gelijk; zodra ze langer dan een uur bij elkaar waren, eindigde het uiteindelijk altijd in een wedstrijdje wie het hardst kon krijsen. Het was ook wel logisch – ze leken veel te veel op elkaar. Als ze tegen elkaar stonden te schreeuwen hadden ze allebei midden op hun voorhoofd een ader die zich als een vorkbeen boven hun ogen vertakte, opzwol en klopte.

'Je hebt zelfs niet eens gevraagd hoe het met haar gaat,' zei ik.

'Nee, dat klopt,' zei Deirdre. Ze draaide de kraan helemaal open, zodat ik niet boven het geluid van het ruisende water uit kon komen. Toen ze de kraan weer dichtdraaide zei ze: 'Ik wil het er gewoon niet over hebben, oké? We krijgen altijd ruzie wanneer we het erover hebben en ik heb geen zin in ruzie.'

'Oké. We hoeven er ook niet per se over te praten.'

Deirdre ging niet meteen op een ander onderwerp over. Ze speelde even met het koffieschepje. De fijne koffiekorreltjes die eraan waren blijven hangen, dwarrelden als bruine minisneeuwvlokjes op het aanrecht neer. Ze veegde ze met de zijkant van haar hand bij elkaar en liet ze daar op een hoopje liggen.

'Wil je misschien iets eten?' vroeg ik terwijl ik me bij mezelf afvroeg waarom ze opeens zo stil was. 'Er staan nog wat kliekjes in de koelkast.'

'Nee, dank je. Ik heb al gegeten.'

Nog iets wat ze buiten de deur had gedaan. Ik moet eerlijk toegeven dat het best een beetje pijn deed. Ik wist wel dat Deirdre waarschijnlijk alleen onze moeder wilde ontlopen, maar het voelde alsof ze mij ook ontliep.

'Er is wel iets anders wat je voor me kunt doen,' ging Deirdre verder.

'Wat dan?'

Terwijl ik haar gadesloeg drukte ze met haar vinger in het bergje koffiekorrels dat ze had gevormd. Ze draaide rondjes met haar vinger alsof ze er een patroon in wilde tekenen. Toen zei ze vrij abrupt: 'Ik wil wat geld lenen.'

'Hoeveel?'

'Geen fortuin of zo. Alleen genoeg om het een paar maanden te kunnen uitzingen. Voor de huur, boodschappen en luiers.'

Dat klonk niet zo best, dacht ik bij mezelf.

'Nou?' zei Deirdre op dwingende toon toen ik niet meteen antwoord gaf. 'Ga me alsjeblieft niet vertellen dat je nu moeilijk gaat doen. Jij hebt zelf nauwelijks uitgaven. Volgens mij heb jij het vrij gemakkelijk, want je woont hier natuurlijk gratis. Ik durf te wedden dat mama ook alle boodschappen betaalt, of niet soms? Waar heb jij in vredesnaam geld voor nodig?'

We hadden mijn verblijf hier nooit gedetailleerd besproken.

'Mama betaalt helemaal niets,' zei ik tegen haar.

Ze keek me aan alsof ik opeens in een vreemde taal sprak. 'Wat bedoel je daarmee, hoezo betaalt mama niets?'

'Ik bedoel dat ik alle boodschappen, de hypotheek en alle rekeningen betaal. Ik betaal alles.'

'Onzin.'

Ik haalde mijn schouders op.

'Onzin,' herhaalde Deirdre, deze keer nog nadrukkelijker. 'Hoe lang is dat dan al zo?'

'Drie jaar. Vanaf het moment dat ik weer thuis kwam wonen. Toen ze ziek werd moest ze haar baan bij de bank opzeggen. Dat weet je. Ze heeft mij verteld dat ze helemaal geen geld heeft, dus betaal ik sindsdien alles.'

'Wat een flauwekul,' zei Deirdre. 'Ze zal toch zeker wel iets hebben? Ik weet natuurlijk ook wel dat ze maar secretaresse was of zoiets, maar ze heeft daar jarenlang gewerkt. Ze zal toch zeker wel een of ander pensioen hebben gekregen of zoiets? Een beetje spaargeld... wat dan ook.'

'Ik weet alleen maar wat ze mij heeft verteld, verder weet ik niets. Waarom vraag je het haar zelf niet als je het echt per se wilt weten?' Ik voelde me opeens gesloopt en ging op een van de keukenstoelen zitten.

'Ik heb echt geld nodig, Nor. Ik meen het serieus.'

Ik vroeg me af of ze het koosnaampje uit onze jeugd onbewust gebruikte of dat het een soort strategie van haar was, een poging om de saamhorigheid, loyaliteit en genegenheid uit die goede oude tijd op te roepen. Wat er ook achterzat, ik beantwoordde het met haar eigen oude koosnaam.

'Ik heb het niet, D. Het spijt me. Ik heb het gewoon niet.'

'Wil je soms dat we op straat worden gezet?' zei mijn zus bijna wanhopig. Als ze toneelspeelde, deed ze dat verdraaid goed.

'Je wordt heus niet zomaar op straat gezet. Dat staat Boyd nooit toe.'

'Boyd is weg,' zei Deirdre zacht.

Ik keek mijn zus aan. Deirdre stond met een verloren uitdrukking op haar gezicht in de keuken. Ik had mijn zus echt nog nooit zo gezien.

'Hij is al eens eerder weggegaan en hij komt ook altijd weer terug,' zei ik.

Boyd was een comazuiper. Soms dronk hij maandenlang geen druppel, bezocht hij bijeenkomsten en deed hij braaf wat er van hem werd verwacht. Dan opeens bleef hij weg, een week lang, soms zelfs twee. Volgens mij is hij één keer zelfs een hele maand weg geweest en was mijn zus ervan overtuigd dat hij ergens dood moest liggen. Wanneer hij dan weer opdook was hij altijd heel boetvaardig. Dan beloofde hij dat het nooit meer zou gebeuren. Toch gebeurde het elke keer weer.

'Nee,' zei mijn zus. 'Deze keer is het anders. Hij zit niet zomaar ergens te zuipen. Hij heeft me voor een ander verlaten. Iemand die hij bij de AA heeft ontmoet. Hij zegt dat zij hem begrijpt. Zij kan hem helpen om nuchter te blijven en ik niet. Kennelijk ben ik de reden dat hij drinkt. Hij wilde de tweeling ook niet hebben. Hij zegt dat hij de druk van het vaderschap niet aankan als hij nuchter is.'

'Hij kan toch niet zomaar vertrekken? Hij zal jou toch moeten blijven helpen. Hij kan zich niet zomaar aan al zijn verantwoordelijkheden onttrekken.'

'O, alsjeblieft, Nor. Word eens volwassen. We hebben het wel over Boyd. Die doet toch zijn hele leven al niets anders dan zich aan zijn verantwoordelijkheden onttrekken? Soms denk ik weleens dat hij eigenlijk helemaal geen alcoholist is. Volgens mij is het gewoon een excuus om te kunnen verdwijnen en hoopt hij stiekem elke keer dat ik hem niet meer terug wil hebben. Dat ik hem als een baksteen zal laten vallen, zoals dat met elke baan die hij heeft gehad ook is gegaan. Zijn bazen – die zagen de tekenen aan de wand wel. Waarom zag ik dat niet? Maar nee hoor, ik moest en zou kinderen met hem krijgen, omdat ik dacht dat ik hem daardoor wel op het rechte pad kon houden. Wat een giller. Zelfs voor de komst van de baby's was het hem allemaal al te veel. Hij moest natuurlijk zien te ontsnappen toen het alleen nog maar om mij ging. Waarom dacht ik toch in vredesnaam dat het door de druk te verhogen beter zou gaan?'

Ze zweeg even en zei toen plotseling: 'Jij wist het.'

'Ik?' Die had ik niet zien aankomen.

'Ja. Ik weet nog goed wat je zei toen je hem voor het eerst zag.'

Ik kon het me niet herinneren. 'Wat zei ik dan?'

'Nou, je zei dat hij je hartstikke leuk leek.'

'Dat was ook zo,' zei ik terwijl ik terugdacht aan de capriolen die Boyd uithaalde op de avond dat ik hem voor het eerst ontmoette. Hij leek er een speciaal genoegen in te scheppen om mij aan het lachen te maken, hoe potsierlijk hij zich daarvoor ook moest gedragen.

Ik wist ook nog dat Dan waanzinnig jaloers was geweest. Hij zei dat hij Boyd niet mocht, dat hij hem niet vertrouwde, en vond dat ik mijn zus moest vertellen dat ze een grote fout beging. Een tijdje later vroeg hij me trouwens ook waarom ik nooit om zijn grapjes lachte. Die opmerking zou op zich best grappig zijn geweest als Dan het niet bloedserieus had gemeend. Dat was het hem nu juist – Dan was altijd heel serieus. Hij voegde eraan toe (dat herinnerde ik me later nog zo heel goed) dat stellen veel meer samen hoorden te lachen dan wij deden. Dat schoot me weer te binnen toen hij me verliet voor de giechelende Stacey.

'Het gaat me eigenlijk om wat je daarna zei,' zei Deirdre.

'Ik mocht Boyd graag. Ik geloof niet dat ik ooit iets lelijks over hem heb gezegd.'

'Je zei dat hij niet kon stilzitten.'

'O, dat. Ja, dat klopt.'

Dat was inderdaad zo. Ik geloof dat Boyd die avond niet langer dan vijf minuten achter elkaar op een stoel had gezeten.

'Je vroeg me toen ook hoe het was om een relatie te hebben met iemand die niet kon stilzitten. Ik heb heel hard geprobeerd om er niet aan te denken. Kijk tenslotte maar eens met wie jij toen samen was – jij was bepaald geen expert op het gebied van mannen.'

Ik dacht terug aan de ontmoeting van de vorige avond in de 7-Eleven. Voor de verandering was ik het hartgrondig met mijn zus eens.

Ze ging verder. 'Ik ben echter nooit vergeten dat je dat toen vroeg. Ik kan je daar nu wel antwoord op geven. Slopend. Het is slopend om met zo iemand samen te zijn. Er waren wel momenten dat hij stil kon zitten, maar die waren bijna nog erger. Dan was het net alsof hij totaal geen energie meer had en stortte hij helemaal in – dat duurde soms dagenlang. Dan zat hij voor de televisie en bewoog hij zich amper. Hij viel zelfs in slaap voor de tv. Weet je nog dat het meestal onmogelijk was om hem stil te krijgen? Nou, als hij er zo bij zat, was het waanzinnig moeilijk om een paar woorden uit hem te krijgen. Hoe langer we bij elkaar waren, des te vaker was hij zo. Dat andere was slopend, maar dit... dit was gewoon eng. Ik wist dat het aan mij lag. Er was met mij geen lol meer te beleven. Ik maakte hem niet langer gelukkig.'

'D, ik weet dat iedereen dit waarschijnlijk zegt, maar het is niet jouw schuld.'

Deirdre veegde kwaad haar gezicht droog. Mijn zus huilde nooit.

'Het doet er ook niet meer toe,' zei ze abrupt. 'Hij is weg. Hij zal zich absoluut niets aantrekken van "zijn verantwoordelijkheden", zoals jij dat noemt. Als het mij niet lukt om ergens de huur voor deze maand vandaan te halen, raken we de flat kwijt. We hebben nu al een betalingsachterstand. Ik weet echt niet wat ik nog meer kan doen. Ik zou het je heus niet vragen als ik nog een andere optie had. Ik vind het helemaal niet leuk om je dit te moeten vragen, Nor, maar ik ben echt de wanhoop nabij. Ik snap best dat jij het geld ook niet hebt, maar misschien kun je een lening nemen? Ik heb het al geprobeerd. Ze hebben mijn verzoek afgewezen. Ik ben niet kredietwaardig.'

Dat was waar, bedacht ik – Deirdre vond het heel moeilijk om iets te vragen.

Ik zei weifelend: 'Het probleem is dat ik volgens mij nooit een tweede lening van de bank krijg. Ik kan het natuurlijk proberen; mama heeft er zo lang gewerkt dat ze misschien wel een uitzondering maken, maar ik ben bang dat de regels daarvoor heel streng zijn geworden.'

'Een tweede lening?'

'Ik heb aan het begin van het jaar al een lening moeten afsluiten.'

Deirdre reageerde net zo ontzet op de lening als ikzelf wanneer ik eraan dacht. Daarom probeerde ik er niet aan te denken. Indertijd had een lening me een heel goed idee geleken. Het rentetarief op mijn creditcard was schrikbarend hoog en omdat het iets beter leek te gaan met mijn moeder, overwoog ik om weer te verhuizen. Het leek me heel logisch om een lening af te sluiten om mijn creditcardschuld af te betalen en mijn onkosten te dekken, terwijl ik op zoek ging naar een baan. Ik moest een paar keer op en neer vliegen naar Chicago om werk te zoeken en toen ik een baan had gevonden, had ik geld nodig voor de aanbetaling op een flat. Uiteraard bleek dat een enorme geldverspilling, omdat mijn moeder weer ziek werd, en ik de baan en de flat en alles moest annuleren om hier te kunnen blijven.

'God, wat ben je toch een sukkel. Je weigert dus om mij te helpen, terwijl je eindelijk echt eens iets goeds kunt doen. Ik kan niet geloven dat je dat voor haar wel hebt gedaan, maar het voor mij niet wilt doen.'

'Toe nou, D, dat is het niet. Het is niet alsof jullie tegelijkertijd bij me hebben aangeklopt om me om geld te vragen. Ik wist toch niet dat dit zou gebeuren. Ik wist toch niet dat jij geld nodig zou hebben.'

'Het zal wel. Je doet je best maar om het allemaal mooier te laten te klinken dan het is, maar waar het in feite op neerkomt is dat je zegt dat je me niet wilt helpen.'

'Het is niet omdat ik het niet wil. Ik kan het gewoon niet. Ik zweer het je, als er ook maar iets was wat ik kon doen, dan deed ik dat. Waarom kom je niet een tijdje hier wonen? Ik heb net genoeg om de meeste rekeningen te kunnen betalen. We kunnen alles wat we aan boodschappen nodig hebben voorlopig op de creditcard zetten. Ik kan op de kinderen passen...'

'Dat meen je toch niet, hè?' zei Deirdre. 'Ik zou mijn kinderen nooit bij haar in dit huis onderbrengen. Echt nooit. Ik ga nog liever naar een tehuis voor daklozen dan dat ik ze hier breng. Ik snap ook niet hoe jij het hier uithoudt. Ik snap er echt geen barst van.'

Ik ging er niet op in. Ik probeerde mezelf altijd voor te houden dat zij ouder en wilder was, en dat zij het het zwaarst te verduren had gehad onder mijn moeders wisselvallige buien. Ik herinner me nog dat mijn moeder Deirdre, die toen een jaar of negen, tien was, heel hard in haar gezicht sloeg – klappen met een vlakke hand die zo hard waren dat ze echoden. Ze wist niet van ophouden. Mijn moeder sloeg ons wel vaker, maar deze keer sloeg Deirdre terug – en niet zo zuinig ook. Ze deelde een stevige rechtse hoek uit waarna onze moeder twee weken lang met een blauw oog rondliep. Daarna sloeg ze ons geen van beiden meer.

'Mama is nu heel anders. Ze is een heel ander iemand,' zei ik.

Meestal werd Deirdre heel boos als ik dit zei. Deze keer schudde ze echter alleen maar haar hoofd. 'Ze is nog steeds hetzelfde, Nor. Ze is nog steeds precies hetzelfde. Alleen zie jij dat niet.'

'Wat bedoel je daarmee? Hoezo zie ik dat niet? Ik woon nota bene met haar in één huis.'

'Dat maakt niet uit. Jij ziet alleen wat je wilt zien.'

'Wat wil je daar precies mee zeggen?'

'Niets. Laat ook maar. Vergeet alles wat ik heb gezegd maar gewoon, oké? Het is jouw probleem niet, het is mijn probleem. Ik regel wel iets. Ik vind dat geld vast wel ergens.'

Opeens vond ik het jammer dat we geen kinderen meer waren die elkaar beloofden dat ze er altijd voor elkaar zouden zijn – dat ze elkaar altijd te hulp zouden komen. Het leven had ons heel duidelijk getoond dat elkaar helpen niet altijd mogelijk was.

'Ik vind het heel erg voor je dat Boyd is weggegaan,' zei ik machteloos.

'Ik niet. Ik ben zonder die hufter veel beter af,' zei Deirdre. Ik wist echter dat ze loog. Ik hoorde het aan haar stem – het verschil tussen iets echt geloven en iets graag willen geloven. Deirdre deed haar best om zichzelf ervan te overtuigen dat ze iets voelde wat ze in werkelijkheid helemaal niet voelde. 'Je hebt echt geluk gehad dat Dan je heeft laten zitten,' zei ze. 'Je hebt geluk dat je alleen bent. Dat is echt veel beter. Het is het allemaal niet waard.'

Mijn zus was een kei in het uitdelen van dubieuze complimenten. De ellende was dat Deirdre alleen maar hardop zei wat ik mezelf al jaren probeerde wijs te maken.

Na de vorige avond zou het me niet al te veel moeite moeten kosten om het te geloven. Ik had het overduidelijke bewijs gekregen dat relaties in ellende eindigden, een complete schroothoop van geschonden vertrouwen en verloren liefde. Toen ik daar zo met mijn zus in de keuken zat met de geur van net doorgelopen koffie in mijn neus en de avondstilte buiten, vertelde ik haar eindelijk de waarheid. Tot dan toe had ik mezelf voorgehouden dat ik alle hoop had opgegeven, maar dat was niet zo. Nu uitte ik die stiekeme hoop hardop.

'Ik kan best nog iemand tegenkomen,' zei ik.

Deirdre snoof minachtend. 'Ja, tuurlijk, joh.'

'Je weet maar nooit.'

Later vroeg ik me af of dat moment vol vertrouwen hem misschien als een magneet naar mij toe trok. Maar als ik dat geloofde moest ik me ook verwonderen over de tragedie die samen met hem in mijn leven kwam.

Soms is het gewoon beter om het niet te weten. Ik denk dat Tammy me daarom niet meer vertelde over wat ze had gezien. Ze wist dat de sluier die God soms over de toekomst legt, het barmhartigste is wat hij kan doen.

Timothy | Timothy komt aan in Nebraska

Toen ik vroeg op de maandagochtend in Omaha uit de jet stapte, kreeg ik een berichtje van mijn assistent die me liet weten dat mijn gesprek met Warren pas op woensdagochtend zou plaatshebben. Ik had de bemanning natuurlijk kunnen opdragen om rechtsomkeert te maken en me naar New York terug te brengen, zodat ik op kantoor de beurtelings oplevende en instortende markt kon volgen. Opeens bedacht ik me. Tijdens een financiële crisis reageren mensen vaak veel te gehaast. Ik had een week eerder een paar risico's genomen en als ik nu naar kantoor terugging, zou ik daar alleen maar aan gaan twijfelen. Ik heb door de jaren heen geleerd dat de eerste instinctieve reactie degene is die zich uitbetaalt. Ik had ooit een boek gelezen waarin stond dat een instinctieve, in een fractie van een seconde genomen beslissing uit een soort hogere intelligentie tapte. Op Wall Street wordt een man wiens instinct betrouwbaar is, de man die het lef heeft om achter zijn eerste ingeving te blijven staan met eerbied bejegend.

Mijn ingevingen waren goed en dat begon langzaam maar zeker op te vallen. De enige reden dat ik daar iets om gaf was dat het een self-fulfilling prophecy werd zodra er maar genoeg mensen naar je luisterden. Als jij aandelen koopt doet iedereen die jou vertrouwt hetzelfde en als bij toverslag stijgt de prijs van de aandelen. Of je verkoopt en tientallen mensen verlaten samen met jou het zinkende schip. Opnieuw krijg je gelijk zonder dat je ooit hoeft te bewijzen dat je dat ook hebt.

Ik nam me niet alleen voor om de risicovolle investeringen intact te laten, maar ook dat ik ze niet eens zou controleren. Ik ging dus ook niet terug naar New York. Maar omdat ik al eens eerder in Omaha geweest was, wist ik dat ik daar echt niet twee dagen lang in mijn hotelkamer wilde gaan zitten wachten, of in mijn eentje in een of ander restaurant een biefstuk wilde wegwerken.

Ik deed dus wat iedereen in die situatie zou doen. Ik huurde een auto. Het was oktober, maar het voelde als een zomerdag, dus ik nam een cabriolet, gooide mijn tas achterin en reed weg.

Nora | Nora ontmoet Timothy

Eindelijk was het maandag – maandag hartaanvaldag – en ik was zo blij als wat dat ik weer naar mijn werk kon. Ik werkte bij de Starbox in Washburn. Niet de Starbucks, maar de Starbox. Er waren in de hele staat Kansas hooguit dertig Starbucksfilialen te vinden en die stonden allemaal in de grotere steden. Een jaar of vijf eerder had mijn baas Neil op het hoogtepunt van de Starbuckshype bedacht dat onze stad ook een luxe koffiezaak verdiende. Bij het ontwerpen van de winkel leende hij de inrichting van de Starbucks, het menu van de Starbucks en (bijna) ook de naam van de Starbucks. Het enige verschil was dat het hem vanwege de naam Starbox een leuk idee leek om sterren tegen het plafond aan te brengen.

Ik vond het een klein wonder dat hij niet wegens schending van het merkenrecht was aangeklaagd. Maar daar stond tegenover dat er toch niets te halen viel. Al snel bleek dat de markt voor luxe koffie geen goudmijn was die je zo kon leeghalen, in elk geval niet in onze stad. De mensen gingen liever naar Joe's Diner om daar voor vijftig cent een kop koffie te halen in plaats van naar de Starbox te komen en daar drie of vier dollar neer te tellen voor iets wat, zoals één inwoner van de stad zei, niet eens naar koffie smaakte, maar naar een of ander vloeibaar toetje. De inwoners van onze stad hadden kennelijk niet zo veel vrije tijd en ze hadden blijkbaar ook geen laptop waarop ze onder het genot van een latte konden werken. Ze hielden van simpele koffie en als ze al binnenkwamen om een kijkje te nemen, vertrokken ze vaak weer zonder iets te hebben gekocht. Bijna iedereen vroeg me: 'Wat betekent "Venti"?' Dan moest ik uitleggen dat het een grote koffie was. 'Wat is een "Tall" dan?' vroegen ze. Dan vertelde ik dat dat net een maatje kleiner was dan een Venti. Vervolgens schudden ze hun hoofd en zeiden ze: 'Maar waarom zeggen jullie dat dan niet gewoon?'

Dat was een vraag waarop ik geen antwoord had.

Het gevolg daarvan was dat er soms wel een heel uur voorbij kon gaan, en vaak ook ging, zonder dat er ook maar één klant in de winkel kwam. Dan waren alleen mijn baas en ik er maar.

Het eerste jaar dat ik er werkte was heel zwaar. Er waren momenten dat ik dacht dat ik gek werd, maar ergens in het tweede jaar drong het tot me door dat ik er plezier in begon te krijgen. Dat ging bijna zonder dat ik er erg in had. Er was eigenlijk niets veranderd, maar toch merkte ik dat datgene wat me eerst een ellendig gevoel had gegeven, me nu juist opvrolijkte. Ik was dol op de geur van koffie. Ik was dol op de stilte die over de winkel neerdaalde wanneer er niemand was. Ik was dol op de grote glazen ruiten die uitkeken op het lege perceel aan de overkant van de straat waar vroeger de Arby's had gestaan totdat ze die een paar jaar geleden hadden gesloopt. Achter het lege terrein lag de parkeerplaats van het bowlingcentrum en daarachter zag ik de tarwevelden liggen, heel kort gemaaid en vol bleke, doffe, beige stoppels, die de stad omringden. Zodra de zon 's middags laag genoeg aan de hemel stond, kropen de stralen over die velden, weerkaatsten ze fonkelend op het dak van de auto's die daar stonden vanwege de bowlingcompetitie die daar 's middags werd gehouden en schenen ze dwars door de grote ruiten naar binnen. Ik was er dol op, maar Neil werd helemaal gek van de zon op de ramen. Hij probeerde altijd om het glas compleet vlekkeloos en helder schoon te houden. Hij gebruikte medicijnen tegen dwangneurose, maar kennelijk hielpen die niet echt. Het kwam voor dat hij 's ochtends vaststelde dat de ramen schoon waren, maar dat er, als een onzichtbare tekst die onder een ultraviolette lamp oplichtte, plotseling allerlei vegen en vlekken op verschenen zodra de middagzon erop viel. Neil was er blijkbaar van overtuigd dat het mogelijk moest zijn om met één veeg van een doek een heldere boog van zuiverheid te produceren, als hij maar eenmaal het juiste product had gevonden.

Het leek wel alsof Neil elke week met een nieuw schoonmaakmiddel kwam aanzetten. Deze week vormde daarop geen uitzondering.

Neil kwam die ochtend met de zoveelste tas binnen. Hij was in het weekend naar de Bed Bath & Beyond in Wichita geweest, omdat hij iets had gelezen over een product dat Perfect Glass heette. Het etiket schreeuwde: VOOR PERFECT UITZIENDE RAMEN! en hij had ook een speciale doek gekocht die voor het schoonmaken van ramen was ontworpen en eveneens gegarandeerd geen vegen achterliet.

Hij was er echt van overtuigd dat het deze keer ging lukken.

Ik was minder hoopvol gestemd. Ik vond het echter niet erg. Zijn pogingen om de ramen schoon te krijgen kwamen me niet belachelijker voor dan alle andere dingen in mijn leven.

Voordat de zon die middag laag genoeg stond om op de ruiten te vallen, kwam er bewolking opzetten. De lucht achter het raam was een weidse vlakte vol bewegende stroken donker en licht, donker en licht, die zich zo ver het oog reikte golvend in de verte uitstrekten.

Ook zonder zon wilde Neil geen seconde langer wachten. Hij gaf me de fles en de doek, en droeg me op om aan de slag te gaan. Het materiaal van de doek voelde vreemd aan; het was zacht en had heel fijn moeten aanvoelen, maar plakte op zo'n bizarre manier aan de huid van mijn handen dat ik er een beetje wee van in mijn maag werd. Ik sproeide een dunne nevel op het heldere glas en veegde het schoon. De doek absorbeerde de vloeistof totaal niet. Hij wreef het vocht alleen maar uit over het glas, maar nadat ik een tijd stevig had staan boenen, droogde het vanzelf op. Ik sproeide nog een keer en begon weer te boenen. Neil stond de hele tijd met over elkaar geslagen armen en zijn hoofd in zijn nek achter me en sloeg het proces nauwlettend gade.

Na een paar minuten zei hij: 'Volgens mij werkt het. Het ziet er echt beter uit. Vind jij ook niet dat het er beter uitziet?'

'Ja hoor. Tuurlijk,' zei ik.

'Zeg je nu maar wat of ben je het echt met me eens?' vroeg Neil.

'Ik zeg maar wat. Neil, de zon schijnt niet. We zien die vegen altijd alleen maar wanneer de zon schijnt.'

'Toch kan het best werken. Het kan best dat het nu beter is. Of denk jij soms van niet?'

'Ja hoor. Tuurlijk. Dat kan best.'

'Meen je het ook echt?' vroeg hij met een mengeling van hoop en achterdocht.

Ik deed mijn mond open om antwoord te geven, maar werd gered door het belletje boven de deur dat rinkelde.

'Een klant,' merkte Neil totaal overbodig op. Dat was typisch Neil. Bijna alles wat hij deed was totaal overbodig.

Ik legde de doek en het veegvrije schoonmaakmiddel neer.

'Die moet je daar niet laten liggen,' zei Neil. 'Wat moeten de klanten daar wel niet van denken?'

Ik vermoedde dat ze zouden denken dat ik de ramen aan het schoonmaken was, maar hield die gedachte voor mezelf. Ik draaide me om, pakte de doek en het schoonmaakmiddel, en legde ze weg achter de toonbank. Toen ik achter de kassa opdook stond de man al te wachten.

Nu ik erop terugkijk kan ik geen enkel spoor van een of andere gewaarwording in het moment zelf ontdekken. Ik had geen vreemd gevoel, geen voorgevoel dat dit korte moment, deze doodgewone maandagmiddag, het verloop van mijn leven zou veranderen. Of dat van het leven van deze man. Of het leven van iedereen die me na stond.

Nee, het enige wat ik me herinner is dat zijn pak me opviel. Niet zijn gezicht, zijn ogen of zijn glimlach. Nee, mijn aandacht werd getrokken door zijn pak. Het kwam natuurlijk wel vaker voor dat iemand in onze stad een pak droeg, maar nooit zo'n pak als dit. De pakken die ik in de stad tegenkwam waren zwart, voor begrafenissen, of modderbruin, en gingen meestal gepaard met de onzalige keuze van een geruit overhemd met een gestreepte stropdas in zelfs nog onzaliger kleuren. De pakken die ik meestal zag vergelijken met dit pak was hetzelfde als een Volvo vergelijken met een Lamborghini. De stof van het pak was grijs met subtiele strepen die in werkelijkheid flinterdunne ribbels in de stof waren. Er lag een subtiele glans over. Hij droeg er een lichtblauw overhemd bij en een donkerblauwe stropdas met dezelfde ribbeltjes in de stof. Het zag er heel eenvoudig uit, maar dan wel het soort eenvoud dat meer kost dan de meeste mensen in een maand verdienen.

Toen ik van het pak naar zijn gezicht keek, zag ik wat volgens mij de knapste man moest zijn die ik ooit in levenden lijve had ontmoet. Eigenlijk was hij zelfs bijna te knap, met het nepuiterlijk van een tijdschrift, maar die indruk werd rechtgezet door de diepe rimpels in zijn voorhoofd en om de hoeken van zijn mond.

'Welkom bij de Starbox. Wat mag het zijn?'

De man tuurde naar het bord. Hij stelde in elk geval niet dezelfde vraag die iedereen stelde. In plaats daarvan vroeg hij: 'Is dit een Starbucks?'

'Nee, het is een Starbox,' zei ik.

'Aha, ik snap het.' Hij zweeg even. Toen schudde hij zijn hoofd. 'Nee, eigenlijk snap ik dat helemaal niet. Het is wel een bizarre dag.'

'Misschien helpt een kop koffie wel,' opperde ik. Ik keek toevallig over zijn ene schouder en zag dat Neil iets naar me gebaarde. Helaas wist ik maar al te goed wat hij me duidelijk wilde maken.

Ik zuchtte. 'Mag ik je misschien onze koffie van de maand aanbevelen, een latte met pompoen en specerijen?'

Ik hoopte dat ik een duidelijk hoorbaar gebrek aan enthousiasme in mijn stem had gelegd. De koffie van de maand smaakte naar pompoenpuree. Neil had de naam van de website van de Starbucks gehaald, maar het recept helemaal zelf bedacht. Hij smaakte echt walgelijk. Neil beschouwde het echter als een meesterwerk en wilde dat ik hem iedereen die in de winkel kwam aanraadde. Tot dusver had nog niemand mijn raad opgevolgd. Tot vandaag dan.

'Als jij zegt dat hij lekker is,' zei de man: 'dan wil ik hem wel proberen.'

'Weet je het zeker?' vroeg ik terwijl ik heel zachtjes met mijn hoofd schudde in de hoop dat hij de hint zou begrijpen zonder dat Neil het merkte.

De man zag het echter niet en Neil wel. Neil staarde me nijdig aan en de man zei: 'Als jij hem aanraadt, durf ik het wel aan.'

Ik draaide me om en begon de latte met specerijen klaar te maken. Ik dacht dat hij misschien iets minder walgelijk zou smaken als ik er wat minder pompoensiroop bijdeed, maar toen ik me na slechts één scheutje in de beker te hebben gedaan omdraaide, ontdekte ik dat Neil achter me stond.

'Nora, er moeten vier scheutjes pompoensiroop in. Hoe vaak heb ik je dat nu al gezegd?'

'Sorry, Neil,' zei ik. Ik draaide me weer om en pompte schoorvoetend nog drie scheutjes van de vloeistof in de beker.

'Moet ik de bestelling afmaken?' zei hij. 'Of denk je dat je het nu verder wel alleen afkunt?'

'Ik kan het heus wel,' verzekerde ik hem. 'Het komt wel goed.'

'Het gaat anders helemaal niet goed,' zei Neil. 'Eén scheutje is niet goed.'

Ik schonk geen aandacht meer aan hem en maakte de latte af. Neil verdween weer achter de toonbank, maar ik voelde dat hij nog steeds naar me stond te kijken, klaar om in te grijpen zodra ik nog een fout maakte met zijn recept.

Ik maakte de koffie verder klaar, deed een plastic deksel op de beker en bad in stilte dat de man hem pas zou proeven als hij al buiten stond. Ik bracht de koffie naar de kassa waar hij stond te wachten en sloeg het bedrag aan.

'Dat is dan 3 dollar 82,' zei ik.

De man stak een hand in het jasje van zijn prachtige pak en haalde zijn portemonnee tevoorschijn. Hij overhandigde me een biljet van twintig, pakte de beker op, trok het lipje van het deksel, hield de beker met een glimlach naar mij omhoog en nam een slokje.

Zijn glimlach verdween spoorslags.

'Is er iets?' vroeg ik.

Hij toverde dapper zijn glimlach weer tevoorschijn. 'Nee hoor, alles is prima,' zei hij terwijl hij de beker voorzichtig terugzette op de toonbank – alsof deze anders misschien zou opspringen om hem te bijten. 'Mag ik er misschien ook een gewone latte bij? Dubbele espresso, Venti, met magere melk.'

'Natuurlijk,' zei ik.

Ik schepte gemalen koffie in het filter voor de dubbele espresso, schoof het in het apparaat en zette het aan. Ik klopte melk tot schuim, schonk alles in een beker, deed er een deksel op en liep terug naar de toonbank. Ik sloeg de latte eveneens aan en gaf hem zijn wisselgeld van het briefje van twintig.

'Dank je wel,' zei hij. Hij pakte zijn twee bekers op en liep naar de deur.

Toen hij zich omdraaide om te vertrekken wist ik het opeens. Het gevoel was zo sterk en zo griezelig dat ik me afvroeg of Tammy dat misschien had gevoeld toen ze mijn hand vasthield en me de toekomst voorspelde. Ik wist al dat hij zich nog een keer zou omdraaien voordat hij het daadwerkelijk deed.

Ik had gelijk. Precies op dat moment draaide hij zich weer naar me om. Voor mij stond overduidelijk vast dat het gevoel en het feit dat hij zich omdraaide samengingen, maar de vraag welk van de twee er als eerste was, was zo'n kip-en-eivraag waarop ik geen antwoord had. Kreeg ik dat gevoel omdat hij zich ging omdraaien of was het gevoel er juist de oorzaak van dat hij zich omdraaide? Het enige wat ik weet is dat hij zich omdraaide en terugkwam naar de toonbank. Hij zette de bekers neer en keek me aan.

'Ik wil je iets heel geks vragen,' zei hij.

'Ga je gang,' zei ik instemmend.

'Ik wilde vragen of je ergens koffie met me zou willen gaan drinken,' zei hij.

'Ik...' begon ik, maar ik kwam niet verder. Ik wilde ja zeggen, maar het enige wat mijn hersenen konden verzinnen, waren redenen waarom dat niet kon. Ik was aan het werk, hij was veel te knap en hij kwam overduidelijk niet hiervandaan, dus wat had het dan voor zin? Dat was slechts de top drie. Het is niet te geloven hoeveel dingen er in die fractie van een seconde door mijn hoofd schoten.

'Het spijt me,' zei hij. 'Dat had ik niet moeten vragen.'

'Nee, dat is niet...'

Op dat moment kwam Neil naast me staan.

'Is er iets?' vroeg Neil.

'Nee, hoor, niets aan de hand,' zei de man. 'Ik probeerde alleen maar vriendelijk te zijn.'

Wat ook typisch iets voor Neil was, was dat hij het zijn werknemers weliswaar niet altijd even gemakkelijk maakte, maar dat hij ook heel beschermend ten opzichte van ons was. Hij was geen aanhanger van het beleid dat de klant altijd gelijk heeft – hij was aanhanger van het beleid dat degene die voor hem werkte, die hij kende en vertrouwde, koste wat het kost in bescherming moest worden genomen, wat op zich heel fijn was als er een probleem was, maar in een situatie als deze, waarbij hij om niets agressief werd, best gênant kon zijn.

'Je wilt toch hoop ik niet beweren dat mijn werkneemster niet vriendelijk was, hè?' zei Neil.

'Nee, natuurlijk niet,' zei de man.

Neil zei streng: 'We serveren hier koffie. En citroencake. Daar houdt het wel mee op.'

'Ja, dat weet ik. Het spijt me.' De man keek naar mij en herhaalde de woorden nog een keer. 'Het spijt me echt heel erg.' Toen draaide hij zich om en stond hij op het punt om voor de tweede keer te vertrekken.

'Je drankjes,' zei Neil.

'O ja,' zei de man. Hij keerde zich om, nam de bekers op en liep terug naar de deur, maar toen hij daar aankwam kon hij hem niet openmaken omdat hij in beide handen een beker vasthad.

Ik reageerde zonder er bij na te denken. 'Wacht,' zei ik. 'Ik zal je wel even helpen.' Ik vloog snel om de toonbank heen en liep naar de deur om deze voor hem open te houden – toen glipte ik achter de man aan naar buiten en trok ik de deur achter me dicht.

'Ik wil heel graag ergens koffie met je gaan drinken,' zei ik. 'Heb je misschien een ogenblikje? Ik moet even tegen mijn baas gaan zeggen dat ik wegga.'

De man keek me vreemd aan, maar zei alleen maar: 'Dat is goed, hoor. Ik sta gewoon hier.'

'Oké. Fijn. Dank je. Ik ben zo terug,' zei ik en ik draaide me om en liep de winkel weer binnen.

'Wat was dat nou allemaal?' wilde Neil weten toen ik weer binnen stond.

'Neil,' zei ik. 'Ik wil je graag iets vragen.'

Neil keek me aan. Daarna keek hij langs me heen door de grote ramen naar de man die nog steeds met de twee bekers, een in elke hand, op de stoep stond te wachten. Toen verraste Neil me volkomen.

'Ga maar,' zei hij. 'Ik zie je morgen wel weer.'

'Dank je,' zei ik. 'Dank je wel.'

'Zou je één ding voor me willen doen? Ga alsjeblieft niet naar Joe's.'

'Oké, dat zal ik niet doen,' zei ik en ik glipte weer door de deur naar buiten.

De man stond nog steeds op de stoep op me te wachten. 'Mijn auto staat hier vlakbij,' zei hij.

Hij liep door de straat naar de plek waar een BMW cabriolet (met het nummerbord van een verhuurbedrijf, zag ik) met de kap naar beneden stond geparkeerd. 'Zou je deze even willen vasthouden?' vroeg hij. Hij gaf me een van de bekers aan, draaide zich om en deed het portier voor me open.

Ik stapte in en hij liep om de auto heen naar de bestuurderskant.

'Vind je het te koud met de kap omlaag?' vroeg hij.

'Nee, het is juist heerlijk buiten,' zei ik. Ondanks de bewolking was dat ook zo. Het was zo'n prachtige nazomerse dag waarop de bries die vanaf de prairie aan kwam waaien nog steeds naar de zomer ruikt, naar pas gemaaid gras en warmte. Hij zette de beker die hij in zijn hand had in de bekerhouder tussen ons in en ik deed hetzelfde.

Hij stak zijn hand uit.

'Ik ben Timothy,' zei hij.

'Nora,' zei ik terwijl ik de mijne ook uitstak.

Hij hield mijn hand heel even vast en liet toen los.

'Goed, Nora, vertel me eens waar we in dit stadje van jou naartoe kunnen gaan?' vroeg hij.

'We gaan een paar zijstraten verderop,' zei ik.

'Oké.'

Hij startte de auto en reed langzaam de weg op. Toen we langs de winkel kwamen gluurde ik snel naar binnen en daar stond Neil met zijn doek en zijn fles honderd procent gegarandeerd veegvrije ruitenschoonmaakmiddel bij het grote raam. Ik zag dat hij de fles ophief en sproeide, en daarna zijn arm optilde om met de speciale doek over de ruit te vegen. Plotseling kwam de zon door de wolken heen en verlichtte alle vegen en stofjes die aan het glas kleefden. Toen haalde Neil de doek met een grote zwaai over het glas en hij liet een regenboogkleurige baan van kraakhelder, doorzichtig glas achter.

Het politieonderzoek
De plaats delict

Wanneer forensische wetenschappers het over hun werk hebben, citeren ze vaak de beroemde Franse criminoloog Edmond Locard: 'Elk contact laat een spoor achter.'

Toen het team van de technische recherche in de kamer in de Bed & Breakfast aan de slag ging, troffen ze daar haren aan van zeven verschillende personen, tientallen vezels en zelfs nog meer vingerafdrukken. Er waren heel wat mensen in die kamer geweest en ze hadden allemaal sporen achtergelaten.

Van ieder die komt en gaat blijft er onzichtbaar, maar onweerlegbaar bewijs achter. Alleen neemt niemand de moeite ernaar te zoeken, tenzij er een drama plaatsvindt.

Nora | Nora laat Timothy zitten

Ik nam hem mee naar Joe's Diner. Ik had Neil weliswaar beloofd dat ik dat niet zou doen, maar wat had ik dan moeten doen? Ik kon hem verder nergens anders mee naartoe nemen, in elk geval niet om drie uur 's middags, tenzij we naar een van de fastfoodtenten bij de snelweg doorreden.

De Starbox was altijd leeg en Joe's was altijd stampvol. Misschien kwam dat wel doordat Joe's Diner gewoon klopte. De zaak was van Joe. Het was een restaurantje. Ze hadden geen verschillende koffie-maten in zijn restaurant, want ze bleven hier koffie bijschenken tot je bijna barstte.

We gingen aan een tafeltje achterin zitten en iemand van de be-diening kwam ons menukaarten en water brengen.

We sloegen het menu open om het te bekijken, ook al wist ik pre-cies wat er in stond. In al die jaren dat ik nu bij Joe's kwam, was er helemaal niets veranderd. Zelfs de prijzen niet. Joe hield niet van veranderingen. Hij klaagde er zelf voortdurend over dat de prijzen overal ontzettend stegen. Daarom had hij besloten om de prijzen in zijn restaurant niet te verhogen – bijna alsof hij dacht dat andere mensen op een of andere manier zijn voorbeeld zouden volgen. Het gevolg daarvan was dat de stad de afgelopen tien jaar elk jaar een lo-terij had moeten organiseren om geld in te zamelen om Joe's te be-hoeden voor beslaglegging door de bank. De loterij slaagde er elk jaar weer in genoeg geld bij elkaar te schrapen en Joe bleef gewoon een maaltijd met gehaktbrood voor $ 2,50 serveren.

Timothy bekeek het menu en ik bekeek hem.

'Wat kun je me hier aanraden?' vroeg hij. Toen keek hij grijnzend op. 'O, wacht even. Laat maar. Ik ben er inmiddels wel achter dat jouw aanbevelingen niet bepaald te vertrouwen zijn.'

'Ik kan niet verantwoordelijk worden gehouden voor het rampzalige pompoendrama,' zei ik. 'Je moet werknemers nooit naar hun mening vragen over de producten die ze verkopen. Als ze je de waarheid vertelden, zouden ze in de helft van de gevallen hun baan kwijtraken.'

'Wie is er dan wel verantwoordelijk?' vroeg hij me.

Ik keek hem met opgetrokken wenkbrauwen aan. 'Tja, wie blijft er dan nog over, denk je?'

Er kwam een serveerster naar ons tafeltje toe. Het was Jeanette, die op de middelbare school bij mij in de klas had gezeten. Ze werkte al sinds het behalen van haar schooldiploma bij Joe's en was een verschrikkelijk slechte serveerster – dat wil zeggen, ze was altijd een verschrikkelijk slechte serveerster wanneer ik hier met Tammy, mijn zus of mijn moeder kwam. Het leek wel alsof ze het lastig vond dat mensen door haar wilden worden bediend en liet dat merken door ons altijd minstens vijftien tot twintig minuten te laten wachten voordat ze onze bestelling kwam opnemen.

Maar deze keer ging het echter heel anders. Ik had meteen in de gaten dat er iets aan de hand was, want ze stond binnen drie minuten nadat we waren gaan zitten al naast ons en zei opgewekt: 'Hallo, Nora. Alles goed met je?'

'Met mij gaat alles prima, Jeanette. Dank je. En jij?'

'Met mij gaat het vast een stuk beter zodra je me aan je vriend hebt voorgesteld,' zei ze. Die verspilt ook echt geen seconde tijd, dacht ik bij mezelf.

'Jeanette, dit is Timothy. Timothy, dit is Jeanette.'

'Timothy, leuk om kennis met je te maken. Waar kennen jullie elkaar van? Zijn jullie een stel?' vroeg ze veelbetekenend terwijl ze van mij naar Timothy keek.

Jeanette was beslist niet subtiel.

Ik deed mijn mond al open om antwoord te geven, maar Timothy was me voor. Hij keek haar aan en glimlachte. 'Wil je weten hoe Nora en ik elkaar hebben leren kennen? Dat was pure lotsbestemming, Jeanette. Dat is de enige manier waarop ik het kan uitleggen. Geloof jij in het lot?'

Jeanette was kennelijk heel erg geïmponeerd, want ze stond daar maar met haar schrijfblokje tegen haar borst geklemd naar hem te staren. Ik kon het haar niet kwalijk nemen. Hij had zijn aandacht en charme op volle sterkte op haar gericht, en zij was net een hert in het licht van de koplampen.

'Ja, daar geloof ik zeker in,' zei ze.

'Dat dacht ik al,' zei hij met een goedkeurend knikje.

Ik vroeg me af wat hij tegen mij zou zeggen als ik hem vertelde dat ik het lot maar flauwekul vond. Dat vond ik ook echt. Is dat niet grappig? Ondanks Tammy's voorspellingen was ik er rotsvast en volledig van overtuigd dat dingen willekeurig gebeurden. Nu ik erop terugkijk, is het allemaal totaal niet logisch. Op dat moment dacht ik echter dat het alleen maar logisch en zinnig was – heel nuchter van me.

Jeanette aarzelde even en zei toen tegen Timothy: 'Mag ik je iets vragen?'

'Natuurlijk. Ga je gang.'

'Ben je weleens bang dat je het misschien misloopt? Dat je je ogen goed open moet houden, omdat je lotsbestemming anders misschien gewoon aan je voorbijgaat?'

'Dat ik het misloop? Onmogelijk. Als iets is voorbestemd kun je niets doen om het tegen te houden. Kijk maar naar Nora en mij.' Hij stak een arm uit en pakte mijn hand die tussen ons in op de tafel lag.

O, de blik die Jeanette me toen toewierp. Alsof ze stierf van de honger en ik een feestmaal voor me had staan dat ik niet wilde delen. Het was een hele opluchting toen ze weer naar Timothy keek en ik mijn hand onopvallend kon lostrekken. Zijn gedrag stond me niet aan; het was alsof hij tegelijkertijd de spot met haar dreef en met haar flirtte.

'Heb je misschien vrienden die ook in het lot geloven?' vroeg Jeanette. 'Of een tweelingbroer?'

'Je hoeft echt niet te zoeken naar iemand die het ook gelooft; je wordt er evengoed door gestuurd of je er nu in gelooft of niet. En mijn broers wil je echt niet ontmoeten. Geloof me.'

'Dat weet ik zo net nog niet,' zei ze. 'Dat bepaal ik liever zelf.'

'Ze wonen niet hier in de buurt. Luister eens, ik heb ook een vraag voor jou.'

'Ja?'

Aan de manier waarop ze dat zei was te horen dat ze hem waarschijnlijk alles zou hebben verteld. Zelfs haar meest duistere geheim. Maar het enige wat hij vroeg was: 'Hebben jullie ook speciale dagschotels die je me kunt aanbevelen?'

'We hebben wel speciale dagschotels,' zei Jeanette: 'maar die zou ik niemand aanbevelen. Dat is altijd een of ander zootje dat Joe bij elkaar gooit van ingrediënten die niet zo lang meer houdbaar zijn of, erger nog, iets wat hij in een kunstzinnige bui heeft bedacht. Houd je maar aan het menu, dat is veel veiliger.'

'De hamburgers?'

'Die zijn heerlijk,' verzekerde Jeanette hem. 'Rood vanbinnen?'

'Heel graag.'

Jeanette keek naar mij. 'Nora?'

Ik vond hen inmiddels allebei heel irritant.

'Koffie met een stuk appeltaart,' zei ik.

Jeanette schreef het niet op. In plaats daarvan vroeg ze: 'Weet je het zeker van die taart? Je weet toch hoeveel bakvet Joe altijd in de korst doet?'

'Ik weet het heel zeker van die taart,' zei ik.

Van de rest was ik veel minder zeker. Hoe langer de vertoning tussen Timothy en Jeanette duurde, des te onbehaaglijker ik me voelde. Ik voelde me net een indringer, alsof ik het afspraakje van iemand anders zat gade te slaan.

'Okido.' Ze draaide zich op haar hakken om en wandelde weg op zo'n manier dat je haast wel naar haar achterwerk móést kijken.

Ik staarde haar heel even na en keek toen weer naar Timothy, ervan overtuigd dat hij nog steeds naar haar zat te kijken.

Hij keek echter naar mij. En hij lachte.

'Ik had jou niet als een jaloers type ingeschat,' zei hij.

'Dit is geen jaloezie,' zei ik tegen hem. 'Dit is walging.'

'O, je schiet dus meteen maar met grof geschut.'

'Wilde je soms iets bewijzen of zo?'

'Welnee, natuurlijk niet.'

Het was iets in de manier waarop hij het zei. Iets minachtends. Iets neerbuigends. Het was nog net niet onbeschoft.

Ik schoof weg van het tafeltje en stond op.

'Ik kan maar beter gaan,' zei ik. 'Ik dacht dat je... ach, ik weet het ook niet. Hoe dan ook, ik ga maar weer eens aan het werk.'

Toch wachtte ik even af wat hij zou zeggen.

'Laat je me nou in mijn eentje mijn hamburger opeten?' zei hij, maar hij zei het op dezelfde toon waarop hij ook met Jeanette had gesproken. Spottende, aalgladde scherts. Dat was wat het was.

'Ik heb zo het idee dat jij bijna nooit alleen bent. Volgens mij red jij je wel.'

Toen vertrok ik.

Was ik op die maandagmiddag toen ik Joe's Diner verliet bijna aan mijn lot ontkomen?

Je kunt 'wat als'-raadsels blijven bedenken tot Pasen en Pinksteren op één dag vallen, maar hoe ontkom je in vredesnaam aan het lot? Misschien geloof je niet eens in het lot. Maar je hoeft ook niet te geloven in het lot. Zoals Timothy al zei, je wordt erdoor gestuurd, of je er nu in gelooft of niet. Als het dus al bestaat. Ik zou graag willen zeggen dat jezelf mag bepalen of je erin gelooft of niet, maar dat is onzin. Leef gewoon je leven en als het over is, mag je me vertellen of je erdoor werd gestuurd.

Het politieonderzoek
De statistieken

The Human Side of Homicide meldt dat vandaag de dag een kwart van alle moordenaars vrouw is en dat hun slachtoffer meestal iemand is uit hun directe omgeving.

Timothy | Wat Timothy dacht toen Nora hem liet zitten

Ik zal het eerlijk toegeven. Ik was ervan overtuigd dat ze wel zou terugkomen. Ik bleef dus zitten. Ik nam een slokje van mijn water. Het waterpeil was tot hooguit twee centimeter onder de rand gedaald, maar de serveerster kwam meteen terug met een kan water om het glas bij te vullen. Ze boog zich daarbij diep voorover om me haar borsten te laten zien. Ze waren niet lelijk, ook niet mooi, maar de trots waarmee ze hen liet zien was heel sexy.

Ik flirtte wat met haar terwijl ik wachtte tot die andere terugkwam. Zo dacht ik inderdaad over haar – die andere.

Het kwam voor mij niet als een donderslag bij heldere hemel. Het leek misschien wel zo, maar toch was het niet zo. Ik had gewoon wat zitten ouwehoeren over het lot. Zo praatte ik al jaren tegen vrouwen. Ze vonden het geweldig en het voorkwam dat ik hun vragen moest beantwoorden. Ze lieten zich helemaal meeslepen in hun eigen droomwereld; ik zag gewoon aan hen dat ze zich in gedachten een bepaalde voorstelling maakten. *'Dit is een man die in het lot gelooft.' 'Dit is een man die in de liefde gelooft.' 'Dit is misschien wel de man op wie ik mijn hele leven heb gewacht.'* Vervolgens deden ze totaal geen moeite om me echt te leren kennen. Ze denken dat ze alles al weten en zoeken alleen nog maar naar bewijs dat dit kan staven.

Op dat moment was ik er dus van overtuigd dat het gewoon mijn gebruikelijke geouwehoer was. Toen ik er later over nadacht vroeg ik me af waarom ik eigenlijk van de snelweg was afgegaan? En waarom daar? Ik had niet echt trek. Ik hoefde niet te tanken. Ik was niet in de stemming om de toerist uit te hangen. Er was geen enkele reden voor. Het gebeurde zomaar. Toen ik door het stadje reed zag ik het uithangbord van de Starbucks, ook al was het geen Starbucks, en ik bedacht dat ik best even koffie voor mezelf kon gaan halen.

Ik liep naar binnen en daar stond het meisje. Ik kwam er later achter dat ze in de dertig was, maar sommige vrouwen zijn nu eenmaal vrouwen en sommige vrouwen zijn meisjes. Het een is echt niet beter dan het ander. Ze zijn gewoon verschillend. Deze vrouw was een meisje.

Goed, ze was dus gewoon een meisje met prachtig haar. Ik kon het niet heel goed zien, maar ik zag wel voor me hoe het eruit zou zien als ze het los liet hangen. Het was het soort haar dat je, als het loshangt, de indruk geeft dat het meisje verder niets aanheeft.

Ik moet eerlijk toegeven dat ik het irritant vond dat ze me niet eens leek op te merken. O, ze zag me natuurlijk wel, maar ze keek naar me zoals je door een raam naar iets kijkt. Dat was de reden dat ik haar vroeg om ergens koffie met me te gaan drinken. Ik wilde dat glas breken. Toen ze achter me aan de koffiezaak uitrende, geloofde ik echt dat ik het glas compleet had verbrijzeld. Ik was dat soort dingen gewend. Het was voor mij het bewijs dat ze inderdaad een heel gewoon meisje was – een meisje met prachtig haar en een geheimzinnige blik, maar verder was ze precies hetzelfde als alle anderen.

Daarom gedroeg ik me in dat restaurantje tegen haar precies hetzelfde als tegen alle andere vrouwen: nooit echt vreselijk, maar net onbeschoft genoeg om hun duidelijk te maken waar ze aan toe waren. Toch kozen ze er altijd voor om mijn onmiskenbare signalen te negeren. Ze zagen wat ze wilden zien.

Tot op dat moment.

Dit was de eerste vrouw die me zag, me aanhoorde en het snapte. Ze was ook de eerste die me liet zitten. Niet omdat ze niet in me geïnteresseerd was. Niet omdat ze een spelletje met me speelde. Het was omdat ze me doorhad.

Zij was de enige.

Nora | Wat Nora dacht
nadat ze Timothy had laten zitten

Moet ik liegen en beweren dat ik geen seconde meer aan hem dacht nadat ik hem had laten zitten?

De waarheid is dat mijn hersenen al terwijl ik wegliep tegen me schreeuwden: 'Wat doe je nu? Heb je hem weleens goed bekeken? Heb je enig idee wat je zomaar laat schieten?'

Zo ging het de hele middag door in mijn hoofd. Ik geloof niet dat ook maar één andere gedachte de ruimte kreeg om in mijn hoofd op te duiken. Dat is het nadeel van een baan waarbij je niet hoeft na te denken – het levert je volledig over aan de gedachten die je op dat moment kwellen. Ik had me niet gerealiseerd dat ik de afgelopen jaren zo vredig was geworden. Of misschien was ik gewoon helemaal leeg. Er was niets meer wat ik wilde. Dat brengt een heel vredig gevoel met zich mee. En ook verveling. Maar toch vooral een vredig gevoel.

Ik zal eerlijk zijn – toen dit tot me doordrong kwam het echt keihard aan. Tegen de tijd dat ik van mijn werk vertrok lag Timothy in mijn gedachten al bij Jeanette in bed. Als in zo'n vreselijk slechte scène uit een soap. Ik was er zelfs zo van overtuigd dat het waar was, dat ik op weg naar huis langs het huis van Jeanette reed om te kijken of zijn auto daar voor de deur stond.

Ik weet dat ik hiermee mijn stoere gedrag toen ik hem liet zitten totaal ondermijnde. Ik zou niets liever willen dan met de eer gaan strijken omdat ik kracht en zelfrespect had getoond, maar nu ik toch aan het opbiechten ben, kan ik net zo goed alles vertellen. Ik liet hem niet zitten omdat ik me nooit op die manier door een man zou laten behandelen. Het was niet zo dat ik de situatie analyseerde en besefte dat hij, hoe knap hij misschien ook was, me beslist alleen maar ellende zou bezorgen als hij, tijdens iets wat toch echt als een afspraakje moest worden beschouwd, in mijn bijzijn met een andere vrouw zat te flirten – hoe graag ik hem ook wilde.

Nee, daar was totaal geen sprake van. Hoewel ik best de waarheid van een dergelijke redenering inzie, wilde ik hem toch. Toen ik zag hoe graag Jeanette hem wilde, wilde ik hem zelfs nog meer. Als ik er in gedachten nog aan twijfelde hoe begeerlijk hij was, kon ik het antwoord lezen in Jeanettes ogen.

Waarom ik hem dan wel liet zitten?

Het enige wat ik daarop kan zeggen is dat ik het niet zelf deed.

Het was te vergelijken met iemand die voor een aanstormende trein op het spoor springt om een ander die is gevallen te redden en na afloop totaal niet het idee heeft dat hij dat heeft gedaan. Ik merkte opeens dat ik opstond en wegliep zonder dat mijn brein dat bewust wilde.

Ik kan namelijk in alle eerlijkheid niet zeggen dat ik anders ben dan Jeanette in haar zoektocht naar een man. Het enige verschil tussen ons tweeën is dat ik niet zo hard mijn best doe. Eigenlijk doe ik zelfs helemaal niet mijn best. Wie van ons tweeën is nu het eerlijkst?

Hoe kon ik voorkomen dat ik net zo zou worden als Jeanette, wanhopig op zoek naar een man? Het favoriete gespreksonderwerp van mijn moeder als het over mijn leven ging. Ik wist dat het van haar kant uit liefde voortvloeide. Het was omdat ze een man gelijkstelde aan stabiliteit, veiligheid en geluk. Ze had zelf zonder enige hulp twee dochters opgevoed en haar leven was niet gemakkelijk geweest, maar door haar overtuiging was mijn leven zelfs nog minder gemakkelijk. Ze vroeg me vrijwel elke dag wanneer ik thuiskwam van mijn werk. 'Hoe moet je nu ooit een man aan de haak slaan wanneer je eruitziet alsof je de hele dag geulen hebt lopen graven?' (De koffieprut liet zwarte randen achter onder mijn vingernagels.)

Ik had een hekel aan dat 'een man aan de haak slaan' van haar. Ze zei nooit 'een man ontmoeten'. Ze zei altijd 'een man aan de haak slaan'. Alsof je naar het asiel of een dierenwinkel ging om een hond te halen. Uit de manier waarop mijn moeder het zei was echter duidelijk op te maken dat het lang niet zo eenvoudig was. Het had eerder iets weg van een jager die op groot wild jaagt: het is lastig op te sporen en moeilijk neer te schieten, en het vereist tijd, planning, geduld en tactiek. Uiteindelijk hangt de jager zijn trofee natuurlijk wel aan de muur. Zo zag ik dat voor me. Ik moest eropuit trekken, een man 'aan de haak slaan' en zijn hoofd aan de muur hangen – want dat was zonder enige twijfel wat ik volgens mijn moeder met de man moest doen zodra ik eenmaal beet had. Het ging om dat aan de haak slaan. Dat was het belangrijkste. Zonder die prestatie, zo leek mijn moeder te insinueren, was het leven eigenlijk niet de moeite waard om geleefd te worden.

Ik vermoedde dat Jeanette en mijn moeder het roerend met elkaar eens zouden zijn. Ik weet ook heel zeker dat mijn moeder en Jeanette Timothy nooit zouden hebben laten zitten. Toen ik wegliep dacht ik echt dat dit het eind was.

Maar hij kwam terug.

Het politieonderzoek
De statistieken

'Wie vermoordt wie?' Deze vraag wordt gesteld in het boek *Homicide* van Martin Daly en Margo Wilson.

In een poging om antwoord te geven op deze vraag analyseerden Daly en Wilson alle moordzaken die in 1972 in Detroit hadden plaatsgevonden. In dat jaar werden 512 moordzaken opgelost: in 243 gevallen ging het om een kennis van de moordenaar die geen familie van hem was, in 138 gevallen was het een onbekende, in 127 gevallen was het wel familie en in vier gevallen was de relatie onbekend.

Dat 127 van de 512 daders 'familie' waren, houdt in dat een op de vier slachtoffers familie van de moordenaar was. Van de 127 slachtoffers die familie waren van de moordenaar waren 32 bloedverwanten, 10 aangetrouwde familieleden, 5 stief-familieleden en 80 huwelijkspartners (36 vrouwen werden door hun man vermoord en 44 mannen door hun vrouw).

Nora | Nora zegt ja tegen een afspraakje

Hij wandelde de volgende ochtend al vroeg de Starbox weer binnen. Deze keer was hij niet in pak. Hij droeg een pantalon en een T-shirt met lange mouwen, maar ze zagen er allebei kraakhelder en perfect uit zoals kleren er normaal gesproken alleen maar in de film uitzien.

Ik sloeg hem met een (hopelijk) nietszeggende blik gade.

Hij glimlachte ook niet. Hij kwam met een heel ernstig gezicht naar de toonbank toe en zei: 'Een latte met pompoen en specerijen, alsjeblieft.'

Ik knikte. 'Wil je hem hier opdrinken of meenemen?'

'Hier opdrinken?' Hij zei het alsof het half een vraag was.

Ik knikte weer.

Ik pakte een mok en hoewel Neil er nog niet was, maakte ik de latte met pompoen alsof hij achter me op mijn vingers stond te kijken: met vier flinke scheuten pompoensiroop.

Toen ik klaar was bracht ik de koffie naar Timothy die bij de toonbank stond te wachten en ik zette de mok voor hem neer.

Hij pakte hem op en dronk hem in één keer leeg. Wat misschien nog wel de meeste indruk maakte, was dat hij daarbij geen spier vertrok. Hij zette de mok neer, pakte een servetje uit de houder en veegde zijn mond af.

Toen zei hij: 'Je had gisteren gelijk toen je zei dat ik iets probeerde te bewijzen.'

'Je probeert nog steeds iets te bewijzen,' merkte ik wijzend naar de mok op.

'Je hebt alweer gelijk.'

'Dus?'

'Dus... denk je dat je een espresso voor me kunt maken? Ik heb volgens mij iets nodig om mijn gehemelte mee schoon te spoelen.'

Ik lachte. Toen maakte ik een dubbele espresso voor hem. Ik bracht de koffie naar hem toe, en hij pakte het kopje op en gooide de inhoud met een geoefend gebaar naar binnen alsof hij dat elke dag van de week deed – wat waarschijnlijk zo was.

'Dat is al iets beter. Dank je.'

Hij zweeg en streek met zijn vinger over de rand van het lege espressokopje. 'Wat ik eigenlijk probeer te zeggen is dat het me heel erg spijt hoe het gisteren is gegaan.'

'Het was misschien gemakkelijker geweest om gewoon te zeggen dat het je spijt,' zei ik. 'Dan had je die latte met pompoen niet hoeven opdrinken.'

De pijnlijke blik die hij tijdens het drinken had weten te onderdrukken, werd nu wel zichtbaar.

'Daar kom je nu mee. Ik kan me niet herinneren dat je er iets over hebt gezegd voordat je de latte maakte en voor mijn neus neerzette.'

'Je kwam erg vastbesloten over.'

'Dat was ik ook. Dat ben ik ook.'

Hij liet de woorden even in de lucht hangen.

Toen zei hij: 'Zou ik je misschien nog een keer op een kop koffie mogen trakteren? Met een stuk appeltaart bomvol boter erbij?'

'Je hebt mijn appeltaart zeker opgegeten, hè?'

'Inderdaad,' zei hij. 'Hij was verrukkelijk.'

'Dat weet ik.'

'Hij zou nog lekkerder zijn geweest als ik hem in alle rust had kunnen opeten.'

'Jeanette?' gokte ik, hoewel het niet echt een gok was.

'O, mijn god,' zei hij nadrukkelijk. 'Alsof je tijdens voedertijd in de leeuwenkooi wordt gegooid.'

'Dat is helemaal je eigen schuld,' zei ik. 'Je hebt haar zelf aangemoedigd.'

'Alleen maar omdat ik dacht dat jij erbij zou zijn om me te beschermen.'

Ik keek hem met opgetrokken wenkbrauwen aan.

'Dat had ik verkeerd ingeschat,' gaf hij toe.

'Dat overkomt je zeker niet vaak?' raadde ik.

'Bijna nooit.'

'Hoe vaak heeft iemand je laten zitten?' vroeg ik.

Hij dacht even na. 'Nog nooit.'

'Tja, het is geen vaste gewoonte van me. Het was voor mij ook de eerste keer,' zei ik.

'Dat weet ik,' zei hij. 'Ik kan tactiek van mijlenver ruiken. Je had niet gedacht dat je me nog eens zou zien, hè?'

'Nee.'

'Toch vind je het zo te zien niet erg dat ik hier ben.'

'Nee,' zei ik. 'Dat vind ik niet erg.'

Over een understatement gesproken.

'Mag ik je dan nog een keer op een kop koffie trakteren?'

Begrijp me goed, ik was echt blij om hem weer te zien, maar om een of andere reden was ik ook blij dat ik zijn aanbod kon afslaan. 'Ik kan niet. Ik sta hier vanochtend in mijn eentje. Ik kan de zaak niet verlaten. En zelfs als Neil er wel was geweest, had ik ook niet zomaar weggekund.'

'Kunnen we anders aan een van de tafeltjes gaan zitten?'

Ik schudde mijn hoofd. 'Sorry, ik moet achter de toonbank blijven. Als de zaak leeg is, mag ik alleen de tafeltjes of de ramen schoonmaken.'

'Het komt niet vaak voor dat mensen nee tegen me zeggen,' zei hij, maar hij verzachtte zijn ietwat stekelige opmerking door erbij te glimlachen.

'Je vat het wel heel sportief op.'

'Ik gedraag me nu echt op mijn allerbest,' bekende hij. 'Is die nee een echte nee of alleen maar een nee tegen koffie?'

'Het is een nee tegen koffie.'

'Wat zeg je dan van een etentje?'

'Ja.' Ik zei het heel rustig, maar als mijn inwendige ik aan de buitenkant had gezeten, had ik nu een handstand overslag achterover gedaan.

'Mooi,' zei hij tevreden, hoewel niet echt verrast, viel me op. 'Geef me dan je adres maar en vertel me hoe laat ik je kan komen ophalen.'

'We kunnen ook bij het restaurant afspreken,' stelde ik voor.

'Ik haal de vrouwen met wie ik uitga graag op.'

'Dat kan best zo zijn, maar dat zit er nu echt niet in.'

Dat vond hij helemaal niets. Ik zag het aan zijn gezicht. Niet dat zijn uitdrukking iets prijsgaf. Het was eerder alsof hij verstarde.

Hij nam even de tijd alsof hij wilde bepalen welke koers hij zou volgen. Ik denk dat hij uiteindelijk eerlijkheid koos, maar het is ontzettend moeilijk te zeggen. Als je trouwens eerlijkheid als tactiek kiest, is het dan nog wel steeds eerlijkheid?

'Je maakt me wel een beetje achterdochtig. Wat houd je voor me verborgen?' Hij zei het luchtig, maar ik voelde dat hij een gemeend antwoord wilde hebben.

Ik wilde alles echter juist zo lang mogelijk verborgen houden. Als het me lukte om alles voorgoed te blijven verbergen, zou het me misschien ooit ook lukken om alles achter te laten.

'Als ik je dat vertelde zou ik niet erg goed zijn in het verborgen houden van dingen,' zei ik.

'Zit er thuis soms een echtgenoot of vriend op je te wachten?'

'Helaas niet. Het is lang niet zo interessant.'

'Niet zo interessant heeft absoluut mijn voorkeur. Geen geheimen dus?'

'In elk geval geen vriendjes of echtgenoten.' Misschien had ik meer moeten verhullen. Misschien had ik het spelletje moeten meespelen. Misschien had ik me mysterieuzer moeten gedragen. Misschien had ik net moeten doen alsof er inderdaad iemand tussen de coulissen stond. Maar dat kon ik niet.

'Jij bent dus een vrouw die rustig iemand laat zitten zonder dat ze andere gegadigden heeft. Ik was ervan overtuigd dat je me liet zitten omdat je iemand anders had.'

'Nee, er is niemand anders. Zo ongebruikelijk is het toch niet dat een vrouw zonder andere gegadigden een man laat zitten?'

'Tenzij ze natuurlijk gewoon geen belangstelling heeft...?' opperde hij half vragend.

Ik keek hem alleen maar aan.

'Het is echt heel ongebruikelijk,' verzekerde hij me. 'De meeste mensen willen niet alleen zijn. Blijkbaar vind jij dat niet erg.'

Toen vertelde ik hem mijn eerste leugen. 'Niet echt,' zei ik.

'Nou, ik hoop dat je vanavond geen bezwaar hebt tegen gezelschap. Aangezien ik een beetje ouderwets ben en jij me jou niet thuis laat ophalen, wilde ik voorstellen om hier af te spreken, zodat we samen naar het restaurant van jouw keuze kunnen gaan. Mijn enige verzoek is dat het niet Joe's Diner wordt.'

'Je bent bang voor Jeanette,' zei ik lachend.

'Doodsbang,' beaamde hij.

De rest van de dag duurde ontzettend lang. Ten slotte ging de zon toch in het westen onder en gleden de stralen schuin over het lege parkeerterrein door de ramen van de zaak naar binnen. Toen de stralen de ramen bereikten en hun weg zochten over de vloer van de zaak, gaven ze als een zonnewijzer de tijd aan, want zodra ze in deze tijd van het jaar de toonbank bereikten, wist ik dat het tijd was om naar huis te gaan.

Ik had nog een paar uur voordat ik weer terug bij de Starbox moest zijn, dus nam ik de lange route naar huis, wat inhield dat ik onze straat voorbijreed en naar de prairievlakten buiten de stad doorreed. Een klein stukje buiten de stad is een afrit van de doorgaande weg die naar een grintpad voert dat tussen de tarwevelden door loopt en uiteindelijk eindigt bij een oude graansilo. Ik nam die afrit, reed door tot het eind, parkeerde de auto en liep de prairie op.

Het weer was heel anders dan de warme, zomerse temperatuur van de vorige dag. Het was in één nacht koud geworden en toen ik daar zo buiten stond, zonder enige beschutting, zwiepte de wind over de stoppels op het veld en dwars door mijn jas heen. Ik bleef er zo lang ik het uithield staan.

Nu pas weet ik, wanneer ik erop terugkijk, hoe het werkelijk was – dat dit een heel belangrijk moment was. Daarbuiten vond ik wat ik zocht. Pas toen ik helemaal alleen was – waar ik juist zo ontzettend bang voor was. Men zegt dat datgene wat we het meest vrezen datgene is wat we het liefst willen hebben. Of dat waar is? Ik zag het in ieder geval niet, ook al lag het bewijs vlak voor mijn neus.

Ik bleef langer dan anders buiten op het veld. Ik bleef tot de zon onderging en de temperatuur nog verder daalde. Pas toen mijn neus en vingers gevoelloos waren en ik bijna rilde, liep ik terug naar mijn auto en reed ik naar mijn moeders huis.

Ik liep meteen door naar boven om een douche te nemen en nam daarna rustig de tijd om mijn haar droog te föhnen, wat ik bijna nooit doe omdat het ontzettend lang duurt. Ik haalde de make-up tevoorschijn die ik al in geen eeuwigheid had gebruikt. Het was zelfs al zo lang geleden dat ik ontdekte dat de mascara die ik wilde gebruiken keihard was geworden in de houder. Voor het eerst besefte ik hoe ver ik alles in de afgelopen drie jaar had laten afglijden.

Ik trok de mooiste jurk aan die ik had, wat meteen ook de enige jurk was die ik had. Ik had hem gekocht voor het enige afspraakje dat ik in de lente in Chicago had gehad en ik had hem sinds die tijd niet meer gedragen. Daarna stopte ik een paar pumps in mijn tas en trok ik onder de jurk een spijkerbroek aan met daar overheen een jas. Ik wist dat ik nooit zonder een kruisverhoor het huis zou kunnen verlaten als mijn moeder zag dat ik in een jurk en op hoge hakken wegging. Ik was er nog niet aan toe om nu al te worden uitgehoord – vooral omdat ik zelf de antwoorden ook niet wist.

Ondanks mijn vermomming viel het niet mee om weg te gaan. Het leek wel alsof mijn moeder een radar had die aangaf wat de meest ongeschikte momenten waren om lastig te doen.

Toen ik beneden kwam zat ze televisie te kijken.

'Ik ga uit,' zei ik tegen haar.

Ze draaide zich om en keek me aan, en ik had het gevoel alsof ze röntgenogen had, alsof ze dwars door de jas naar de jurk eronder kon kijken.

'Waarheen?' wilde ze weten.

'Ik heb met Tammy afgesproken.'

'Is Tammy belangrijker voor je dan je eigen moeder?'

'Natuurlijk niet,' zei ik.

'Mooi. Dan blijf je vanavond bij mij. Ik voel me niet lekker. Ik zit al de hele dag in mijn eentje in dit huis. Ik heb behoefte aan gezelschap.'

'Het spijt me, mam. Vanavond niet.'

'Waarom niet? Je ziet dat meisje bijna elke dag. Waarom wil je haar per se vanavond zien?'

Ik bracht vrijwel elke avond met mijn moeder op de bank voor de televisie door. Ik had het nooit bijgehouden, maar ze had me al talloze keren gezegd dat ik beter kon uitgaan dan hier rond te hangen, dat mijn leven voorbij zou zijn voordat ik er erg in had en dat ik beslist nog een keer in mijn eentje hier op de bank zou eindigen omdat zij er niet altijd voor me zou zijn.

'Ik beloof je dat ik morgenavond thuisblijf,' zei ik tegen haar.

'Ik heb het niet over morgenavond. Ik heb het over vanavond. Kun je vanavond bij me blijven? Dat is het enige wat ik van je vraag. Ik geloof niet dat het te veel gevraagd is.'

Ik wist dat ik, als ik echt met Tammy zou uitgaan, had toegegeven en bij mijn moeder was gebleven. Ik wist het en zij wist het ook. Door te weigeren gaf ik praktisch toe dat er iets was wat ik haar niet vertelde. Het enige wat ik kon doen was het huis zo snel mogelijk verlaten.

'Sorry. Vanavond niet, mam,' zei ik terwijl ik al naar de deur liep. 'Ik ben waarschijnlijk pas laat terug. Tot morgen.' Ik liep snel naar buiten en wachtte niet op wat er geheid zou komen. Ik hoorde haar door de deur heen iets zeggen, maar verstond het gelukkig niet.

Ik reed een flink stuk door tot het veilig was om de auto aan de kant te zetten, me uit mijn spijkerbroek te wurmen, de andere schoenen aan te trekken, mijn dikke jas uit te doen en wat lippenstift aan te brengen. Daarna reed ik terug naar het centrum en zette ik mijn auto achter de inmiddels overbekende cabriolet. Die avond was de kap omhoog. De achterruit was zo klein en de auto was vanbinnen zo donker dat ik niet kon zien of hij erin zat.

Dat bleek niet zo te zijn. Hij stond onder de luifel van de Starbox. Zodra ik de motor uitzette kwam hij naar me toe om het portier voor me open te houden.

Hij glimlachte toen hij zag wat ik aanhad, maar zei niets. De meeste mannen zeggen wel iets bij een eerste afspraakje: 'Je ziet er mooi uit.' of zelfs 'Wat een mooie jurk.' Wat dan ook. Hij zei echter helemaal niets. Hij bracht me naar de passagierskant van zijn auto en maakte het portier voor me open. Toen liep hij om de auto heen en nam hij op de bestuurdersstoel plaats.

Ik vertelde hem hoe hij bij Mike's Italian kon komen dat maar een paar straten verderop lag.

'Mike's?' vroeg hij toen hij de naam hoorde. 'Mensen vernoemen hun restaurant hier wel graag naar zichzelf, hè?'

'Het werkt,' zei ik. 'Ik durf te wedden dat Neils zaak veel beter zou lopen als hij de winkel Neil's noemde. Dan voelen mensen zich meer op hun gemak.'

Mike's was in werkelijkheid een veel chiquer restaurant dan de naam deed vermoeden. Chique voor ons stadje in elk geval. De tafels waren gedekt met een wit tafelkleed, linnen servetten, kaarsen en verse bloemen.

Dat wilde zeggen, normaal gesproken was het een van de chiquere plekken. Ik was er al heel lang niet geweest en wist daardoor niet dat Mike op dinsdag een gezinsavond had ingesteld om doordeweeks meer aanloop te krijgen. Kinderen tot vijf jaar mochten gratis eten.

De verandering viel me meteen op zodra we het restaurant binnenkwamen en in plaats van zacht mompelende volwassen stemmen werden we begroet door twee kleine jochies die rondjes om de tafels renden alsof het een atletiekwedstrijd was. Boven hun gejoel uit klonk het oorverdovende gekrijs van een baby. Het ergste was misschien nog wel dat er bruin papier op de tafels lag in plaats van wit katoen, en dat er glazen met waskrijtjes op stonden in plaats van verse bloemen en kaarsen.

Timothy keek me aan. 'Is dit weer een test, net als de latte met pompoen?' vroeg hij me.

'Meestal ziet het er heel anders uit,' zei ik. 'Het lijkt me het beste dat we...'

Voordat ik mijn zin kon afmaken, werden we aangesproken door Mike.

'Ik heb een heel rustig tafeltje voor jullie,' zei hij onmiddellijk toen hij de blik op ons gezicht zag. Hij voerde ons met uitgestrekte armen mee het restaurant in alsof hij ons hartelijk welkom heette, maar natuurlijk was het een tactiek om te voorkomen dat we de deur zouden uit hollen.

Terwijl hij ons door de eetzaal leidde zei hij: 'De kinderen moeten vroeg naar bed. De meeste gezinnen zijn zo klaar met eten.'

Ik keek om me heen. De meesten van hen hadden nog niet eens eten voor zich staan. Het was echter al te laat om nog gemakkelijk te kunnen wegkomen.

Timothy ving mijn blik op. Hij lachte en haalde zijn schouders op alsof hij wilde zeggen: waarom ook niet?

We wisten zonder kleerscheuren aan de andere kant van het restaurant te komen en bereikten een nisje dat vrij rustig was en een beetje van de rest van het restaurant was afgeschermd.

Terwijl we gingen zitten haalde Mike snel het papieren tafelkleed weg en hij keerde even later terug met een echt tafelkleed en twee kaarsen. Hij stak ze met een aansteker uit zijn zak aan, knipoogde en verdween weer.

Timothy keek me over de tafel heen aan.

'Jij zit echt vol verrassingen,' zei hij.

'Geloof me, dit is voor mij net zo'n grote verrassing,' zei ik tegen hem.

'Het is niet alleen het restaurant. Je hebt dat ook allemaal goed verstopt gehouden.' Hij stak een hand uit en tilde een lok van mijn haar op die over mijn schouder naar voren was gevallen. Hij schoof hem naar achteren en zei: 'Je trekt echt de aandacht met dat haar van je.'

'Daarom draag ik het ook meestal opgestoken,' zei ik. 'Volgens mij valt het hier trouwens wel mee met al die aandacht.'

'Denk je dat echt?' vroeg hij nieuwsgierig.

'In een restaurant vol gezinnen en krijsende kinderen? Ja hoor.'

'Een man blijft anders een man, ook als hij getrouwd is en kinderen heeft,' zei Timothy.

Ik kreeg opeens een loodzwaar gevoel in mijn maag. Het klonk alsof hij uit ervaring sprak. Ik had uiteraard gekeken of hij een trouwring droeg en gezien dat dat niet het geval was. Was hij er zo een – een man die weigerde om een trouwring te dragen? Of veel erger nog, zo'n man die hem afdeed wanneer hij op zakenreis was?

Waarschijnlijk was aan mijn gezicht min of meer af te lezen wat ik dacht, want hij zei: 'Mijn broer is getrouwd en heeft twee kinderen. Daardoor weet ik dat.'

Ik was het niet gewend dat mensen me zo gemakkelijk konden doorgronden. Ik overwoog of ik ermee kon wegkomen als ik ontkende dat dit precies was wat ik dacht. Maar ik kreeg er niet de kans voor, want hij ging meteen verder.

'Even voor alle duidelijkheid, volgens mij volgde iedere man hier in het restaurant jou met zijn ogen toen je langskwam. Verder zit er rechts van je een die mij aankijkt alsof hij me wel kan vermoorden.'

'Doe niet zo raar,' zei ik.

Ik keek om.

Het was Dan.

Hij zat met Stacey en zijn twee kinderen aan een tafeltje – en Timothy had gelijk. Als blikken konden doden was Timothy ter plekke morsdood neergevallen. Dan staarde zo ingespannen naar Timothy dat hij niet eens merkte dat ik naar hem keek.

'Is er misschien iets wat ik moet weten?' vroeg Timothy.

'Nee,' zei ik. 'Helemaal niets.'

'Zijn vrouw denkt daar heel anders over,' merkte hij op.

Ik keek opnieuw om. Stacey staarde net zo fel naar Dan als Dan naar Timothy. Het drong opeens tot me door dat ik zonder het maatschappelijke laagje vernis in primitievere tijden niet had durven zeggen wat er zou zijn gebeurd.

'Ik weet zeker dat het niets met mij te maken heeft.'

'Hmm,' zei hij. Het was het geluid dat bij instemming hoorde, maar het klonk helemaal niet instemmend.

Hij bestudeerde me aandachtig. Zoals hij naar me keek – hoe moet ik het uitleggen? Het was alsof vóór hem nooit iemand echt naar mij had gekeken. Ik dacht van wel, maar hiermee vergeleken hadden ze vroeger dwars door me, over me of om me heen gekeken. Hij keek recht naar mij.

Hij kneep zijn ogen nadenkend tot spleetjes. Toen zei hij: 'Is dit valse bescheidenheid? Of is het echte? Ik moet eerlijk bekennen dat ik het niet weet.'

'Het is geen bescheidenheid, geen valse en ook geen echte. Het is gewoon de werkelijkheid.'

Hij snoof minachtend alsof hij me niet geloofde.

Daar was een reden voor – ik bleek er namelijk volledig naast te zitten. Niet wat betreft die bescheidenheid, maar wel wat betreft de vraag of de ruzie tussen Stacey en Dan over mij ging.

Nadat we iets te drinken hadden besteld zag ik Stacey verhit tegen Dan praten. Even later begon ze alle spullen van de baby in een tas te proppen. Daarna tilde ze de baby op, greep ze Dan junior bij de hand en dreef ze hen door de deur naar buiten, Dan alleen achterlatend aan de tafel vol amper aangeraakte borden met eten.

Ik dacht echt nog steeds dat het niets met mij te maken had, totdat ik Dan zag opstaan – wat ik wel had verwacht – maar in plaats van achter Stacey aan naar buiten te lopen kwam hij naar onze tafel toe en bleef hij pal naast mijn stoel staan.

'Wat denk jij dat je aan het doen bent?' zei Dan tegen me.

Ik schoof mijn stoel naar achteren. Ik vond het niet prettig dat hij zo boven me uittorende.

'Dan, ik ben aan het eten. Dus als je het niet erg vindt?'

Kennelijk vatte hij de vraag serieus op. 'Ja, dat vind ik wel erg. Weet je wel wie deze vent is?'

'Volgens mij zijn dat jouw zaken niet.'

'Nee, maar wel de jouwe,' zei Dan. 'Hoe haal je het in je hoofd om uit te gaan met een vent die al de helft van de vrouwen hier in de stad heeft versierd?'

Timothy nam het woord. 'Waar heb je het in godsnaam over?' Hij klonk heel rustig en redelijk.

'Ik heb het niet tegen jou,' zei Dan zonder zich zelfs maar om te draaien.

'Nee, maar je hebt het wel óver me,' zei Timothy. 'Bovendien klets je uit je nek. Ik ben hooguit dertig uur in de stad. Ik zou dus echt niet weten wanneer ik al die vrouwen had moeten versieren. En al evenmin wie je dat kan hebben verteld.'

'In een stadje als dit blijft niets lang geheim,' zei Dan. 'Zelfs al ben je hier pas één dag. Een goede vriendin van mijn vrouw vertelde haar dat je gisteren niet met je handen van haar kon afblijven. En nu zit je vanavond hier met Nora.'

Plotseling viel bij mij het kwartje. Ik herinnerde me dat Jeanette en Stacey op de middelbare school heel goed met elkaar bevriend waren geweest.

Timothy ving mijn blik op en glimlachte.

'Bedoelt hij nu degene die ik denk dat hij bedoelt?' vroeg hij aan mij.

'Dat denk ik wel.'

'De leeuwenkooi?'

'Tijdens voedertijd,' zei ik.

'Jeanette,' zeiden we in koor.

'Dat weet je dus en toch heb je ermee ingestemd om met hem uit te gaan?' zei Dan alsof het een persoonlijke belediging was.

'Dan, hij zat met haar te flirten. Flirten is geen misdrijf. Het houdt niet in dat je niet met iemand anders uit eten mag gaan.'

'Misschien heeft hij jou wijsgemaakt dat het bij flirten is gebleven, maar in het echt was het veel meer – dat kan ik je wel vertellen.'

Ik keek naar Timothy.

'Nadat ik mijn hamburger en jouw appeltaart had opgegeten, ben ik weer in mijn auto gestapt en naar de snelweg teruggereden om daar een motelkamer te zoeken. 's Avonds heb ik wat gegeten bij de Burger King ernaast en vanochtend vroeg ben ik meteen naar jou toe gekomen.'

Ik keek naar Dan. 'Niet dat het je ook maar iets aangaat, maar jij zegt dus dat je iets heel anders hebt gehoord?'

'Nou ja, niet...' hakkelde Dan. Hij probeerde zich te herstellen door agressief te beweren: 'Het ging veel verder dan wat onschuldig geflirt. Hij heeft haar min of meer een oneerbaar voorstel gedaan.'

Zoals hij het zei klonk het net alsof het om een poging tot moord ging. Was hij dan al weer vergeten dat hij afgelopen weekend bijna hetzelfde met mij had gedaan in het gangpad van de 7-Eleven? En als hij dat niet was vergeten, hoe durfde hij dan nu in vredesnaam zo arrogant te doen?

'Dan, je gedraagt je belachelijk.'

Hij negeerde mijn woorden. 'Ik weet heus wel wat jij aan het doen bent,' zei hij tegen me.

'Wat doe ik dan?'

'Je probeert mij jaloers te maken.'

Ik deed een nieuwe poging: 'Dan, je bent getrouwd en hebt twee kinderen. Ga alsjeblieft naar huis en naar hen toe, oké?'

'Ga me nou niet vertellen wat ik moet doen.'

Plotseling kwam dit alles me heel bekend voor. Ik was helemaal vergeten dat hij zo kon zijn, maar zodra hij op het punt stond om een discussie te verliezen, gedroeg hij zich altijd meteen als een vijfjarige. Ik werd er vroeger helemaal horendol van. Dan was het net alsof ik een kind had in plaats van een vriend. Ik had de afgelopen drie jaar vaak aan hem gedacht, maar dit was zelfs niet één keer bij me opgekomen. Alle leuke momenten, alle fijne dingen wel. Hoe komt het toch dat je je zulke dingen nooit herinnert als je aan je ex zit te denken? De dingen waar je gek van werd en die je niet meer hoefde te verdragen?

'Ook goed, dan ga je niet naar huis,' zei ik. 'Het zal me een zorg zijn. Zolang je mij maar niet lastigvalt tijdens het eten.'

Dan bleef met een woedende blik op mij naast me staan.

'Volgens mij heeft Nora je gevraagd om weg te gaan,' zei Timothy. De woorden waren neutraal, maar de klank van zijn stem niet.

Dan draaide zich nu om naar Timothy, die precies op dat moment de menukaart pakte om deze te bestuderen. Hij keek Dan niet eens aan. Het valt niet mee om ruzie te maken met iemand die je niet aankijkt.

Dan bleef nog even zo staan, maar voelde zich duidelijk steeds onbehaaglijker. Toen keek hij weer naar mij.

Ik verwachtte... ik weet eigenlijk niet wat ik verwachtte. Het was in elk geval niet wat er toen gebeurde.

Hij staarde me indringend aan en zei: 'Je ziet er heel mooi uit.' Toen draaide hij zich om en liep hij weg.

Ik wist niet wat ik daarmee aan moest. Echt niet.

Ik durfde eigenlijk niet eens het restaurant rond te kijken, omdat ik bang was dat ik dan zou ontdekken dat iedereen naar ons zat te kijken. Toch deed ik het. Sommige mensen deden zo krampachtig hun best om niet naar ons te kijken dat ik wist dat ze ingespannen hadden geluisterd of ze het gesprek konden opvangen, maar de rest had het zo druk met hun kinderen die ze probeerden zover te krijgen dat ze gingen zitten, iets aten of ophielden met elkaar te slaan, dat ze helemaal geen tijd hadden voor de problemen in het leven van iemand anders. Toen keek ik weer naar Timothy. Ik had verwacht een glimlach met hem te kunnen uitwisselen over het belachelijke van de situatie. Hij keek me echter niet aan. Hij bestudeerde nog steeds de menukaart – en de manier waarop hij dat deed was bedoeld om me laten merken dat hij kwaad was.

Ik wachtte even, maar hij keek nog steeds niet op.

'Gaat het wel?' vroeg ik ten slotte.

Hij klapte de menukaart dicht en keek me eindelijk aan. Plotseling voelde ik precies het omgekeerde van wat ik bij Dan had gevoeld. Niet dat ik met een kind samen was, maar dat ik het kind was.

'Je hebt mij verteld dat je geen echtgenoot of vriend had, maar je had er best even bij mogen zeggen dat je wel een minnaar had.'

'Oké, laat ik het dan zo zeggen – ik heb geen echtgenoot, geen vriend en ook geen minnaar,' zei ik tegen hem.

'Niemand gedraagt zich zo, tenzij je met hem naar bed gaat.' Hij leunde achterover in zijn stoel en sloeg zijn armen over elkaar. Het was alsof hij een barrière tussen ons optrok.

'Ik ga niet alleen niet met hem naar bed, maar had hem tot afgelopen zaterdagavond zelfs drie jaar lang niet gesproken.'

Niets in zijn gezicht duidde erop dat dit hem milder stemde.

'Ik weet niet of ik dat wel geloof. Als dat al zo is, dan wil hij je nu terug.'

Ik boog me over de tafel naar voren en deed mijn best om zo overtuigend mogelijk te klinken toen ik zei: 'Hij kan wel zo veel willen.'

'Je gaat dus niet naar hem terug?'

'In elk geval niet vanavond.' Ik was gewend om sarcastisch te doen tegen Tammy en haar zo aan het lachen te maken. Bij Timothy werkte dat echter totaal niet.

Hij wierp me een vernietigende blik toe en vanaf dat moment ging alles van kwaad tot erger.

Ik denk dat de manier waarop hij zich tijdens het etentje gedroeg zijn variant was van mijn vertrek een dag eerder. Het enige verschil is dat hij niet opstond en van tafel wegliep. Niet letterlijk in elk geval. Ik stelde hem een paar vragen, maar hij antwoordde slechts met ja of nee, of negeerde de vraag totaal. Uiteindelijk gaf ik het op en we aten in stilte verder.

We waren sneller klaar dan sommige gezinnen die er al zaten toen we arriveerden. Aan het eind van de maaltijd betaalde hij. Ik wilde het nog aanbieden, maar hij maakte alleen maar een klein wuivend gebaar met zijn hand alsof hij wat kruimels van het tafelkleed veegde. Hij bracht me terug naar de winkel, liep met me mee naar mijn auto, hield het portier voor me open en nam afscheid.

Ik vroeg hem niet of ik hem nog een keer zou zien. Hij vroeg mij dat evenmin. Er volgde zelfs geen kus op de wang.

Het was volgens mij het allerergste afspraakje dat ik ooit had gehad. Niet dat ik er veel had gehad, maar dit was echt heel erg – ook als je weinig materiaal had om het mee te vergelijken. Je zou dus denken dat ik opgelucht was dat ik niet nog zo'n afspraakje hoefde te doorstaan. 'Opluchting' was echter niet het woord dat ik zou hebben gebruikt om te omschrijven wat ik voelde.

Ik kwam even na tienen thuis, maar alle lampen in het huis waren uit. Voor alle zekerheid trok ik mijn spijkerbroek aan en verwisselde ik van schoenen; daarna schoot ik mijn jas aan en ging ik naar binnen.

Ik deed de deur heel zacht achter me dicht en leunde er heel even tegenaan. Ik was terug. Alweer.

Altijd weer terug naar dit huis.

Het was gewoon een huis. Donker. Stil. Waarom had ik dan het gevoel dat ik er niet kon ademen?

Na een tijdje deed ik de lampen aan – en zo kwam ik tot de ontdekking dat mijn moeder op de bank zat. Ze had in het donker gezeten, zonder televisie, zonder muziek. Alleen maar gezeten.

'Mam, wat is er? Is alles goed met je?' vroeg ik.

Het was alsof ik niets had gezegd. Ik weet zeker dat ze me had gehoord, want ze verschoof een stukje op de bank maar weigerde zelfs haar hoofd om te draaien om me aan te kijken.

'Ik ga naar bed,' zei ik. 'Ik zie je morgen wel weer, oké?'

Nog steeds niets.

'Moet ik het licht aan laten of uitdoen?'

Geen reactie. Ik wist evengoed wel wat ze wilde.

Ik deed het licht uit en liet haar alleen in het donker achter.

Het politieonderzoek
Veronderstellingen

Tijdens het bij elkaar vergaren van een verhaal dient de rechercheur op zijn hoede te zijn voor veronderstellingen. Een gebeurtenis kan er vanuit een ander perspectief bezien heel anders uitzien.

De FBI heeft een gezegde: 'Elke veronderstelling is meteen het eind van een goed onderzoek.'

Timothy | Wat Timothy
tijdens het afspraakje dacht

Ik was stomverbaasd toen ze uit haar auto stapte.

Dat meen ik echt.

Dit had ik totaal niet verwacht. Ze had er in haar uniform als een doodgewoon aantrekkelijk meisje uitgezien. Ze had zich ook gedragen als een doodgewoon aantrekkelijk meisje en dat bedoel ik dan positief. Mooie vrouwen stralen iets zelfbewusts uit: ze beseffen wat voor effect ze op anderen hebben. Daar kunnen ze niets aan doen – ze hebben namelijk ook echt effect op anderen. Het is dus gewoon iets waaraan ze gewend raken, waartegen ze zich leren beschermen, wat ze leren gebruiken of ontwijken. Soms zijn ze er heel behendig in en proberen ze te verbergen dat ze zich bewust zijn van jouw reactie op hen, maar ik heb het altijd door. Ons kent ons, zullen we maar zeggen.

Dit meisje had dat totaal niet. Toch leek ze net iets uit een mythe toen ze uit de auto stapte – een wezen dat adembenemend mooi is, maar zich op een of andere manier niet van haar schoonheid bewust is. Het belangrijkste is niet de schoonheid. Het is dat ze zich er niet van bewust is. Hoe was het mogelijk dat ze al die tijd op deze wereld had geleefd zonder dat te weten?

Het is onmogelijk om haar haar te beschrijven. Het was me al eerder opgevallen en ik dacht dat ik wel wist hoe het eruit zou zien als het loshing. Het veroorzaakte echter een complete gedaanteverwisseling. Haar gezicht, haar ogen, haar lichaam – door dat haar zag alles er heel anders uit. Ik geloofde echt dat ik wat schoonheid betreft een kennersoog had, maar ik had er al die tijd bovenop gestaan zonder het te zien. Het stemde me nederig. En dat, zal ik heel eerlijk bekennen, was een nieuwe ervaring voor mij. Nederigheid heeft een slechte reputatie. Maar als ik zo kon leven zou ik pas echt gelukkig kunnen zijn.

Ik geef de vrouwen met wie ik uitga altijd een complimentje. Echt altijd. Ik doe mijn best om op zijn minst één ding te vinden dat ik echt leuk vind. Als dat niet lukt, complimenteer ik haar juist met datgene wat ik het afschuwelijkst van alles vind: schoenen van goudlamé. Een donzige tas die net een haarbal lijkt. Oranje lippenstift. In mijn afschuw ligt een zekere bewondering besloten. Daar put ik dan uit.

Deze keer kon ik echter geen woord uitbrengen. Ik zweer het je. Ik hield alleen maar het portier open en hielp haar met instappen.

Kennelijk merkte ze niet eens dat ik helemaal niets zei. Toen ze instapte en me vertelde waar ik naartoe moest rijden, kwam ze rustig en ontspannen over. Ik geloof niet dat ik die combinatie van eigenschappen ooit eerder bij iemand ben tegengekomen – zeker niet bij een vrouw. Bij mannen wel, natuurlijk. Met een man kun je een halfuur ergens zitten zonder iets te zeggen en hij zal het amper merken. Als dat met een vrouw gebeurde, kon je er rustig van uitgaan dat ze kwaad was of overstuur, soms zelfs allebei.

Ze vertelde me hoe ik bij het restaurant kon komen. Een keer naar rechts, een keer naar links en we waren er. Het hele centrum had ongeveer de omvang van één huizenblok in New York. Verder was er nog een overdekt winkelcentrum dat vlak bij de snelweg aan de rand van de stad lag en dat verder nog het motel omvatte waarin ik verbleef, de McDonald's, de Burger King, het tankstation en de Dunkin' Donuts.

Het echte centrum van de stad was best aardig om te zien. Het zag eruit zoals je je voorstelt bij een kleine stad. Het restaurant paste daar zo te zien goed bij: een groene luifel met een sierrand waarop alleen maar 'MIKE's' stond en een ouderwetse deur van glas en hout. Het zag er heel geschikt uit voor een rustig diner – tot we de deur opendeden en in een enorme chaos belandden. Het leek wel alsof we midden in het verjaardagsfeest van een vijfjarige waren terechtgekomen waar net de taart is opgediend en de suiker door het lijfje van alle vijfjarige gasten giert. Ik kon het weten: ik had een maand eerder tien minuten doorgebracht op het verjaardagsfeest van mijn neefje.

Ik was op dit punt in mijn leven inmiddels tot de conclusie gekomen dat ik kinderen niet leuk vond. Het is geen populaire mening, maar wel een die veel meer mensen zijn toegedaan dan ze willen toegeven. Wat ik niet begrijp is dat diezelfde mensen ervan overtuigd zijn dat ze hun eigen kinderen wel leuk zullen vinden. Of liever gezegd, dat hun kinderen anders zullen zijn. Ik weet dat zo net nog niet.

Toen we het restaurant binnenliepen was mijn eerste reactie dat ze me iets duidelijk wilde maken – dat ze me er mee naartoe had genomen om me te vertellen dat ze dol was op kinderen, dat ze er zo snel mogelijk een paar wilde hebben en dat ze zelfs al namen had uitgekozen voor de eerste exemplaren die wij samen zouden krijgen. Die gedachten schoten door mijn hoofd zodra we door de deur naar binnen gingen. Het is niet per se logisch, maar ik moet erbij zeggen dat dit het niveau van paranoia is dat de wat oudere single man ervaart tijdens zijn eerste afspraakje met een vrouw. Het is ook niet helemaal uit de lucht gegrepen. Ik zou je echt verhalen kunnen vertellen...

Na één blik op haar gezicht besefte ik echter dat mijn paranoia in dit geval ongefundeerd was. Toen we het restaurant binnenkwamen keek ze geschokt. Ontzet zelfs.

'Is dit weer een test, net als de latte met pompoen?' vroeg ik.

'Meestal ziet het er heel anders uit,' zei ze. 'Het lijkt me het beste dat we...'

Het was echter al te laat. De eigenaar had ons gezien en sprak ons bij de deur aan.

Inmiddels genoot ik met volle teugen van haar onrust. Eerder was ze heel beheerst overgekomen, maar ik vond het niet erg dat ze uit haar evenwicht was gebracht. Ik geef toe dat het me een beetje geruststelde.

We liepen door het restaurant en ik durf te zweren dat iedere man die daar zat opkeek en haar met zijn ogen volgde. Nu was ik dat wel gewend van de vrouwen met wie ik uitging. Dat was juist een van de dingen die het zo leuk maakte. De helft van de tijd was de vrouw in kwestie de moeite niet waard, maar dat wisten die andere mannen niet en ik voedde me met hun jaloezie. Ik vond het geweldig dat ik iets had wat zij wilden hebben.

Nu ervoer ik echter voor het eerst iets anders. Ze kwam heel naïef over en ik wilde dat zo houden, maar ik was echt bang dat het over zou zijn zodra ze opkeek en het in de gaten kreeg, zodra het tot haar doordrong dat ze allemaal naar haar keken. Haar onschuld zou verdwijnen. Dan zou ze net als alle andere vrouwen zijn. Dan zou er iets heel waardevols verloren zijn gegaan.

Misschien is dat wel wat mensen zo leuk vinden aan kinderen. Ze zien hun puurheid. Hun onschuld. Het is onweerstaanbaar. Totdat de kinderen ouder worden. Toen ik dat bedacht wist ik heel zeker dat ik geen kinderen wilde. Hoe overleef je het verdriet van iets volmaakts dat voor je ogen wordt verpest?

We gingen aan het tafeltje zitten en ik keek haar aan. 'Jij zit echt vol verrassingen,' zei ik tegen haar.

Ik laat me er altijd op voorstaan dat ik eerlijk ben. Op dat moment besefte ik opeens dat ik mezelf altijd een schouderklopje geef vanwege mijn eerlijkheid wanneer ik iemand iets onaangenaams vertel, iets wat ze liever niet willen horen. Daar schuilt heel veel macht in. Eerlijk zijn over positieve zaken – dat maakt je kwetsbaar. Ze vatte het uiteraard niet zo op als ik het had bedoeld.

'Geloof me, dit is voor mij net zo'n grote verrassing,' zei ze. Daar liet ze het bij. Ze deed niet wat vrouwen meestal doen wanneer ze een fout hebben gemaakt: zich meteen uitputten in verontschuldigingen.

'Het is niet alleen het restaurant. Je hebt dat ook allemaal goed verstopt gehouden.'

Ik moet eerlijk bekennen dat ik dat volgens mij alleen maar zei als excuus om mijn hand te kunnen uitsteken en haar aan te raken. Om haar haar te voelen. Het voelde net zo dik en zijdezacht aan als het eruitzag. Net poppenhaar. 'Je trekt echt de aandacht met dat haar van je.'

'Daarom draag ik het ook meestal opgestoken,' zei ik. 'Volgens mij valt het hier trouwens wel mee met al die aandacht.'

'Denk je dat echt?' vroeg ik.

'In een restaurant vol gezinnen en krijsende kinderen? Ja hoor.'

'Een man blijft anders een man, ook als hij getrouwd is en kinderen heeft,' merkte ik op.

Ik vond het altijd bijzonder vreemd dat vrouwen hier altijd van opkeken – dat ze blijkbaar op een of andere manier denken dat een man, zodra hij eenmaal is getrouwd, nooit meer naar een mooie vrouw zal kijken, dat hij nooit meer een andere vrouw dan zijn echtgenote zal begeren. Hoe kun je nu ooit een heuse relatie hebben als je niet snapt dat dit instinct niet wordt gedoofd door een enkel woordje bij een ceremonie?

Helaas dacht zij er dus hetzelfde over als al die anderen. Ze keek me fronsend aan. Toen zag ik echter dat ze een blik op mijn hand wierp en ik begreep opeens dat de frons niet werd veroorzaakt door de algemene betekenis van de opmerking; ze dacht dat ik het over mezelf had.

'Mijn broer is getrouwd en heeft twee kinderen. Daardoor weet ik dat,' zei ik. Ik voegde eraan toe: 'Even voor alle duidelijkheid, volgens mij volgde iedere man hier in het restaurant jou met zijn ogen toen je langskwam.'

Ik keek naar de mannen om me heen en opeens zag ik hem zitten. Ik kon bijna niet geloven dat mijn zesde zintuig hem niet veel eerder had opgemerkt. Een lange vent. Blond. Je kon zien dat hij vroeger knap moest zijn geweest, maar dat hij zich een beetje had laten gaan, zoals dat zo vaak het geval is bij mannen zodra ze eenmaal gesetteld zijn met een carrière en een gezin, en ze uit verveling te veel gaan eten en dat nog eens erger maken door ook veel te veel televisie te kijken om te ontsnappen aan de beklemmende greep van allerlei verplichtingen en ellenlange controlelijsten die hun leven zijn gaan beheersen.

Deze vent zat woedend naar me staren alsof hij me graag had gewurgd en ik begreep dat het meisje dat tegenover me zat niet zo vrij was als ze wel beweerde. Er was een man in dit restaurant aan wie

ze toebehoorde. Dat zag ik aan zijn woedende blik. Het was onmis-
kenbaar.

'Er zit verderop aan de rechterkant van jou een kerel die mij aankijkt alsof hij me wel kan vermoorden.'

'Doe niet zo raar,' zei ze.

Ik krijg niet vaak van anderen te horen dat ik raar doe. Ik vond
het niet prettig.

Ze keek om, zag wat ik zag en opeens veranderde haar gezicht.

'Is er misschien iets wat ik moet weten?' vroeg ik.

'Nee,' zei ze. 'Helemaal niets.'

Ik vond het ook niet prettig wanneer mensen tegen me logen.

'Zijn vrouw denkt daar anders heel anders over.'

'Ik weet zeker dat het niets met mij te maken heeft,' zei ze.

Ik staarde haar aan en probeerde te peilen hoe diep haar leugen
eigenlijk ging. Had ik alles misschien verkeerd gezien? Dat geloofde
ik niet. Ik had geen romantische denkbeelden over vrouwen en ik
kende er echt heel veel.

Ik dacht even na en vroeg haar toen ronduit: 'Is dit valse bescheidenheid? Of is het echte? Ik moet eerlijk bekennen dat ik het niet
weet.'

'Het is geen bescheidenheid, geen valse en ook geen echte. Het is
gewoon de werkelijkheid,' zei ze.

Op dat moment kwam de man die al die tijd woedend naar me
had zitten staren, dreigend naar ons toe en hij vroeg op dwingende
toon wat ze aan het doen was. Ze bleef heel rustig en zei: 'Dan, ik
ben aan het eten. Dus als je het niet erg vindt?'

Kennelijk vatte hij de vraag serieus op. 'Ja, dat vind ik wel erg.
Weet je wel wie deze vent is?'

De bezitterigheid die van hem afstraalde was bijna tastbaar. Aan
de manier waarop ze tegen hem praatte leidde ik echter af dat zij er
anders over dacht. Hij bleef nog een tijdje koppig staan, maar uiteindelijk gaf hij het op en vertrok hij. Daarna beschuldigde ik haar
ervan dat ze tegen me had gelogen. Toen ze zei dat dit niet zo was,
deed ik net alsof ik haar niet geloofde.

Dat was echter helemaal niet waar.

De waarheid was dat ik bang begon te worden. Het valt niet mee om dat toe te geven, maar het was wel zo. Ik geloofde niet echt dat ze had gelogen. Ik was ook niet op mijn achterhoofd gevallen; ik wist heus wel dat ze niet ongerept meer was. Ze had een verleden. Toegegeven, het kwam niet vaak voor dat het verleden tijdens je eerste afspraakje meteen je tafeltje bestormde, maar ik vond dat ze het beter had afgehandeld dan ik me had kunnen voorstellen. Haar zelfbeheersing maakte me juist nog banger. Ik kreeg opeens het gevoel dat dit meisje dat ik in een of andere uithoek in Kansas had gevonden, de ware was.

Ik besefte dat ik daar niets van wilde weten. Met zoiets moet je niet lichtzinnig omgaan. Dat is net zoiets als gaan hinkelen naast het spoor. Zodra je op de rails valt is het voorbij. Op het moment dat dit tot me doordrong, kneep ik ertussenuit.

Nora | De dag na het afspraakje

Een deel van me – goed dan, elke vezel in mijn lijf – was de volgende ochtend tijdens mijn werk aan het wachten. Ik was aan het wachten tot hij weer binnenkwam. Hij had het al een keer eerder gedaan. Waarom dan deze keer niet?

Tja, waarom weet ik niet, maar hij kwam in elk geval niet. In plaats daarvan kwam Tammy rond een uur of elf als een wervelwind naar binnen stormen.

Ik stond achter de toonbank en Neil zat aan een van de tafeltjes op zijn laptop bestellingen te doen.

'Ha, Tammy,' zei Neil toen Tammy door de deur naar binnen denderde.

Tammy schonk geen aandacht aan hem en beende met een nijdige, starende blik op mij naar de toonbank.

'Ik dacht dat wij vriendinnen waren,' zei ze woedend.

Ik knipperde met mijn ogen. 'Ach, nou ja, ik had je het eigenlijk niet willen vertellen, maar ik doe al een jaar of twintig alleen maar alsof.'

'Jij bent echt goed waardeloos,' zei Tammy, die heel hard haar best deed om kwaad te blijven, maar daar niet helemaal in slaagde.

Ik begreep dat ze iets over mijn afspraakje moest hebben gehoord. 'Sorry dat ik het je niet heb verteld,' zei ik.

'Ik moest het dus gisteravond van Jeanette in de Box horen.'

Tammy werkte doordeweeks als barvrouw bij een bar in de buurt, de Box, en in het weekend bij een stripclub die heel prozaïsch Pussy's heette.

Tammy ging verder. 'Wat het er allemaal nog erger op maakte was dat Jeanette ervan uitging dat ik alles al wist. Ik moest dus net doen alsof ik wist waar ze het over had. Gelukkig was ze volgens mij zo dronken dat het me wel is gelukt, maar over gênant gesproken...'

'Sorry', zei ik nogmaals. 'Dat was verkeerd van me.' Ik deed mijn best om ontzettend berouwvol te klinken.

'Houd je kop. Houd alsjeblieft je kop.' Ze staarde me boos aan. Toen zei ze: 'Is het echt waar dat je Jeanettes verloofde zo ongeveer onder haar neus hebt weggekaapt? Een of andere kerel die Timothy heet en van buiten de stad komt?'

Ik proestte het uit van het lachen.

'Oké, ik neem aan dat dit nee betekent.' Tammy wees dreigend met een vinger naar me. 'Jij gaat me straks wel alles vertellen, denk eraan. Je komt na je werk maar mooi bij me langs.'

Dat hield in dat ik erover zou moeten praten en daar voelde ik niets voor. Ik had het gevoel dat het verhaal afgelopen zou zijn als ik er nu over praatte. Ik wilde er nog helemaal niet aan denken dat dit vrijwel zeker het eind van het verhaal was.

Het was echter geen vraag van Tammy, dus ik kreeg niet de kans om te weigeren. Ze draaide zich op haar hakken om en beende met grote stappen naar buiten.

Ik keek naar Neil. Hij had zijn bril boven op zijn hoofd geschoven, was opgehouden met de administratie en zat nu naar mij te staren.

'Wat is er?' vroeg ik.

'Niets', zei hij. Hij zette zijn bril weer goed en keek naar de laptop.

De rest van de middag duurde ongelooflijk lang. De tijd verstrijkt altijd heel langzaam wanneer je op iets zit te wachten – vooral iets wat niet komt.

Ik ging die avond naar Tammy en vertelde haar alles vanaf het begin: de zaterdagavond en de woordenwisseling met Dan. Ik moest mijn verhaal ook een paar keer afbreken vanwege heftig gevloek – van Tammy natuurlijk. Ze heeft altijd een hekel gehad aan Dan. Eerlijk gezegd leek het er ook niet op dat ze Timothy wel mocht.

'Geef hem alsjeblieft een kans', smeekte ik. Ze keek me een beetje vreemd aan en ik hield me in. 'Als hij terugkomt, bedoel ik', voegde ik er snel aan toe.

'Nora, verwacht er nou alsjeblieft niet te veel van.'

Ik weet niet hoe mijn gezicht er precies uitzag, maar ze moest er op een of andere manier hebben gezien wat mijn maag deed toen ze dat zei, want ze schudde haar hoofd en zei: 'Ach, lieverd toch. Luister nou eens naar me. Laat het alsjeblieft los.'

'Heb je iets gezien?' vroeg ik. 'Weet jij soms al dat hij niet terugkomt?'

'Je weet best dat ik alleen maar iets zie wanneer ik jouw hand vastheb.'

Ik dwong haar dus om mijn hand te pakken, maar ze kreeg niets door.

Toen ik wegging voelde ik me nog ellendiger dan toen ik aankwam. Soms helpt het totaal niet om erover te praten. Dan raak je slechts verstrengeld in een vicieuze cirkel van vragen, zorgen en verlangens.

Het werd het er al niet veel beter op toen ik thuiskwam. Mijn moeder praatte nog steeds niet met me, maar dat was eigenlijk wel een opluchting. Het was nog veel te vroeg om een poging te doen haar over te halen om me te vergeven, dus ik ging naar mijn kamer en bracht de rest van de avond door in mijn helft van het smalle lits-jumeaux dat ik al had sinds ik in een kind was. Het had door de diepe kuil in het midden van de matras meer weg van een hangmat. Eigenlijk zou ik een ander bed moeten kopen, maar ik wilde er liever niet bij stil blijven staan hoe lang ik hier misschien nog zou wonen. Op een gegeven moment hoorde ik mijn moeder naar bed gaan en ik weet niet hoe lang het daarna nog duurde, maar ten slotte viel ik toch in slaap.

Ik stond de volgende ochtend op. Ik ging naar mijn werk. Ik wachtte. Ik haalde me van alles in het hoofd.

Wat was hij aan het doen? Belangrijker nog, zou hij ook aan mij denken?

Timothy | Wat Timothy deed nadat hij uit Kansas vertrok

Ik vertrok en dacht totaal niet meer aan haar.

Het gemak waarmee ik dat deed was bijna beangstigend. Ik pakte de draad weer op en ging verder met mijn leven. Ik sprak met Warren. Ik vloog terug naar New York. Toen belde mijn moeder helemaal in paniek omdat de markt tijdens mijn afwezigheid als een schip tijdens een wervelstorm van de ene golftop naar het andere golfdal was gedoken en ze zich zorgen maakte of ik me daar wel mee had beziggehouden.

Ik had me er totaal niet mee beziggehouden.

Uiteindelijk bleek dat dit het beste was wat ik had kunnen doen. De markt heeft zijn eigen ratio. Daar vertrouwde ik op. Andere mensen kiezen liever voor familie en instituten als het huwelijk en de kerk. Die dingen vertrouw ik dus voor geen meter – de markt vertrouw ik wel, hoewel niet per se dat hij alleen maar stijgt en stijgt en stijgt zonder ooit te dalen; dat is volstrekt niet logisch. Nee, ik vertrouw erop dat hij zijn eigen evenwicht bewaart, ondanks de idiotie van een heleboel mensen die erop handelen.

Ik was op woensdagmiddag terug op kantoor en bracht de hele middag door aan de telefoon. Voor het geval je je misschien afvraagt wat mensen eigenlijk doen op Wall Street, de meesten praten alleen maar. Ze hangen twaalf uur per dag aan de telefoon om te praten. Ze ontvangen een spectaculair salaris om te roddelen. Andere mensen zijn cijferaars – onderzoekers, analisten – maar de mensen die dingen doen die echt als werk kunnen worden beschouwd zijn niet degenen die riant worden betaald.

Ik moet eerlijk bekennen dat ik genoot van de dramatiek van de zogenoemde economische crisis. Elke dag bracht nieuwe ontwikkelingen met zich mee. De werkloosheidscijfers, de executieverkoop van woningen, de details van financiële reddingsoperaties – het waren net momentopnamen van een situatie die nog volop in ontwikkeling was. Iedereen probeerde aan de hand van die momentopnamen de toekomst te voorspellen. Er deden allerlei onheilsvoorspellingen de ronde, bijvoorbeeld dat de hele wereld in een recessie zou belanden of in een nieuwe Grote Depressie, of dat het hele financiële systeem op het punt stond om in te storten.

Uiteindelijk bleek onze portefeuille precies goed uitgebalanceerd en we verdienden bijna alles terug wat we waren verloren. Toen ik dacht dat de winst bijna het hoogtepunt had bereikt, paste ik mijn tactiek aan en nam ik een behoudender standpunt in. De wilde schommelingen waren bij lange na nog niet voorbij en hoewel er op deze markt veel geld te verdienen viel, was er ook net zo veel, zo niet meer, te verliezen. Als je het als gokken zag (wat het ook was), dan wilde ik het casino zijn. Casino's zorgen ervoor dat ze minstens 51 procent van de tijd winnen. Dat ene procent is klein, maar de hoeveelheid geld die erin omgaat, leidt tot een winst van miljoenen. Dat was de plek waar ik wilde zijn. Ik wilde geen roekeloze gokker zijn die op een snel verdiend fortuin uit is en uiteindelijk alles verliest.

Het was al met al een heel goede week. Het is triest maar helaas maar al te waar dat de smaak van succes des te zoeter is als je weet dat velen om je heen aan de bittere dis van mislukking moeten aanschuiven.

Ik maakte mezelf wijs dat de trip naar Kansas puur en alleen bedoeld was geweest om het werk even achter me te laten – om de portefeuille de ruimte te geven om zelf het werk te doen in plaats van de per uur veranderende schommelingen te nauwgezet te volgen en de strategie die ik had uitgestippeld te verpesten. Verder had het niets om het lijf gehad. Het was slechts een uitstapje geweest en tijdens dat uitstapje had ik een knap meisje ontmoet over wie ik een heel verhaal had verzonnen. Ik maakte mezelf wijs dat de weidse open vlakten van het westen me moesten hebben beneveld en verviel moeiteloos in mijn oude gewoonten.

Op vrijdag had ik met mijn beurshandelaar en beste vriend Marcus afgesproken bij Cipriani Wall Street, zoals ik elke vrijdag deed. Het was een belachelijke plek om een biertje te gaan drinken. Een Budweiser kostte er inclusief fooi ruim tien dollar. Maar dat was juist het hele idee.

Toen ik aankwam was Marcus er al. Ach, wie probeer ik nu voor de gek te houden? Marcus was er altijd als eerste. Dat hield in dat hij zijn bier ook altijd eerder kreeg dan ik. Ik heb ooit eens geprobeerd hem zover te krijgen dat hij er ook een voor mij bestelde, zodat het klaarstond als ik aankwam. Hij lachte alleen maar en zei dat hij niet wilde dat mijn bier warm werd. Afgezien van deze indirecte klacht zei hij er verder nooit iets over dat ik altijd te laat was, maar hij liet niet met zich sollen. Hij ging er echt niet voor zorgen dat er een biertje voor me klaarstond. Wacht, dat was ik bijna vergeten. Hij had ooit een biertje voor me klaarstaan. Ik nam een slok en het smaakte niet goed. Hij bleek een O'Doul voor me te hebben besteld – alcoholvrij bier. Daarna heb ik het hem nooit meer gevraagd.

Die dag was ik maar een klein beetje te laat en zodoende arriveerde ik precies op het moment dat de barman Marcus' bier kwam brengen.

'Een Stella graag,' zei ik.

Toen keek ik naar Marcus. Hij had een Peroni besteld. 'Wie bestelt er nu Italiaans bier?' vroeg ik hem.

'Volgens mij heb jij te lang in het midden-westen gezeten,' antwoordde hij.

'Wat een geografische vooringenomenheid. Ik heb het idee dat de beursvloer veel te veel invloed op je begint te krijgen.'

Marcus was beurshandelaar bij Goldman Sachs. Ik denk dat iedereen de verhalen wel kent over het machogedrag op de beursvloer, het gevloek, de hamburgers bij het ontbijt en de pornografische e-mails die op vrijwel elke computer voorbijkomen. Beurshandelaren zijn er bijzonder trots op dat ze waanzinnig politiek incorrect zijn.

Marcus vormde een uitzondering. Hij at elke ochtend biologische muesli bij het ontbijt. Hij vloekte nooit. Hij was de enige man die ik kende die niet toegaf dat hij naar porno keek (ook al wist ik niet of ik hem wel geloofde). Als dit klinkt alsof Marcus een beetje een pedante kwast was, dan heb je helemaal gelijk. Hij was echter een pedante kwast tegen wil en dank. Hoe hard hij ook werd gepest met zijn muesli of de keurig gestreken pantalon die hij elke dag naar zijn werk aan had, hij leek zich er niet aan te storen. Hij ontving elke dag waarschijnlijk meer porno op zijn e-mailadres dan de rest van de beursvloer bij elkaar, allemaal van mensen die probeerden hem op de kast te krijgen. Hij wiste alle berichten echter zonder een woord te zeggen. Ik had Marcus nog nooit overstuur gezien. Nu ik erover nadenk deed Marcus me in bepaalde opzichten wel een beetje aan mezelf denken – wat waarschijnlijk ook de reden was dat ik hem graag mocht.

'Ik had bedacht dat we vanavond wel een tafeltje kunnen nemen in plaats van aan de bar te eten,' zei Marcus.

Ik wist wat dat betekende. Zijn vrouw zou ook komen.

Ik zei: 'Ik kan vanavond niet blijven eten.'

'Kom op, Tim. Dat doe je nu altijd.'

'Als ik dit altijd doe, waarom kijk je er dan nog steeds van op?' vroeg ik.

'Je bent mijn beste vriend. Ik zou het fijn vinden als je in elk geval goed genoeg met mijn vrouw overweg kon om samen met haar te eten.'

'Oké, maar alleen als het jouw idee was,' zei ik. 'Was het dat ook?'

Iedere andere man had gelogen om zijn zin te krijgen. Marcus glimlachte alleen maar en haalde zijn schouders op. 'Goed, ga dan maar als je dat echt per se wilt.'

'Waarom laat je je toch zo door haar manipuleren? Je weet toch dat vrouwen totaal geen respect hebben voor een man over wie ze de baas kunnen spelen?'

'Moet ik nu huwelijksadvies aanhoren van een eeuwige vrijgezel?'

Daar zat wat in.

'De ellende is dat vrouwen graag zo nu en dan mee willen doen met mannendingen, anders worden ze achterdochtig,' zei hij.

'Ik zou het niet pikken.'

'Dat blijkt wel. Dat is ook de reden dat je een eenzame, akelige hufter bent,' zei hij.

'Dat is altijd nog beter dan een zelfgenoegzame hufter,' zei ik.

Marcus was een jaar eerder getrouwd. Zelfs ik moest toegeven dat zijn vrouw volmaakt was: een Amerikaanse vader, een Franse moeder, opgegroeid in Europa, de zomers doorgebracht in de Verenigde Staten, bloedmooi, superintelligent en een succesvol kunstenares. Haar schilderijen leverden een fortuin op. Exotisch, talentvol, beheerst – ik was echt niet van plan om samen met Marcus en haar te eten.

'Straks denkt ze nog dat je haar niet mag.'

'Het kan me niet schelen wat ze denkt,' zei ik.

'Ik moet eerlijk zeggen, Tim, dat ik de vrouwen met wie jij uitgaat niet benijd.'

'Ik zou me pas echt zorgen gaan maken als je dat wel deed.'

'Heel grappig. Ik geloof echt dat het een van de redenen is dat Celia wilde komen.'

'Dat volg ik even niet.'

'Nou ja, ze voelt zich buitengesloten van onze vrijdagen, dus heb ik haar een paar weken geleden een paar anekdotes verteld...'

Ik kreunde. 'Nee, zeg alsjeblieft dat je dat niet echt hebt gedaan.'

'Hè?' Hij deed net alsof hij geen flauw idee had wat ik bedoelde.

'Marcus, wat heb je haar precies verteld?'

'Niets bijzonders. Gewoon een paar anekdotes. Zoals die blondine die vorige maand naar ons toe kwam...'

'O, mijn god.'

'Maak je niet druk. Ik weet niet eens zeker of Celia me wel geloofde. Volgens mij wilde ze het gewoon met eigen ogen zien.'

'Dat is de druppel. Ik ga echt niet als een of ander circusdier opzitten en pootjes geven,' zei ik tegen hem. Ik stond op, maar precies op dat moment kwam de barman mijn bier brengen.

'Je blijft dus zelfs niet om één biertje te drinken?' vroeg Marcus.

Er was iets in de manier waarop hij naar me keek. Ik ging weer zitten.

'Vooruit dan maar. Ik zal één biertje met je drinken.'

Zijn gezicht klaarde op en hij zei: 'Mooi, want ik wilde je eigenlijk vertellen over een gerucht dat ik vandaag heb gehoord.'

'Wat is er dan?'

Omdat hij op de beursvloer werkte kende Marcus altijd de mooiste verhalen.

'Ik weet niet eens of ik het zelf wel geloof. Er werden geen namen genoemd, maar ik heb gehoord dat iemand met de boeken heeft geknoeid en elk moment kan worden ontslagen. Ik heb ook gehoord dat het om een flink bedrag gaat.'

'Hoeveel?'

'Miljarden.'

'Miljarden? Welnee, man, iemand neemt je in de zeik.'

'Zou kunnen. Mijn bron is echter redelijk betrouwbaar.'

'Wie dan?'

Hij glimlachte alleen maar.

'Vooruit, vertel op,' zei ik.

Ik denk echt dat ik het normaal gesproken wel uit hem had gekregen, maar Celia arriveerde voordat hij zijn verhaal kon afmaken. Ik zat met mijn rug naar de deur, maar zag het aan de reactie van de mannen verderop aan de bar die met hun gezicht naar de ingang zaten.

Marcus stond op. Dat deed hij nog steeds – hij stond op als een vrouw arriveerde of vertrok. Ik bleef zitten. Ze liep om me heen en kuste Marcus. Toen keek ze mij aan en ze schonk me een ijzige glimlach. 'Hallo, Timothy.'

'Hallo, Celia.'

Ze gaf me een luchtzoen. 'Hoe gaat het met je?'

'Prima. En met jou?'

'Lekker. Ik ben hard aan het werk voor mijn volgende tentoonstelling. Er wordt er deze lente een georganiseerd in een nieuwe, grote galerie.'

'Dat is geweldig. Gefeliciteerd.'

'Dank je.'

Ze staarde me aan.

Ik keek glimlachend terug. Het was een glimlach die was bedoeld om haar te irriteren. Het werkte. Dat zag ik aan de manier waarop haar gezicht verstarde.

Marcus zag het ook.

'Ik was Tim net aan het vertellen over een krankzinnig gerucht,' zei hij haastig.

'O ja?' zei ze overduidelijk totaal ongeïnteresseerd.

Ik zei: 'Ik moet nu gaan, dus vertel me de rest maandag maar, Marcus.'

'Ga je weg?' zei Celia.

'Ja, ik moet ervandoor.'

'Waarom verbaast dat me niet?' zei ze.

Marcus en ik keken elkaar aan – hij haalde verontschuldigend zijn schouders op.

Zo gaat dat dus wanneer je getrouwd bent. Waar kon je nog ware liefde vinden, afgezien van in boeken, films en liedjes? Als ik in de verleiding kwam om te geloven dat het echt bestond, hoefde ik alleen maar naar Marcus te kijken. Hij dacht dat hij de volmaakte vrouw had gevonden. Maar ik wist wel beter.

Het politieonderzoek
Een controversieel denkbeeld over slachtoffers

Het is mogelijk dat slachtoffers zelf een actieve rol spelen bij hun moord...

In ongeveer 55 procent van alle moordzaken kenden het slachtoffer en de moordenaar elkaar, en vloeide de moord voort uit onenigheid binnen hun relatie. Lester en Lester (1975) stellen dat een slachtoffer mogelijk net zo'n aandrang heeft om te worden vermoord als de moordenaar om te moorden. Vanuit dit standpunt bezien hoeft een moord geen op zich staande gebeurtenis te zijn; het kan ook een uitdrukkingsvorm zijn van een integraal patroon in een relatie. Een extra bijkomstigheid van een door het slachtoffer zelf bespoedigde moord is dat men bij dit type moord een nauwe band kan zien tussen zelfmoord en moord.

Citaat uit *The Human Side of Homicide*, door Bruce L. Danto, John Bruhns en Austin H. Kutscher.

Nora | Wat Nora deed
nadat Timothy uit Kansas vertrok

Het rampzalige etentje met Timothy vond op een dinsdag plaats. De rest van de week duurde een eeuwigheid. Toen ik die vrijdag thuiskwam trof ik Deirdre en mijn moeder in de keuken aan. Samen. Ze zaten niet eens te bekvechten. Ik duwde de deur open en ze keken allebei op alsof ik de laatste persoon was die ze hadden verwacht. Ik weet niet wie ze dan wel hadden verwacht.

Ik ergerde me. Dat geef ik eerlijk toe. Ik ergerde me, ook al was ik al drie jaar lang bezig om mijn zus en mijn moeder zover te krijgen dat ze zonder ruzie te maken in één kamer kwamen zitten. De afgelopen drie jaar was ik kennelijk de enige die besefte dat ze misschien niet zo heel veel tijd meer hadden om samen door te brengen. Ik zou toch hebben gedacht dat ik buiten mezelf van vreugde zou zijn als ik bij thuiskomst tot de ontdekking kwam dat mijn moeder en mijn zus in een diep gesprek verwikkeld waren. Dat was niet zo. Toen ik de keuken in kwam en hen daar zag zitten, drong het tot me door dat ik niet alleen wilde dat ze het bijlegden – ik wilde ook degene zijn die hen nader tot elkaar bracht.

Het werd er niet beter op toen mijn moeder na een blik op mij Deirdre aankeek alsof ze haar allerbeste vriendin was en zei: 'Bel me maar.' Toen stond ze op en verliet ze zonder een woord te zeggen of me zelfs maar aan te kijken de ruimte. Blijkbaar voelde de tijd die sinds afgelopen dinsdagavond was verstreken voor mijn moeder niet als een eeuwigheid aan.

'Wat ben je vroeg thuis,' zei mijn zus.

'Niet echt, hoor. Ik kom altijd rond deze tijd thuis. Ik wist niet dat je zou komen. Waar is de tweeling?'

Het leek wel alsof Deirdre een beetje beschaamd keek. Ze zei zonder me aan te kijken: 'Een vriendin van me past op hen. Ik moet eigenlijk maar eens vertrekken. Het is later dan ik dacht. Ik ben de tijd een beetje vergeten.'

'Ga je nu meteen weg?'

'Ja.' Ze stond op en schoof haar stoel weg alsof ze wilde bewijzen dat ze het meende. 'Ik kwam alleen maar om mama te zien,' voegde ze er onhandig aan toe. 'Om te zien hoe het met haar gaat.'

Dat ze haar aanwezigheid probeerde te verklaren maakte me nog achterdochtiger. Deirdre nam nooit de moeite haar gedrag te verklaren.

'Dat is dan ook voor het eerst,' zei ik.

'Nou en?' Haar stem had een scherp randje – haar manier om me te waarschuwen dat ik moeilijkheden zou krijgen als ik doorging in de ingeslagen richting.

'Ik zeg alleen maar dat het iets nieuws is.'

'Misschien ben ik wel eerder langs geweest zonder dat jij daar iets van afweet.'

Ik hield mijn mond en dacht pijlsnel na. Het klopte inderdaad dat ik geen flauw idee had wat zich hier overdag allemaal afspeelde. Ik voelde me een beetje schuldig omdat ik me zo had laten meeslepen door de problemen in mijn eigen leven dat ik haar problemen volledig was vergeten. Zodra haar geldproblemen me weer te binnen schoten, begreep ik waarom Deirdre was teruggekomen.

'Weet je al of mama geld heeft?' vroeg ik.

'Ik ben hier niet voor het geld.'

Ik geloofde haar niet. 'Ik dacht dat je elk moment je flat kon kwijtraken.'

'Jawel, maar Boyd is alsnog over de brug gekomen. Hij geeft me net genoeg om het te redden.'

'En jij was er nog wel zo van overtuigd dat hij je niet zou helpen.' Dat was mijn manier om duidelijk te maken dat ik haar niet geloofde.

Ze schokschouderde. 'Ik had het mis. Dat kan gebeuren, hoor.'

'Je hebt mama dus niet om geld gevraagd?'

'Waarom wil je dat per se weten?'

We stonden nu allebei – ik omdat ik niet eens was gaan zitten en zij omdat ze was opgestaan om te vertrekken – en het had wel iets weg van een wedstrijd. Voor de verandering voelde ik er weinig voor om terug te krabbelen.

'Nou, misschien wel omdat ik hier alle rekeningen betaal, me diep in de schulden heb gestoken en ik eigenlijk wel nieuwsgierig ben of ze me de waarheid heeft verteld.'

Deirdre rolde met haar ogen alsof dat werkelijk het belachelijkste was wat ze ooit had gehoord, maar besloot toen kennelijk toch om me een beetje tegemoet te komen, want ze zei: 'Oké, goed dan, ja, ik heb haar om geld gevraagd. Ze heeft mij hetzelfde verteld als jou.'

'Geloof je haar ook?'

Deirdre ontplofte. 'God, weet ik veel. Ik heb al genoeg aan mijn hoofd – ik ga me echt niet druk maken om jouw problemen, nou goed?' Ze liet er abrupt op volgen: 'Ik moet gaan.'

En dat is precies wat ze deed.

Dat weekend stond weer een rit naar Kansas City op het programma voor chemosessie nummer zes. Deze keer verliep de tocht in stilzwijgen. Voor mijn moeder was ik nog altijd staatsvijand nummer één.

Zondag was een verspilde dag.

Ik kon bijna niet wachten tot het weer maandag was.

De dag kwam en ging. Er verstreek een hele week.

Het werd weer maandag en ook die ging voorbij.

En nog een.

Het werd ijskoud. De wind kwam over de Canadese prairie aanjakkeren. De eerste sneeuw viel in een heel dun laagje. Daarop volgde een heuse begin-van-het-seizoen-sneeuwstorm waardoor de straten een dag lang onbegaanbaar waren.

Mijn moeder begon weer met me te praten. Ik weet niet eens meer precies wanneer. Het was als een geleidelijk inzettende dooi terwijl de wereld om ons heen bevroor.

Ik had Dan niet meer gezien en hoefde zelfs zijn auto niet langer te ontlopen. Ik vroeg me vluchtig af of hij mij nu misschien ontweek. Vervolgens vroeg ik me af of het me ook maar iets kon schelen en toen het antwoord nee was, zette ik het uit mijn hoofd.

Het leven ging zijn oude, vertrouwde gangetje. Mijn hart begon niet langer te racen wanneer de deur van de koffiezaak openging. Wat er met Timothy was gebeurd was net een verhaal in een boek dat ik had gelezen – hij was als een personage over wie ik had gedroomd, maar dat niet helemaal echt was. Maar ja, zijn al onze liefdes dat niet?

Waarom ik hem een liefde noem? Een liefde, na vijf minuten in een restaurantje en een pijnlijk uur tegenover elkaar aan een tafel zonder ook maar één woord te zeggen?

Tja, waarom niet?

Timothy | Weer een familiediner en een bezoek van zijn zus

Het thema van het eerste familiediner na mijn terugkeer was rood. Mijn moeder vond het heerlijk om alles op elkaar af te stemmen: een rood tafelkleed, rode servetten, rode bloemen, rode wijn, bietensalade, rode biefstuk en rode cake. Het waren niet alleen de tafel, de bloemen en het eten. Ze was zelf ook in het rood gekleed. Ze had een rood mantelpakje van Chanel aan. Dat was trouwens niet het enige wat ze op elkaar had afgestemd. Ze stemde ook graag ontwerpers op elkaar af. Een mantelpakje van Chanel hield automatisch ook schoenen van Chanel, een riem van Chanel, een tas van Chanel, een sjaaltje van Chanel en een jas van Chanel in.

Een man hoort zulke dingen niet te weten.

Al snel bleek dat ze de kleur speciaal voor mij had uitgekozen. Dat kondigde ze aan het begin van het diner aan. Ze tikte tegen haar wijnglas en zei: 'Deze avond is bedoeld om iedereen ervan te doordringen in welke positie wij ons als gezin bevinden. Dankzij Timothy staan we helaas in het rood.'

Ik had haar nog niet verteld wat er die week was gebeurd. Dat had ik expres bewaard.

Ze richtte het woord tot mij. 'Timothy, wat heb je daarop te zeggen?'

'Tja,' zei ik tegen haar. 'Ik ben bang dat ik slecht nieuws heb.'

Ze tuitte haar lippen, maar zag er toch walgelijk vergenoegd uit. Mijn moeder is dol op diepzwarte ellende zodra ze die eenmaal heeft omarmd. Wie ziet nu niet graag het beeld van zichzelf terwijl hij gebukt gaat onder een loodzwaar lijden? Niet het daadwerkelijke lijden zelf, natuurlijk. Het gaat alleen om het idee.

'Ik ben bang dat je na de afgelopen week toch de verkeerde kleur hebt gekozen.'

'De verkeerde kleur?'

Ze keek niet langer vergenoegd; ze snapte het niet en dat vond ze niet prettig.

'Het had zwart moeten zijn,' zei ik.

'Zwart?' Er viel een lange stilte terwijl ze probeerde dit te verwerken. 'Wil je nu soms zeggen...'

'Het was een goede week,' zei ik.

'Waarom heb je me dat niet eerder verteld?' vroeg ze en het klonk bijna boos.

Als ik had verwacht dat ze blij zou zijn was ik misschien bedrogen uitgekomen. Ik wist echter wel dat dit niet zo zou zijn. Mijn moeder hield gewoon niet van verrassingen. Zelfs niet van leuke.

Ik wist ook dat ze de gedachte aan geld niet kon weerstaan – ze werd er helemaal frivool van. Haar slechte humeur zou hooguit standhouden tot ze de spreadsheet onder ogen kreeg.

'Heb je het voor me uitgeprint?' vroeg ze nog geen seconde later.

Ik tastte met mijn hand onder mijn stoel om de map te pakken en haalde daar het wekelijkse verslag uit dat ik in elkaar had gezet.

Ze hield afwachtend haar hand op en ik overhandigde haar het document.

Ze pakte het aan, bekeek het en glimlachte. Toen onderwierp ze me aan een derdegraads kruisverhoor. Ze eiste dat ik elke succesvolle beurshandeling stap voor stap aan haar beschreef. Dat nam het hele voorgerecht en een deel van het hoofdgerecht in beslag. Zodra ze echter hoorde dat ik de winst had opgenomen en het geld uit de investeringen had teruggetrokken, sloeg haar stemming binnen een seconde om van frivool in razend.

'Dan hebben we eindelijk de kans om echt wat geld te verdienen in plaats van alleen maar terug te verdienen wat jij bent kwijtgeraakt en dan krijg je het opeens benauwd?' zei ze giftig. 'Ik weet echt niet wat me heeft bezield om jou het geld te laten beheren. Als ik meer tijd had zou ik het zelf doen.'

Ik wierp een blik op mijn vader. Hij sneed zwijgend het laatste deel van zijn biefstuk (rare gebakken en van binnen heel rood) in stukken. Hij keek niet eens op. In wezen was mijn vader degene geweest die me het beheer over het geld had gegeven. Hoewel hij mijn moeder in alle andere dingen haar zin gaf, zou hij haar nooit, in nog geen miljoen jaar, de leiding over het geld hebben gegeven. Dat wist iedereen.

Toen we bij het dessert waren aanbeland verplaatste mijn moeder haar aandacht eindelijk van mij naar de rest van het gezin, maar ze had niet echt genoeg tijd om hen flink de les te lezen. Dat was nog een reden voor mij om me kiplekker te voelen – ik vond dat ik hen dat had bespaard.

Zoals helaas zo vaak het geval is zien anderen dat anders. Mijn zus dacht er bijvoorbeeld heel anders over, wat ik een paar weken later ontdekte toen ze bij me op kantoor langskwam.

Mijn zus kwam nooit bij mij op kantoor langs. Of misschien moet ik dat anders zeggen – mijn zus kwam nooit bij me langs. Ik had er nooit echt bij stilgestaan, maar eigenlijk hadden we geen echte band. Ik zat elke week samen met haar aan tafel en hoorde van mijn broer Edward wat ze allemaal uitspookte, maar wanneer we elkaar zagen, wisselden zij en ik zelden meer uit dan een begroeting en een beleefde zoen op de wang. Zo ging dat al zo lang ik me kon herinneren. Van de kinderen in het gezin kwam ik als eerste, een jaar later gevolgd door Andrew. Daarna nam mijn moeder een paar jaar vrij voordat ze Edward en ten slotte Emily kreeg. Ik was vijf jaar ouder dan Edward en ruim zeven jaar ouder dan Emily. Ik vertrok naar de universiteit toen Emily elf was, en had dus niet van dichtbij meegemaakt dat ze jarenlang ziekenhuis en kliniek in en uit ging vanwege een eetstoornis die haar in de puberteit in haar greep kreeg.

Ik moet toegeven dat ik, afgezien van het nodige leedvermaak over haar krankzinnige huwelijken en het plezier dat het me schonk om te zien dat mijn moeder zich ontzettend druk om haar maakte, eigenlijk nooit aan mijn zus dacht. Ze had net zo goed een vreemde kunnen zijn. Dat was ze in feite ook.

Dit drong pas voor het eerst tot me door toen mijn secretaresse Marie op de deur van mijn kantoor klopte en me kwam vertellen dat Emily buiten zat en me wilde spreken. Ik durf te zweren dat ik minstens tien tot vijftien seconden in mijn geheugen groef naar een Emily met wie ik naar bed was geweest en die wellicht zo ver kon zijn gegaan dat ze had uitgezocht waar ik werkte en daar nu was opgedoken. Toen besefte ik opeens dat ze mijn zus Emily bedoelde. Zo onverwacht was haar bezoek dus.

'Zeg maar dat ze binnen kan komen,' zei ik tegen Marie.

Een paar seconden later kwam Emily mijn kantoor in. Hoewel ze inmiddels vijfendertig was, zag ze er in sommige opzichten nog steeds uit als de twaalfjarige die ik me herinnerde. Om te beginnen was ze ongeveer even groot. Ze was in die tijd vrij lang voor haar leeftijd geweest en had nog steeds hetzelfde lichaam als vóór haar puberteit, zo plat als een dubbeltje. Ze had een bloes aan met ruches bij de kraag, net een klein meisje. Haar haren waren ook net als die van een klein meisje: lang en steil, en met een eenvoudige haarspeld naar achteren gebonden.

Ik stond op en liep om mijn bureau heen om haar op haar wang te kussen. 'Hallo, Emily.'

'Ik hoop dat ik niet stoor,' zei ze.

'Nee hoor, ik kan best even pauzeren.'

Ze ging op de stoel aan de andere kant van mijn bureau zitten – niet op de bank. Ik liep dus weer om het bureau heen en ging zitten.

Ze keek me niet aan. Ze tuurde naar haar schoot. Ze legde haar handen op haar benen en spreidde de vingers uit alsof ze hen bekeek.

Ik wachtte.

'Ik heb iemand ontmoet,' zei ze nog steeds zonder op te kijken.

'O ja? Wie is het?'

Nu keek ze wel op. 'Doe maar niet net alsof. Ik weet heus wel dat Edward je over hem heeft verteld.'

'Ik wist niet of je het over dezelfde man had,' zei ik. 'Ik heb Edward al minstens een week niet gesproken.' Ik kon het niet helpen en moest haar even plagen.

Ze staarde me doordringend aan. 'Oké, dat heb ik, denk ik, wel verdiend. Ik verwacht ook niet dat je me gelooft, maar Alejandro is echt anders. Deze keer is het menens.'

'Oké,' zei ik. Ik geloofde haar niet.

'We zijn van plan om te gaan trouwen.'

'Gefeliciteerd,' zei ik, ofschoon ik moet toegeven dat mijn stem een beetje droog klonk.

Dat ontging haar niet.

'Rot toch op,' zei ze.

'Dat is al stukken beter,' zei ik. Ik vind het bijzonder irritant als mensen niet eerlijk zijn en poeslief doen omdat ze iets van je willen.

'Wat ben je toch een klootzak. Ik ben hier gekomen in de hoop dat we een beschaafd gesprek met elkaar konden voeren.'

'Nee, jij wilde bepalen hoe het gesprek zou verlopen,' verbeterde ik haar. 'Ik doe daar niet aan mee, ik laat me door niemand iets voorschrijven – zeker niet nu ik weet dat je hier niet voor de gezelligheid bent. Ik neem aan dat je iets van me wilt.'

'Edward zei tegen me dat het niet erg was als ik hier kwam en je uitfoeterde. Hij zei dat het niets zou veranderen aan wat jij uiteindelijk zou doen.'

'Je had beter naar hem moeten luisteren. Vertel me nu maar eens wat je wilt.'

'Mij best.' Ze was duidelijk niet blij dat het niet liep zoals zij dat wilde. 'Ik heb moeder over Alejandro verteld en dat we gaan trouwen.'

'Hoe nam ze het op?' vroeg ik – ook al wist ik dat ook al zonder dat zij het me vertelde.

'Ze zei dat ze niet alleen mijn toelage zou inhouden als ik dat echt doorzette, maar dat ik nooit meer een cent zou krijgen en uit het testament zou worden geschrapt.'

'Grof geschut. Ben je ook naar papa gegaan?'

'Ja.'

'En?'

'Hij zei dat Alejandro wel in mijn onderhoud zou voorzien als hij echt van me hield. In mijn onderhoud voorzien, nota bene. Alsof we nog steeds in de negentiende eeuw leven.'

'Nou ja, maar hij kan dat toch ook gemakkelijk doen? Edward heeft me verteld dat die man – Alejandro, zei je? Hoe dan ook, Edward zei dat hij heel veel geld heeft.'

Ze zweeg even. Toen zei ze: 'Ja, maar stel nu eens dat het niet werkt? Stel nu eens dat ik ernaast zit?'

'Je zet inderdaad heel veel op het spel,' beaamde ik.

'Volgens mij is het niet gezond voor onze relatie dat ik volledig van Alejandro afhankelijk ben.'

'Wat zegt hij ervan?'

'Hij zegt dat hij er altijd voor me zal zijn. Dat zeggen mannen altijd. Uiteindelijk blijkt dat nooit zo te zijn. Hoe kan ik hem vertrouwen?'

'Dat kan ik je niet zeggen. Waarom ben je hier? Hoop je soms dat ik haar op andere gedachten kan brengen?'

'Denk je dat je dat kunt?' vroeg ze.

'Nee,' zei ik.

'Nee,' zei ze instemmend.

Ik wachtte.

'Ik hoopte eigenlijk dat je me op een andere manier kon helpen.' Ze keek me een paar tellen afwachtend aan.

Ik zei niets.

'Je maakt het me niet echt gemakkelijk,' gooide ze er onbeheerst uit.

Mensen als mijn zus – slachtoffers – vonden altijd dat anderen het hen gemakkelijk behoorden te maken. Dat was haar hele leven al zo gegaan en ze was er kennelijk niet veel mee opgeschoten. Ik staarde haar zwijgend aan.

'Oké, ik snap het al. Ik wilde je vragen of je me wat geld kon geven. Een eenmalig bedrag, geen vermogen of zo, gewoon genoeg om me veilig te voelen.'

Genoeg om zich veilig te voelen – ik zou weleens willen weten over wat voor bedrag we het dan hadden. Van alle mensen die ik ken kan niemand, hoe rijk ook, me dat magische bedrag noemen

– het bedrag waarmee ze zich veilig voelen. Bij mijn weten kwam veiligheid heel ergens anders vandaan. Ik had echter de indruk dat mijn zus dat niet wilde horen.

'Hoe kan ik je nu geld geven als moeder nee heeft gezegd?' vroeg ik haar.

'Kom op, zeg. Je kunt vast wel iets bedenken. Je kunt altijd doen alsof je aandelen hebt gekocht en dan opschrijven dat je ze weer met verlies hebt verkocht.'

'Je wilt dus dat ik met de boeken knoei.'

'Ik wil alleen maar dat je me een beetje helpt. Zo erg is dat toch niet?'

'Ik vind het anders wel erg. Ik doe het ook niet.'

'O, nu ben je dus zogenaamd een rechtschapen iemand die nooit iets verkeerds zal doen?'

'Nee, ik ben alleen niet van plan om mezelf in een gevaarlijke positie te manoeuvreren om jou geld te kunnen geven omdat jij al het jouwe hebt uitgegeven.'

'Geef me dan wat van jouw geld. Ik weet dat je waanzinnig veel hebt,' zei ze en het lukte haar niet om de verbitterde klank uit haar stem te weren.

'Emily, ik ben met hetzelfde bedrag begonnen als jij. Dat ik nu meer heb dan jij en jij het jouwe er helemaal doorheen hebt gejaagd is toch mijn probleem niet? Als ik je nu geld gaf zou dat toch nooit genoeg zijn. Dan zou je hier binnen een jaar weer zitten om me om meer te vragen. Je bent net als onze moeder, zoals jij met geld smijt.'

'Ik ben net als moeder? Ik?' Haar stem klonk steeds hoger van ongeloof. 'Lieve god, dat meen je niet. Jij bent juist degene die net is als zij. Sprekend zelfs. Je ziet er net zo uit als zij; je klinkt net als zij; je bent net als zij geobsedeerd door geld. Vraag jij je dan nooit af waarom uitgerekend jij al haar aandacht krijgt? Omdat ze zichzelf in jou terugziet.'

Tot op dat moment had ik de hele situatie nog wel vermakelijk gevonden, maar nu begon ik toch lichtelijk geïrriteerd te raken. 'Als het aan mij lag kreeg jij de volle honderd procent van haar aandacht, Emily,' zei ik. 'Wat mij betreft negeert ze me volledig; daar zou ik zelfs heel blij mee zijn.'

'O ja? Waarom fax je haar de update dan niet gewoon aan het eind van elke week? Ik was er zelf bij toen ze je dat vroeg, maar je doet het nooit. Je brengt hem altijd zelf mee. Waarom doe je dat?'

'Ik dacht eigenlijk dat ik jullie er allemaal een plezier mee deed door haar tijd in beslag te nemen, zodat jullie met rust worden gelaten.'

'Dat meen je toch niet, hè? Je wilt toch niet beweren dat je jezelf hebt wijsgemaakt dat je de held van het gezin bent? Dat dat is wat je denkt? Dan ben je een nog walgelijker mannetje dan ik al dacht.'

'Ik? Walgelijk?'

Ze leek me niet te horen en denderde gewoon verder.

'En ook een enorme sukkel. Je bent goed met geld, maar dat is dan ook echt het enige. Je hebt geen flauw idee wat er allemaal speelt. Je brengt die stomme spreadsheet expres elke week zelf mee, want als je dat niet deed, zou het op gênante wijze duidelijk worden dat er verder helemaal niets gebeurt in jouw leven. Dan zou moeder letterlijk niets hebben om met jou over te praten.'

'Jij weet totaal niets van mijn leven af,' zei ik tegen haar.

'Maak jezelf alsjeblieft niets wijs, Timothy.' De minachting in haar stem was zo gemeend dat ze zelfs door mijn dikke huid heen drong. 'Het maakt geen zak uit of je het ene meisje hebt of het andere, of dat je er twintig hebt. Ze zijn voor jou toch net zo echt als opblaaspoppen. Dat weten we allemaal. Zelfs moeder. Daarom neemt ze nooit de moeite om ernaar te vragen.'

'Je bent alleen maar kwaad omdat ze zich niet met mijn leven bemoeit.'

'Zie je nou wel, je snapt het nog steeds niet. Ze bemoeit zich niet met jouw leven omdat je dat helemaal niet hebt. Je hebt geen leven; je hebt geen vrienden; je hebt helemaal niets behalve geld. Ik zal je eens wat zeggen, ik heb net besloten dat ik het gewoon doorzet en met Alejandro trouw. Ook zonder geld. Dat vind ik doodeng, maar ik vind het nog enger om het niet te doen. Ik ben namelijk bang dat ik dan net zo zal eindigen als jij.'

'Jij weet heus niet alles over mij.'

'Nee, joh, tuurlijk niet. Ik zou het ontzettend fijn vinden als dat echt zo was. Hoe triest het ook is, jij bent zelf de enige die dat niet doorheeft. Jij weet helemaal niets over jezelf en al evenmin over iemand anders.'

'Jawel, dat weet ik wel. Ik weet meer dan jij denkt. Ik wist bijvoorbeeld allang van Alejandro af.'

'Jij weet alleen maar wat Edward je vertelt en hij vertelt je niets belangrijks. Hij en ik bespreken de onzin die hij je elke week voorschotelt altijd eerst samen. Het is net een soort spelletje. We lachen om je.'

Ik geloofde haar niet. Ik zei: 'Ik mag dan misschien de details niet weten, maar daar maal ik ook niet om.'

Ze keek me medelijdend aan. 'Je gelooft me niet. Oké. Luister dan maar eens goed. Edward schrijft al jaren boeken. Er zijn er inmiddels vier gepubliceerd, onder een pseudoniem natuurlijk, zodat moeder er niet achter komt. Zijn vijfde komt deze lente uit. Andrew is homoseksueel. Zijn vrouw en hij wonen nog wel bij elkaar, maar zij weet het al en hij heeft een eigen woning aan de zuidkant van Manhattan waar hij een groot deel van de tijd zit. Papa heeft een huis aan St. John. We zijn er vorig jaar met ons allen naartoe geweest. Edward en ik, Andrew en papa's minnares. De vrouw met wie hij de afgelopen twintig jaar een echte relatie heeft gehad, maar die jij zelfs nog nooit hebt ontmoet.'

Ze loog, dat moest wel. Dat is wat ik mezelf voorhield. Ze loog beslist. Waarom geloofde ik haar dan toch?

Ze stond op. 'Het spijt me, Timothy, maar ik vond dat het tijd was dat iemand jou eens de waarheid vertelde.'

Toen draaide ze zich om en liep ze mijn kantoor uit.

Het politieonderzoek
Motief

In het hoofdstuk 'Moord en de menselijke aard' in het boek *Homicide* wordt gezegd dat 'mensen die moorden ondanks de remmingen en straffen waarmee ze te maken krijgen, worden gedreven door een krachtige passie. De reden dat mensen bereid zijn om te moorden betreft ongetwijfeld zaken waar zij het meest van alles om geven.' (Daly, Wilson, pag.12).

Nora | Timothy komt terug naar Kansas

Je denkt waarschijnlijk dat ik ga zeggen dat het een complete verrassing voor me was dat hij terugkwam. Dat was niet zo. Of misschien was het wel zo en herschrijf ik het verhaal nu met de wijsheid van achteraf. Ik zal je vertellen hoe ik het mij herinner.

Ik stond achter de toonbank. Op een plank eronder had ik een cranberrymuffin gelegd, waar ik steeds een stukje van afbrak. Ik had er net een in mijn mond gestopt – met een cranberry erin, dus het smaakte zowel zurig als zoet – toen ik in gedachten opeens Timothy voor me zag. Ik zag hem buiten door de straat naar de zaak toe lopen. Ik deed mijn ogen dicht om het beter te kunnen zien. In mijn hoofd zag ik dat hij de zaak naderde. Ik zag dat hij zijn hand naar de deur uitstak en met dat beeld nog altijd voor mijn geestesoog voelde ik de golf koude lucht van de deur die openging. Toen ik mijn ogen opendeed stond hij pal voor me.

Is dit echt gebeurd? Of is het gebeurd in een van de dromen die ik over hem had en heb ik het alleen maar in mijn hoofd hergeschikt? Ik denk het niet, maar zeker weten doe ik het niet. Mijn dromen en herinneringen lopen nu allemaal door elkaar en ik kan ze niet meer goed van elkaar onderscheiden. Ik vraag me af of iemand het verschil zou weten.

Toen ik mijn ogen opendeed glimlachte hij niet. Het leek zelfs juist alsof hij kwaad was. Wel een ander soort kwaadheid dan de laatste keer dat ik hem zag. Dit was eerder een gespannen kwaadheid. Of misschien een bedroefde kwaadheid.

'Nou,' zei hij dwingend. 'Zeg je niets?'

Ik keek hem glimlachend aan. 'Wat mag het zijn?' vroeg ik.

Hij beantwoordde mijn glimlach niet. 'Dit,' zei hij. Hij strekte zijn arm uit over de toonbank en legde zijn hand om mijn achterhoofd. Ik voelde dat zijn vingers door mijn haar kropen. Toen hij zich vooroverboog kon ik geen kant op. Dat wilde ik ook niet. Zijn lippen waren zachter dan ik me ooit had kunnen voorstellen. Hij raakte alleen maar heel voorzichtig de mijne even aan. Hij liet zijn lippen even tegen de mijne rusten, maar toen ik me iets verder naar hem wilde toe buigen, trok hij zich terug. Nu glimlachte hij wel. Hij draaide zich pardoes om en vertrok.

Had ik trouwens al gezegd dat Neil erbij was?

Terwijl Timothy naar buiten liep gaf hij Neil een kort knikje.

Nadat de deur achter hem was dichtgevallen keek Neil naar mij en hij schudde zijn hoofd. Hij zei: 'Zoiets heb ik nou ook altijd al eens willen doen.'

'Neil!'

'Wat is er?' vroeg hij alsof hij totaal niet begreep waarom ik boos was. Hij maakte het zelfs nog een graadje erger. Hij zei: 'Denk je dat hij nog terugkomt?'

Timothy kwam inderdaad terug, maar hij nam er wel uitgebreid de tijd voor. Hij wachtte tot het eind van de dag. Toen ik alles had afgesloten en wilde vertrekken kwam hij naar me toe slenteren.

'Hallo,' zei hij.

Ik was zo boos dat ik bijna niets kon zeggen. Ik perste er met moeite iets uit. 'Waar heb jij gezeten?'

Hij kuste me weer. Toen trok hij zich terug en staarde hij me ingespannen aan. 'Nu weet ik waarom ik je maar niet kon vergeten.'

'Waarom dan?' vroeg ik.

Hij schudde zwijgend zijn hoofd en ik begreep dat het niet zo'n soort relatie zou worden. Er zou geen logica aan te pas komen. Vrouwen praten er graag over, ze proberen alles te analyseren, een plek te geven en in woorden te vangen. Dat was hij niet van plan. Hij probeerde het niet eens.

'Kom mee.' Hij pakte mijn hand en nam me mee naar zijn auto. Het was weer een gehuurde BMW, maar deze keer geen cabriolet.

'Waar gaan we naartoe?' vroeg ik.

'Terug naar mijn hotel.'

Ik bleef staan.

'Kom,' zei hij.

Ik schudde mijn hoofd. 'Het is een kleine stad.'

'En het leven is kort,' reageerde hij.

Toch aarzelde ik.

'Wil je het?' vroeg hij.

Dat was een vraag die ik mezelf niet vaak stelde. Ik vroeg altijd wat anderen wilden. Ik vroeg altijd wat ik moest doen. Wat ik niet moest doen. Nooit wat ik zelf wilde.

Het antwoord kwam als een verrassing.

'Nee. Ik wil ergens een kop koffie gaan drinken en ik wil dat je me vertelt wat je achternaam is.'

'Koffie en mijn achternaam. Is dat echt wat je wilt?'

'Ja. Ik heb Jeanette al een tijdje niet gezien. Wil je haar niet even gedag gaan zeggen?'

Ik kwam er pas veel later achter dat hij allang bij Jeanette was langs geweest om gedag te zeggen. Hij had er een groot deel van de dag doorgebracht. Hij weigerde dus om naar Joe's te gaan. Op dat moment nam ik aan dat hij bang was voor Jeanette en ik herinner me nog dat ik dat lief en grappig vond. Onze gevolgtrekkingen zijn op niets gebaseerd: gedeeltelijke waarheden en veronderstellingen.

We besloten om in plaats daarvan een stuk te gaan rijden. Ik deed de deur van de Starbox weer open en maakte snel twee lattes voor onszelf; daarna stapten we in zijn auto en reden we de stad uit. Het werd al donker toen we vertrokken en we zagen al snel niets meer, maar hij reed gewoon verder. We praatten. Eerst praatten we over zijn leven in New York en zijn werk, en daarna vertelde hij me over zijn familie. Hij begon met een beschrijving van hun familiediners. Hij vertelde me over de kleurenschema's: het eten en de kleding die zijn moeder altijd op elkaar afstemde. Toen vertelde hij me dat zijn moeder tijdens een van de laatste diners zijn zus, die al jaren tegen anorexia streed, had gedwongen om in het bijzijn van de anderen op de weegschaal te gaan staan om aan te tonen dat ze niet nog meer was afgevallen.

Ik vertelde hem dat ik, voordat we de vorige keer uit eten gingen, een spijkerbroek en jas over mijn jurk heen had aangetrokken om het huis uit te kunnen sluipen om naar hem toe te gaan. Ik vertelde hem dat het natuurlijk niet had gewerkt, dat mijn moeder het toch door had gehad en dat het net een ingewikkeld spel was van onuitgesproken dingen die iedereen wist, maar niemand ooit hardop zei.

Na mijn verhaal zei hij een tijdje niets. In het begin dacht ik dat hij nadacht over het feit dat ik nog steeds bij mijn moeder thuis woonde. Toen ik hem dat verhaal vertelde moest ik dat detail namelijk wel prijsgeven – ik vertelde hem echter niet dat ze tijdens mijn studie ziek was geworden en dat ik daarom weer terug naar huis was gekomen. Ik vertelde hem niet dat ik in de koffiezaak werkte omdat ik alle rekeningen moest betalen en dat dit in ons kleine stadje de enige baan was die ik kon krijgen. Ik was bang dat het als een verontschuldiging zou klinken en ik was niet van plan me daarvoor te verontschuldigen. Ik wist dat het er ook niet toe zou doen. Hij zou toch nooit naar Kansas verhuizen, en ik kon onmogelijk mijn biezen pakken en naar New York vertrekken.

Toen hij weer iets zei werd het me echter duidelijk dat hij helemaal niet over mij had zitten nadenken. Hij had zitten piekeren over die laatste opmerking van mij: 'onuitgesproken dingen die iedereen wist'. Hij vertelde me dat er in zijn familie ook onuitgesproken dingen voorkwamen en dat niet iedereen daarvan op de hoogte was. Hij zweeg weer een hele tijd. Toen vertelde hij me aarzelend, alsof hij te biecht ging, het verhaal van zijn zus die bij hem was langsgekomen en allerlei geheimen over het gezin had verklapt waarvan hij niets had afgeweten. Hij bekende dat hij zijn zus niet eens goed genoeg kende om te kunnen zeggen of ze loog.

Door dat verhaal kreeg ik een kijkje achter de uiterlijke façade. Tot nu toe had ik hem knap, zelfverzekerd en onweerstaanbaar gevonden, maar ook een beetje een schoft. Ik moet eerlijk toegeven dat ik me weliswaar tot hem voelde aangetrokken, maar hem totaal niet vertrouwde. Nu had ik echter een glimp opgevangen van de man achter die façade – zijn onzekerheid, twijfel, eerlijkheid – en die man... Ik wist dat ik voor die man best kon vallen. Op het moment dat ik besefte dat ik best voor hem zou kunnen vallen, besefte ik ook dat ik dat allang had gedaan.

We reden de hele nacht door en vertelden elkaar allerlei verhalen. De meeste waren verhalen over onze familie. Ik vertelde hem dat mijn moeder gruwelijke straffen voor ons verzon toen we nog heel jong waren. Mijn zus had claustrofobie en hoewel mijn moeder dit wist sloot ze haar toch op in de gangkast. Het was tegelijkertijd ook een straf voor mij; ik zou het in die kast best hebben uitgehouden, maar dat mijn zus er kermend in zat en ik haar niet kon helpen was echt een vreselijke kwelling voor mij. Dat wist mijn moeder. Als ik ondeugend was dreigde mijn moeder nooit om mij iets aan te doen, dan dreigde ze dat ze mijn zus in de kast zou opsluiten. Ze heeft het één keer ook daadwerkelijk gedaan toen ik had gejokt dat ik mijn huiswerk al af had. Mijn moeder kwam erachter dat ik had gejokt en sloot mijn zus drie uur lang in de gangkast op. Sindsdien maakte ik echt altijd mijn huiswerk. Dat was waarschijnlijk ook de reden dat ik het zo goed had gedaan op school.

Timothy's verhalen waren net iets uit een andere wereld, iets wat ik van de televisie kende, geld, dure scholen, dure kleren, alcohol, drugs en nergens ook maar één ouder te bekennen.

Toen het echt heel laat werd en ik in de gaten kreeg dat we voorlopig nog niet zouden teruggaan, leende ik zijn gsm om mijn moeder te bellen. Ze nam niet op, dus sprak ik een berichtje voor haar in dat ik bij Tammy bleef slapen.

Hoe we het voor elkaar kregen weet ik niet, maar we waren precies op tijd terug voor mijn werk. Ik had niet geslapen en droeg nog steeds dezelfde kleren, maar gelukkig was het een uniform (een zwart poloshirt en een beige broek) dat ik elke dag aanhad, dus het was onmogelijk aan me te zien dat ik me niet had omgekleed.

Toch zei Neil toen hij de winkel in kwam en me zag staan: 'Jij bent gisteravond niet naar huis gegaan.'

'Wat wil je daar precies mee zeggen?' zei ik.

'Welk deel van mijn opmerking begrijp je niet?' vroeg hij.

'Ik snap gewoon niet waarom je dat denkt,' zei ik nog steeds ontwijkend.

'Omdat je dezelfde kleren aanhebt als gisteren.' Na een korte stilte voegde hij eraan toe: 'En omdat je moeder me vanochtend om drie uur heeft gebeld.'

'Dat meen je toch niet?'

'Jawel.'

'Neil, dat spijt me echt verschrikkelijk.'

'Ik heb haar natuurlijk niets verteld.' Hij beantwoordde de vraag die wel bij me was opgekomen, maar die ik niet hardop had gesteld.

'Dank je.'

'Nou ja, afgezien dan van het feit dat een onbekende man de winkel is binnengekomen en je heeft gekust,' zei hij. Hij zag mijn gezicht en zei: 'Grapje. Ik heb tegen haar gezegd dat ik er niet bij was toen je de boel gisteren afsloot. Weet je zeker dat je weet wat je doet?'

'Nee,' zei ik. 'Helemaal niet.'

'Nou, dat is goed om te weten. Dan is dat in elk geval voor iedereen duidelijk.'

'Het is niet beledigend bedoeld, Neil, maar kijk nou eens waar mijn plannen me tot dusver hebben gebracht.'

Op dat moment zag ik Tammy's auto aan de overkant van de straat tot stilstand komen. Ze stapte uit en stak op een holletje de straat over, maar toen zag ze me door het raam staan. Ze bleef me woedend door het glas aanstaren tot ze binnen was en zei: 'Oké, wat heeft dit in godsnaam te betekenen?'

'Hallo, Tammy,' zei Neil.

Zoals gewoonlijk keurde ze hem amper een blik waardig.

'Laat me eens raden,' zei ik. 'Mijn moeder heeft je zeker gebeld.'

'Waar zit je in vredesnaam met je gedachten? Hoe kun je er nou zomaar tussenuit knijpen, terwijl je moeder ziek is? Hoe kun je nou niet naar huis gaan zonder iets te zeggen? Sorry hoor, maar wat moet dat in vredesnaam voorstellen?'

'Puur egoïsme,' zei ik.

'Ja, vertel mij wat,' beet ze terug.

'Waarom vraag je het dan?'

Ze staarde me zwijgend aan.

'Grapje. Ik heb haar trouwens wel gebeld. Ze luistert dat stomme antwoordapparaat alleen nooit af. Wat is er eigenlijk aan de hand? Waarom maak jij je zo druk? Ik begrijp het niet.'

'Dacht je soms dat ik het leuk vond om om drie uur in de ochtend een hysterisch telefoontje van je moeder te krijgen?' Tammy draaide zich abrupt om naar Neil. 'Zou jij dat leuk vinden, Neil?'

'Om je de waarheid te zeggen...' begon Neil, maar Tammy liet hem niet uitpraten.

'O, mijn god,' zei Tammy. Ze keerde zich weer om naar mij. 'Je was gisteravond toch niet met hem op stap, hè?'

'Met hem...? Met Neil, bedoel je?'

'Hallo, ik zit hier gewoon, hoor,' onderbrak Neil me. 'Denk daar alsjeblieft aan voordat je iets zegt.'

'Met wie dan wel?' vroeg Tammy. 'Alsjeblieft niet met Dan.'

'Dan... Dan Marker?' zei Neil. 'Die is toch getrouwd?'

Tammy wierp me een blik toe alsof ze wilde zeggen: snap je die man nou?

Wat ik niet kon geloven was dat ze niet kon bedenken met wie ik een hele nacht zou wegblijven.

'Timothy,' zei ik tegen haar. 'Timothy is teruggekomen.'

De naam zei Tammy niet meteen iets; dat zag ik aan de vage uitdrukking op haar gezicht. Opeens schoot het haar weer te binnen.

'Die man, bedoel je. Die ene die...' Ik zag aan haar dat ze in gedachten alle lege plekken opvulde. Uiteraard stortte Tammy zich meteen op datgene waar ze het nieuwsgierigst naar was. Ze zei: 'Nee, dat heb je toch niet gedaan?'

'Nee, dat heb ik niet gedaan,' zei ik.

'Allemachtig, maar waarom dan niet? Zit je soms te wachten op een gegraveerde uitnodiging of zo? Wat hebben jullie dan in vredesnaam de hele nacht gedaan?'

'We hebben rondgereden.'

Op dat moment mengde Neil zich weer in het gesprek. 'De hele nacht?' vroeg hij. Het was wel duidelijk dat hij me niet geloofde.

'Het gaat je natuurlijk eigenlijk helemaal niets aan, maar inderdaad ja, de hele nacht.'

Tammy en Neil keken elkaar even aan.

'Oké, ook goed. Bespreken jullie het onderling dan maar als het per se moet, maar laat mij er alsjeblieft buiten.'

Ik hoorde de deur opengaan en mijn eerste gedachte was er een van opluchting, omdat er een klant binnenkwam en het gesprek moest worden afgekapt. Toen ik naar de deur keek zag ik echter mijn moeder staan.

'Mam,' zei ik. Ik raakte niet eens meteen in paniek. Ik was alleen maar verbaasd. Ze was in de drie jaar dat ik hier nu werkte nog nooit bij me langsgekomen. Volgens mij kwam dat doordat ze zich schaamde. Haar dochter met een doctorale graad van Kansas State University die bijna tot doctor in de economie was gepromoveerd aan de universiteit van Chicago, besteedde haar dagen aan het maken van koffie latte.

De reden dat ik het nog niet over mijn diploma's heb gehad is omdat ik al drie jaar lang mijn uiterste best doe om ze uit mijn hoofd te zetten. Vrijwel meteen nadat ik naar het huis van mijn moeder was teruggekomen, kwam ik erachter dat het verleden het me moeilijk maakte om te leren leven met de huidige situatie. Als ik die diploma's niet had gehad en niet al die jaren zo hard had gestudeerd, zou er – afgezien van het feit dat ik niet genoeg geld verdiende om ons te kunnen onderhouden – helemaal niets mis zijn geweest met werken bij de Starbox. Ik voelde me alleen maar depressief wanneer ik aan al dat werk dacht, de studie, de hoge verwachtingen, en ik vervolgens de gedachte aan wat ik allemaal had kunnen bereiken vergeleek met wat ik nu had bereikt. Zodra ik het verleden losliet – zodra ik de gedachte losliet dat mijn leven niet was geworden wat ik ervan had gehoopt – was mijn huidige leven best te verdragen.

Volgens mij dacht mijn moeder daar anders over. Dat was ook de reden dat ze was weggebleven.

Mijn moeder bleef staan en staarde naar mij in mijn poloshirt en beige broek achter de toonbank.

'Ik wilde alleen maar weten of je nog leefde,' zei ze. Ze keek naar Neil en Tammy. 'Weet een van jullie misschien wat ze gisteravond heeft gedaan? Ik weet namelijk zeker dat ik van haar nooit een eerlijk antwoord krijg.'

Hoewel Tammy en Neil zich nog geen seconde eerder ten koste van mij hadden zitten verkneukelen, keken ze nu alsof ze graag ergens anders waren geweest.

'Goed, ik zie al dat die twee idioten ook weigeren iets te zeggen,' zei mijn moeder met een minachtend knikje. Ze keek weer naar mij. 'Kom je vanavond thuis?'

Ik dacht aan Timothy. Ik bedacht dat hij misschien nog zou terugkomen. Ik bedacht dat ik niet eens wist hoe lang hij zou blijven – en al evenmin wat hij precies van plan was. Ik was tijdens de autorit iets meer over hem te weten gekomen: om te beginnen zijn achternaam. Hij heette Timothy Whitting. Hij woonde in New York City. Hij werkte in de financiële wereld. Hij beheerde geld, maar had een beetje vaag gedaan over zijn precieze werkzaamheden. Ik vermoed dat hij me er niet al te veel over vertelde omdat hij dacht dat ik er toch bijna niets van zou begrijpen.

Het probleem was dat ik hem niet had gevraagd wat ik dolgraag wilde weten: hoe lang hij zou blijven, bijvoorbeeld, en waarom hij was teruggekomen. Of hij ooit getrouwd was geweest. Of verliefd. Of dat er misschien iemand anders in zijn leven was. Het zou zomaar kunnen dat hij nog maar één avond in de stad was.

Dit schoot allemaal door mijn hoofd schoot en toch zei ik: 'Ja, ik ben vanavond thuis.'

Mijn moeder knikte, draaide zich op haar hakken om en liep naar buiten.

Neil stond zwijgend op en wandelde om de toonbank heen. Hij zei: 'Als jij nou eens bij Tammy gaat zitten, dan maak ik wat te drinken voor ons allemaal klaar.'

Ik staarde hem aan. 'Je hebt me nog nooit eerder toestemming gegeven om tijdens mijn werk te gaan zitten.'

'Tja, jij hebt ook nog nooit zoiets als dit uitgehaald.'

'Wat bedoel je?'

'Zoiets als... weet ik veel. Dit,' zei hij. Hij gebaarde dat ik moest gaan zitten.

Toen Timothy een minuut of twintig later binnenkwam zaten Tammy, Neil en ik met een drankje aan een van de tafeltjes. Ik ving vanuit een ooghoek een glimp van hem op. Ik zag de grote stappen, de zelfverzekerdheid die eruit sprak, en ook de aarzeling in die stappen zodra hij binnen stond en zag dat ik niet achter de toonbank stond maar in plaats daarvan aan een tafeltje zat alsof ik een klant was.

Ik draaide me nog net op tijd om naar Tammy om haar reactie op die eerste aanblik van hem op te vangen. Haar ogen verwijdden zich een beetje, maar toen keek ze naar mij en ontdekte ze dat ik haar gadesloeg. Ze zette snel haar gewone gezicht op.

'Timothy, dit is mijn vriendin Tammy,' stelde ik hem voor toen hij naast het tafeltje stond. 'Ik weet eigenlijk niet eens of ik je de vorige keer wel aan Neil heb voorgesteld. Hij is mijn baas.'

Tammy stak haar hand uit en Timothy deed hetzelfde. Daarna schudde hij ook Neil de hand.

Er viel een onbehaaglijke stilte.

'Wat kom je hier doen?' vroeg Tammy uiteindelijk.

'Ik kom voor Nora,' zei Timothy.

'Helemaal vanuit New York?' zei ze met een ongelovige klank in haar stem.

'Inderdaad,' beaamde hij.

'Hoe lang blijf je hier?' vuurde ze de volgende vraag als een kogel op hem af.

Ik hield mijn adem in.

'Dat weet ik nog niet,' bekende hij.

'Heb je dan geen retourticket?'

'Niet echt.'

'Wat wil je daarmee zeggen? Heb je een enkeltje gekocht?'

'Nee.'

'Nou, dan moet je toch een retourticket hebben?'

'Nee hoor.' Hij gaf haar ongelijk, maar zijn stem klonk vriendelijk.

'Oké, leg het me dan maar eens haarfijn uit,' zei Tammy. Ze had een vuist op haar heup gezet, haar gebruikelijke gevechtshouding.

'Ik ben met een privévliegtuig hiernaartoe gevlogen,' zei hij.

'Heb je dan een vliegtuig?'

'Mijn familie. Ja.'

'Bedoel je dat het van je ouders is?'

'Nou, we hebben er allemaal een aandeel in.'

'Dan ben je dus stinkend rijk of zie ik dat nu verkeerd?'

'Tammy!' riep ik uit. Dit was haar favoriete tijdverdrijf – mensen uitlokken om te zien of ze zouden bezwijken onder de druk – alleen was ik in deze situatie degene die bezweek. Ik wist dan ook dat ik de blik die ze me toewierp had verdiend.

Het moet echter gezegd worden dat Timothy eruitzag alsof hij van het spelletje genoot.

'Ja, je zou best kunnen stellen dat ik stinkend rijk ben.'

'En er nog over opscheppen ook. Allemachtig,' zei Tammy.

Hij lachte.

Timothy keek naar mij. 'Mag ik je vriendin misschien lenen voor werkvergaderingen? Ze zou echt een geweldig geheim wapen zijn om iedereen van hun stuk te brengen. Er zijn niet zo heel veel mensen die niet bang zijn om de regels te overtreden.'

Er klonk zo veel bewondering door in zijn stem dat ik bijna jaloers werd op Tammy. Het kwam ook doordat ik opeens besefte dat ik zelf zelden de regels overtrad – in plaats daarvan was ik bevriend met iemand die dat deed. Ik liet haar het vuile werk voor me opknappen en maakte mezelf wijs dat dit ook iets over mij zei omdat ze mijn vriendin was. Misschien was dat ook wel zo, maar dat wilde nog niet zeggen dat ik ook iemand was die de regels overtrad.

'Ik durf elke regel te overtreden die je maar kunt bedenken,' zei Tammy. Ze keek mij aan en knipoogde.

'Dat zal ik onthouden,' zei hij.

'Goed, het is hoog tijd om weer aan het werk te gaan,' kondigde Neil aan.

Timothy keek naar mij. 'Ik zal je niet langer van je werk afhouden, maar ik wilde je even vragen naar straks.'

'Straks...' Ik haalde diep adem. Toen ik mijn mond opendeed had ik geen flauw idee wat eruit zou komen.

De macht der gewoonte won.

'Ik kan vandaag niet,' zei ik.

'Wat?'

'Ik kan vandaag niet met je afspreken.' Ik zag dat hij dit even moest verwerken, zag de mengeling van emoties op zijn gezicht – verbazing, gekwetstheid, vastberadenheid, allemaal in een fractie van een seconde. Hij sloot zich af. Zijn gezichtsuitdrukking bleef hetzelfde, zijn stem, de klank, maar het was alsof iets in hem zich had afgesloten.

'Oké,' zei hij.

Tammy kwam tussenbeide. 'Als je bij de Box langskomt, regel ik gratis drankjes voor je. Ik heb ergens gelezen dat rijke mensen nog gekker zijn op gratis spullen dan arme.'

Hij keek Tammy glimlachend aan. 'Dat heb je dan goed gehoord. Ik ga eerst terug naar mijn hotel om wat te slapen, maar als je me vertelt wat en waar die Box is, kom ik straks absoluut langs.'

Hij keek naar mij en de glimlach bleef op zijn plek, maar het was niet dezelfde glimlach; het was niet zoals hij me de vorige avond had aangekeken. Hij draaide zich om alsof hij wilde vertrekken.

'Timothy,' riep ik hem na.

Hij draaide zich weer om.

'Beloof me dat je niet vertrekt zonder afscheid te nemen.'

Hij keek verrast op. 'Wie had het hier over vertrekken?'

'Beloof het me nou maar gewoon, oké?'

'Ik beloof het,' zei hij.

Nora | De volgende dag

Hij kwam de volgende dag weer langs. Ik was er echt van overtuigd dat hij kwam vertellen dat hij zou vertrekken. Ik stond er gewoon op te wachten. Ik had het al geweten toen ik de vorige avond naar huis ging. Ik had er in bed over liggen nadenken. Gelukkig verdwenen die gedachten toen ik eindelijk in slaap viel, maar zodra ik wakker werd keerden ze terug. Tijdens het wakker worden ben ik soms een of twee tellen even helemaal van mijn leven bevrijd. Die ochtend was dat niet het geval. Het was er zodra ik mijn ogen opendeed.

Het gekke was dat het allemaal mijn eigen schuld was. Ik had het helemaal aan mezelf te wijten. Ik had ja gezegd tegen mijn moeder en nee tegen hem. Ik had met mijn moeder op de bank gezeten in de wetenschap dat hij naar Tammy zou toegaan. Ik had natuurlijk ook kunnen gaan. Ik had best een smoes kunnen verzinnen en kunnen uitgaan. Ik deed het echter niet.

De volgende dag kwam hij aan het begin van de middag de zaak binnenwandelen. Uiteraard had ik de hele ochtend lopen piekeren over de vraag hoe laat het wel niet was geworden met Tammy. En ja, ik piekerde ook over de mogelijkheid dat er wat was gebeurd.

Ik had die ochtend maar twee klanten gehad en in drie uur tijd wel twee lattes gemaakt; de rest van de tijd had ik ongedurig rondgehangen en staan wachten tot er iemand langskwam die me vertelde wat er allemaal gebeurd was. Zelfs Neil was er niet om me op mijn zenuwen te werken en mijn aandacht af te leiden.

Eindelijk kwam Timothy binnen met een tas om zijn schouder.

God, wat was hij toch knap.

'Wanneer ga je weg?' vroeg ik hem.

Zijn glimlach verstarde.

'Waarom begin je toch steeds over mijn vertrek? Gisteren had je het over afscheid nemen en vandaag vraag je me weer wanneer ik wegga. Is het soms een hint of zo?'

'Nee, het komt doordat je die tas bij je hebt.'

Hij keek me hoofdschuddend aan. 'Nora, denk je nu echt dat mijn kleren hierin passen? Dit is voor mijn werk. Ik heb papieren en mijn computer bij me,' legde hij geduldig uit alsof hij het tegen een kind had. 'Ik zat namelijk in mijn hotel te werken en toen bedacht ik opeens dat ik natuurlijk ook gewoon hier zou kunnen werken. Ik had het Wifibordje op het raam gezien. Dat mag toch wel?' Ik voelde me ontzettend dom. En ook ongelooflijk blij. Ik probeerde het allebei te verbergen door nonchalant te antwoorden: 'Ja hoor. Dat mag best.'

'Even voor alle duidelijkheid, zo gemakkelijk kom je niet van me af, hoor, zelfs als je dat zou willen.'

Toen draaide hij zich om en liep hij naar een tafeltje bij het raam. Hij haalde zijn laptop tevoorschijn en zette alles klaar.

Ik maakte een Venti latte met een dubbele espresso voor hem en bracht de koffie naar hem toe.

Hij keek me aan. 'Dank je.'

Hij staarde recht in mijn ogen en dat deed rare dingen met mijn buik.

'Weet je heel zeker dat je baas het niet erg vindt dat ik hier ga zitten werken? Je krijgt er toch geen problemen door?'

'Het is een koffiezaak,' zei ik tegen hem. 'Het hoort juist een plek te zijn waar mensen komen werken, lezen of rondhangen.'

'Echt? Zo voelt het anders niet.'

'Dat weet ik. Zo voelt het inderdaad niet. Ik weet zelfs niet eens meer wanneer er voor het laatst iemand is gaan zitten.'

'Kom je erbij zitten?' vroeg hij. 'Heel even maar.'

Dat deed ik. Ik overtrad voor het eerst een regel, ook al wist ik niet zeker of dit wel telde, aangezien Neil het een dag eerder ook goed had gevonden.

'Hoe was het gisteravond in de Box?' vroeg ik luchtig, hoewel mijn hart wild klopte.

'Tja, het was een hele ervaring. Die vriendin van je, Tammy, is me wel een type, zeg. Jullie lijken eigenlijk helemaal niet op elkaar, hè?'

'Nee, niet echt. Ik zou heel graag wat meer op haar lijken.'

'Echt? Waarom?'

'Dat weet ik niet,' zei ik, want als ik hem vertelde waarom ik graag meer op Tammy wilde lijken, moest ik meteen bekennen wat ik allemaal niet leuk vond aan mezelf. Als hij die dingen zelf niet had opgemerkt ging ik hem zeker niet wijzer maken. 'Zij laat zich niet zo snel kisten,' zei ik, een heel algemeen antwoord dat nog waar was ook.

'Tammy heeft zo haar eigen problemen,' zei hij.

Ik wilde hem vragen wat dat dan volgens hem voor problemen waren (aangezien hij beweerde dat hij dat na één avond al wist, terwijl ik zelfs na twintig jaar nog helemaal niets doorhad), maar precies op dat moment kwam Tammy binnen.

'Hééé, Tito,' riep ze toen ze Timothy tegenover me zag zitten.

Ik keek hem aan.

Hij haalde zijn schouders op. 'Op een gegeven moment noemde ze me gisteravond opeens Tito.'

'Wat bedoel je met op een gegeven moment?' riep ze uit. 'Dat was na je vijfde glas tequila.' Ze keek naar mij. 'Die man is echt een beest.'

'Die man is daar echt veel te oud voor,' zei Timothy.

'Heeft hij je al verteld wat Chrissy Rorden heeft gedaan?' zei Tammy.

'Nee.'

'Dat wilde ik haar eigenlijk besparen,' zei Timothy nadrukkelijk.

'Jij bent aardiger dan ik. Wacht, ik moet eerst koffie hebben. Blijf maar zitten, ik haal zelf wel,' zei ze toen ik aanstalten maakte om op te staan.

Neil zou een hartverzakking krijgen als hij haar achter de toonbank zag, maar ik liet haar zelf een kop inschenken. Toen kwam ze bij ons aan het tafeltje zitten.

Een minuut of vijf later kwam er een klant binnen, dus ik stond op en terwijl ik haar macchiato bereidde zei ze met een blik op Timothy: 'Je kunt hier dus met je laptop komen zitten om te werken?'

'Ja hoor.'

'Is daar een tijdsbeperking aan verbonden?'

'Nee hoor, volgens mij niet.'

'O, nou, misschien kom ik dan straks wel terug om wat te werken.'

Timothy bleef de hele middag en de vrouw kwam inderdaad terug met haar laptop. Toen ging er iemand zitten om de krant te lezen. Het was in de drie jaar dat ik er werkte nog nooit voorgekomen dat er drie mensen in de zaak zaten. Volgens mij zag de zaak er veel aanlokkelijker uit wanneer er iemand aan een tafeltje zat te werken en zich er kennelijk helemaal op zijn gemak voelde.

Toen Neil binnenkwam moest hij echt twee keer goed kijken. Hij kwam bij mij naast de toonbank staan. 'Hoe zit het met al die mensen? Geef je de koffie vandaag soms gratis weg?'

Ik schudde mijn hoofd. 'Nee, ze zijn zomaar uit zichzelf naar binnen gekomen.'

'Ja ja.' Hij draaide zich om en staarde nadenkend naar Timothy. 'Wie was er als eerste?'

'Hij.'

'Ja, dat zat er natuurlijk ook wel in,' zei Neil. Hij voegde eraan toe: 'Als je iets voor me zou willen doen, zorg er dan voor dat hij in de buurt blijft.'

Timothy | Timothy vraagt Nora om met hem mee te gaan naar New York

Ik bleef een maand lang in dat kleine stadje in Kansas. Ik bracht mijn dagen door in de koffiezaak en werkte daar op mijn laptop (hoewel het er na een paar weken opeens zo druk werd dat er op een ochtend geen tafeltje meer vrij was toen ik wat later binnenkwam, omdat ik me had verslapen). Ik had verwacht dat Nora steeds gewoner zou worden. Dat gebeurde echter niet. Hoe was het in vredesnaam mogelijk dat een meisje dat bij haar moeder thuis woonde en in een koffiezaak werkte het enige meisje bleek te zijn dat ik maar niet uit mijn hoofd kon zetten? Ik kan niet eens zeggen wat er nu precies zo anders aan haar was, behalve dan dat ze er kennelijk totaal geen behoefte aan had om stiltes op te vullen, om elke pauze te vullen met geklets om er zeker van te zijn dat er nooit een stilte viel. Toen we die eerste dag met mijn auto hadden rondgereden en de hele nacht waren weggebleven, praatten we veel met elkaar, maar zeiden we ook heel vaak een tijdje niets.

Verder kon ik ook nooit van tevoren zeggen wat ze zou gaan doen. Ik was er na die nachtelijke rit heel zeker van dat ze me mocht, maar toen ik de volgende dag bij haar langsging zei ze dat ze die avond niet met me kon afspreken – en dat was niet omdat ze de indruk wilde wekken dat ze niet echt in me geïnteresseerd was. Het was niet een van de spelletjes die ik zo goed kende en die nooit werken. Mannen mogen dan misschien een beetje traag van begrip zijn met dat soort dingen, maar zulke spelletjes hebben we heus wel door.

Ik kon merken dat ze bang was dat ik zou weggaan – en toch weigerde ze met me af te spreken. Ze was echt totaal anders dan alle vrouwen die ik voor haar had ontmoet.

Ik bleef dus. Ik hield mezelf voor dat ik zou blijven tot het nieuwe eraf was. Alleen gebeurde dat niet. Ik had nooit van mezelf gedacht dat ik het een maand lang zou uithouden in een aftands motel in een piepklein stadje, maar toch deed ik dat. Ik negeerde de telefoontjes van mijn moeder en vervolgens ook die van mijn vader. Ik stuurde hun elke vrijdag een verslag en ik kan onmogelijk zeggen hoe fijn ik het vond dat ik al die familiediners misliep. Ik maakte me wel een beetje zorgen omdat ik nooit bij Nora thuis werd uitgenodigd, maar ik had genoeg verhalen van haar gehoord om te weten dat haar gezinssituatie niet bepaald gemakkelijk was. Ik had misschien iets kritischer mogen zijn, maar mijn eigen familiesituatie was evenmin echt normaal te noemen, dus eigenlijk vond ik het ook wel weer logisch. Ik wist dat ik haar zo lang mogelijk bij mijn familie vandaan wilde houden. Ik nam gewoon aan dat zij precies hetzelfde deed.

Ik wachtte af, maar ze begon me niet te vervelen. Dus besloot ik ten slotte het te doen – ik besloot haar te vragen om met me mee te gaan naar New York.

Ik ben niet echt geduldig en zodra ik eenmaal iets heb besloten voer ik dat over het algemeen ook zo snel mogelijk uit. Helaas nam ik mijn besluit 's ochtends en moest ik de hele dag wachten omdat ik het haar niet over het lawaai van het espressoapparaat heen wilde vragen. Om vijf uur, sluitingstijd, zat de zaak echter nog stampvol.

Ik had er inmiddels een gewoonte van gemaakt om Nora af en toe te helpen achter de toonbank. Ik herkende mezelf amper terug – ik zou in nog geen miljoen jaar van mezelf hebben verwacht dat ik ooit vrijwillig achter een toonbank zou gaan staan om koffie te serveren. Mijn koffie macchiato is echt super, al zeg ik het zelf. Nora gebruikte niet genoeg chocolade. Ze weigerde echter mijn raad op te volgen, totdat ik er een op mijn manier voor haar maakte en ze haar meerdere in mij moest erkennen. Ik had nooit gedacht dat ik het nog eens leuk zou vinden om in een koffiezaak rond te hangen. Ik wist natuurlijk best dat het ook niet door de koffiezaak kwam. Het kwam door haar.

Het werd vijf uur en zelfs zes uur. Eindelijk slenterde de laatste klant naar buiten en hing Neil het bordje GESLOTEN op de deur.

Nora legde de metalen tuiten voor het opkloppen van de melk in de week. Er bleef altijd een dikke laag melk achter op het metaal en als je ze niet in de week zette, was het onmogelijk om ze schoon te krijgen. Ik sopte de werkbladen en Neil laadde de vaatwasser in.

Ik keek Nora aan. 'Heb ik je vanavond?' vroeg ik haar.

Aan de vorm van haar glimlach zag ik al dat het antwoord nee zou zijn. Wanneer het antwoord nee was glimlachte ze altijd met haar mondhoeken omlaag. Het was me opgevallen dat er bij die glimlach altijd een klein kuiltje in haar linkerwang verscheen. Dat was mijn enige troost voor dat nee dat ik veel te vaak te horen kreeg. Ik was het niet gewend dat mensen me nee verkochten, maar had in die maand met Nora de nodige ervaring opgedaan. Toch had ik het gevoel dat het nieuwe er misschien wel een beetje vanaf was.

Ik was niet van plan geweest het haar midden in de koffiezaak te vragen, maar opeens wilde ik haar niet langer meer delen met anderen. Ik wilde niet meer hoeven vragen of ik haar die avond had. Ik wilde haar de hele nacht in mijn bed hebben. Ik had haar al wel in mijn bed gehad, maar ze glipte altijd weer tussen de lakens vandaan om zich aan te kleden en te vertrekken. Ik wilde dat ze er 's ochtends was wanneer ik wakker werd. Ik wilde haar helemaal hebben.

Ik zei: 'Ga met me mee naar New York.'

'Voor een vakantie, bedoel je? Een weekje of zo?'

'Nee. Ik bedoel niet voor een vakantie. Ik bedoel dat ik wil dat je met me meegaat naar New York en bij me komt wonen.'

Ik was er echt van overtuigd dat ze ja zou zeggen. Dat was het hem nu juist met Nora. Ik zat er ontzettend vaak naast.

Nora | Nora geeft Timothy antwoord

Timothy vroeg me om met hem mee te gaan naar New York. Hij vroeg het me een week lang elke dag. Elke ochtend zei hij zodra hij binnenkwam: 'Ik wil graag een Venti met een dubbele espresso en magere melk, en dat je met me meegaat naar New York.'

Wanneer hij naar de toonbank kwam voor een nieuwe kop koffie zei hij: 'Mag ik er nog een en kan ik je overhalen om met me mee te gaan naar New York?'

Ik kon niet mee. Natuurlijk kon ik niet met hem mee. Er was alleen geen makkelijke manier om nee te zeggen. Ik wilde hem niet de ware reden vertellen dat ik niet mee kon. Ik had er veel te lang mee gewacht en kon nu onmogelijk opeens zeggen: o ja, ik woon hier in Kansas bij mijn moeder thuis, omdat ze misschien wel doodgaat. Wat echter misschien nog wel belangrijker was, was dat ik niet wilde dat hij medelijden met me zou krijgen. Ik had liever dat hij me zag als iemand die bewust voor een rustig leven in haar geboortestad had gekozen dan als slachtoffer, iemand die door omstandigheden haar leven had moeten opgeven en hier vastzat zonder een manier om er weg te komen.

Tegelijkertijd zei een stemmetje in mijn achterhoofd dat ik misschien best kon meegaan. Misschien had ik wel genoeg gedaan. Ik stelde mezelf de vraag: kon ik mezelf vrijlaten?

Ik wist het antwoord niet. Niet het echte antwoord. Ik wist wel dat ik met hem mee wilde, maar ik wist ook dat ik me niet op mijn gemak zou voelen in New York als ik het gevoel had dat ik mijn moeder in de steek had gelaten. Waar houdt verantwoordelijkheid op? Dat is de vraag waarmee ik worstelde. Het was erg ingewikkeld. Het ging niet alleen om emotionele steun, maar ook om financiële. Ik betaalde het huis, het eten, de elektriciteit en de telefoon. Daarnaast was er ook nog de lening die ik moest afbetalen. Dat lukte me al nauwelijks. Zelfs als ik op een of andere manier voor mezelf kon goedpraten dat ik mijn moeder alleen achterliet, dan nog zou ik niet weten hoe ik het allemaal moest aanpakken: de verhuizing naar New York, een baan zoeken, mijn eigen onkosten dekken en ook nog eens alles voor mijn moeder hier betalen. Wat mezelf betreft had ik dat risico best durven nemen, maar ik vond het niet eerlijk om mijn moeder daar ook afhankelijk van te maken. Stel nu eens dat Timothy beloofde dat hij zowel mijn moeder als mij zou onderhouden, maar dat hij bij de eerste de beste ruzie meteen al besloot om me eruit te zetten of gewoon op te houden met betalen? Dat risico kon ik niet nemen.

Hoe langer ik erover nadacht, des te sterker ik ervan doordrongen raakte dat het antwoord nee moest zijn. Ik zei echter geen nee. Ik zei: 'Ik weet het niet.' Toen hij me vroeg wanneer ik het dan wel zou weten, herhaalde ik het nog een keer. 'Ik weet het niet.' Ik wist niet eens waarom ik wachtte. Misschien wachtte ik wel op een wonder.

Nou, dat wonder geschiedde. Door Neil. Ik kwam er ook achter dat het niet altijd even gemakkelijk was om een wonder te accepteren.

Ik had me eindelijk voorgenomen om nee te zeggen tegen Timothy. Ik zag gewoon geen enkele andere uitweg meer. Maar ik wilde dat niet doen in een zaak vol mensen. Dus wachtte ik tot we midden in het vaste sluitingsritueel zaten dat we hadden ontwikkeld. Timothy bleef altijd om te helpen. Een zaak afsluiten die het eigendom is van een dwangmatige, obsessieve neuroot is iets meer werk dan je misschien wel zou denken.

'Weet je wat ik vanavond graag zou willen doen?' zei Timothy terwijl hij het enige koekje en de twee croissants opruimde die nog over waren. De rest was verkocht. De laatste tijd waren er zelfs dagen bij dat we alles verkochten.

'Wat dan?' vroeg ik.

'Ik zou graag willen dat je met me meegaat naar New York,' zei hij met een brede grijns.

Ik was bezig met het schoonmaken van de glazen deurtjes van

de vitrine voor etenswaren. Ik hield op met boenen, legde de doek neer en probeerde te glimlachen. Opeens schoot het me te binnen dat hij had gezegd dat hij aan mijn glimlach altijd kon zien dat ik nee ging zeggen.

Hij kwam langzaam overeind uit zijn gehurkte positie achter de vitrine. Toen zei hij: 'Alsjeblieft, Nora.'

'Timothy, het spijt me echt verschrikkelijk.'

'Denk er nog even over,' drong hij aan. 'Je hoeft niet vandaag te beslissen.'

'Dat is niet eerlijk tegenover jou,' zei ik. 'Ik heb er al over nagedacht en ik weet dat het niet kan.'

'Nooit? Of alleen nu niet?'

Hoe kon ik daar nu een tijdslimiet aan hangen? Dat zou net zijn alsof ik probeerde te bedenken hoe lang mijn moeder nog zou leven. En stel dat ze doodging, zou ik dan wel echt naar New York kunnen gaan? Dat is niet iets waarover je moet speculeren.

'Het kan niet,' zei ik nog een keer, maar ik legde het niet uit. Dat was me gewoon net iets te veel.

Hij keek me heel ernstig aan. 'Ik neem aan dat je weet wat dit betekent?'

'Ja,' zei ik.

Wat kan ik zeggen over de blik die we uitwisselden? Het was alsof woorden alles afvlakten, onbelangrijk maakten. We hadden er geen van beiden behoefte aan om nog iets te zeggen.

Neil daarentegen blijkbaar wel. Hij zei: 'Neem me niet kwalijk, maar is hier aan de gang wat ik denk dat er aan de gang is?'

Timothy en ik keken allebei naar Neil. Ik was helemaal vergeten dat Neil er nog was. Hij stond leunend op een zwabber tussen de tafeltjes.

Neil keek me fronsend aan. 'Zeg je nu echt tegen hem dat je niet meegaat naar New York?' Hij verplaatste de frons naar Timothy. 'En jij accepteert dat?'

Timothy antwoordde: 'Wat moet ik dan doen? Als dat echt is wat ze wil?'

'Och, kom nou toch, zeg,' zei Neil. 'Je weet best dat het niet is wat zij wil en gezien de situatie bij haar thuis zou een slimme vent als jij toch in staat moeten zijn om te bedenken waarom ze nee zegt.'

'De situatie bij haar thuis?' herhaalde Timothy.

Toen werd het pas echt pijnlijk.

Neil keek me aan. 'Heb je het hem dan niet verteld?'

Ik haalde schutterig mijn schouders op.

'O, lieve god,' zei Neil.

'Wat is er?' zei Timothy dringend. 'Wat heeft ze me dan niet verteld?'

'Ik had het kunnen weten,' zei Neil met een blik op mij.

'Laat me alsjeblieft niet nog langer in spanning, Neil,' zei Timothy. 'Wat heeft ze me niet verteld?'

'Ze heeft je niet verteld waarom ze hier is.'

'Hier?'

'Hier. In dit stadje. In de koffiezaak. Heb je je dat dan nooit afgevraagd?'

'Nee. Ik heb altijd gedacht dat ze het hier naar haar zin had.'

'Dat is ook zo,' zei ik. Op dat moment was het ook echt waar.

Neil wierp me een vernietigende blik toe. 'Bespaar me die flauwekul alsjeblieft. Je zou hier zelf nooit voor hebben gekozen. In nog geen miljoen jaar.' Hij keek weer naar Timothy. 'Haar moeder is ziek. Kanker. Nora heeft haar studie afgebroken en is naar huis teruggekomen om haar te verzorgen. Sindsdien zit ze hier vast.'

'Hoe lang?'

Neil was degene die antwoord gaf. 'Drie jaar. Ze zijn nu halverwege de tweede chemokuur.'

'Waarom heeft ze me dat niet verteld?'

Het was wel bizar dat Timothy zijn vragen aan Neil stelde. Ik was er echter blij om, want daardoor hoefde ik ze niet te beantwoorden.

'Omdat ze hartstikke gestoord is?' zei Neil. 'Wie zal het zeggen? Misschien is ze wel ongelooflijk trots en koppig, en wil ze van niemand medelijden of medeleven hebben of, God verhoede het, hulp.'

'Hallo, ik sta hier, hoor,' zei ik.

Het was alsof ik niets had gezegd. Neil ging gewoon verder. 'Ze hoort hier helemaal niet te werken. Daar is ze veel te goed voor, maar God verhoede dat iemand daar ooit achterkomt. God verhoede dat iemand er ooit achterkomt dat ze een doctorale graad van Kansas State University heeft en aan de universiteit van Chicago tot doctor in de economie zou zijn gepromoveerd als ze haar studie niet had hoeven afbreken om hiernaartoe te komen.'

'Wat?' zei Timothy. Hij keek mij aan. 'Nora?'

Dat was een flinke klap. Timothy had me het een en ander over zijn werk verteld met in zijn achterhoofd het idee dat ik niets afwist van de financiële markten. Hij had me zelfs een halfuur lang zitten uitleggen hoe rentetarieven werkten. Ik had mezelf wijsgemaakt dat het er niet toe deed. Dat hij er toch nooit zou achterkomen, omdat hij er op een gegeven moment vast wel genoeg van zou krijgen en elk moment naar New York kon terugvliegen.

Ik beet op mijn lip. 'Ik wilde niet dat je zou denken...' Ik maakte mijn zin niet af. Ik wist dat het een opluchting moest zijn dat Timothy het nu wist, maar dit gedeelte was lastiger dan ik had verwacht, ook al hoefde ik het niet eens zelf uit te leggen.

Neil nam het weer van me over. 'Ze doet er alles aan om te voorkomen dat iemand denkt dat ze zit op te scheppen, dat ze een hoge dunk van zichzelf heeft of, misschien nog wel het ergste van alles, dat iemand haar echt leert kennen. Het is veel veiliger om je te verstoppen.'

'Neil,' zei ik: 'zo is het wel genoeg.'

Neil spreidde zijn handen uit alsof ik bewijsstuk nummer één was. 'Zie je wel? Ze vindt het zelfs al erg als anderen er iets over zeggen.'

'Verdorie, Neil...'

'Oké, oké. Ik zal hem verder niets meer vertellen,' zei Neil ten slotte.

'Wacht eens even, bedoel je nu dat er nog meer is?' zei Timothy.

'Tja,' kwam Neil meteen op zijn belofte terug. 'Ik weet vrij zeker dat zij in haar eentje in het onderhoud van haar moeder en zichzelf voorziet. Ik snap echt niet hoe ze dat doet...'

'Neil!' zei ik. 'Houd je mond.'

Hij keek me aan. 'Heb je er weleens bij stilgestaan dat dit misschien de reden is dat je nog steeds alleen bent?'

'Nu klink je net als mijn moeder.'

'Nou, misschien zou je dan eens naar je moeder moeten luisteren. Misschien heeft ze wel gelijk.'

'Ja, welke van de twee is het nou? Eerst ben ik bijna een heilige, en dan is alles opeens mijn schuld en moet ik naar mijn moeder luisteren.'

'Je bent een heilige en een vreselijk lastig portret in één.' Neil keek naar Timothy en zei: 'Het spijt me.'

'Waarom bied je hem nu je verontschuldigingen aan?' vroeg ik nijdig. 'Je zou mij je verontschuldigingen moeten aanbieden.'

Neil slaakte een diepe zucht. 'Nee. Je bedoelt het goed, Nora, maar deze keer ben je echt een beetje in de war. Volgens mij moet jij Timothy juist je verontschuldigingen aanbieden.'

Ik vond het altijd vreselijk wanneer Neil gelijk had.

Ik keek Timothy aan. 'Het spijt me.'

Hij knikte. Toen zei hij: 'Ik denk dat ik maar eens ga.'

'Wil je dan niet samen wat gaan eten?' vroeg ik hem. 'En alles bespreken?'

Hij schudde zijn hoofd. 'Vanavond niet. Ik moet eens goed nadenken.'

'Zie ik je morgen?'

Hij glimlachte alleen maar. Toen wist ik opeens wat hij bedoelde toen hij zei dat je kon zien wanneer een glimlach nee betekende.

Het politieonderzoek

Volgens *Practical Homicide Investigation* luiden de taken van een rechercheur als volgt: Observeren. Beschrijven.

Nora | Een week zonder Timothy

Hij kwam de rest van de week niet meer terug. Neil nam ook een paar dagen vrij, dus ik was helemaal alleen in de zaak. Dat wil zeggen, alleen met alle klanten, maar met hen kon ik hier natuurlijk niet over praten.

Daarom belde ik Tammy. Ze kwam naar me toe en ik vertelde haar wat er was gebeurd. Ze keek me aan, schudde haar hoofd en zei: 'Ik snap ook niet waarom je het hem niet hebt verteld.'

Dat was niet direct de reactie waarop ik had gehoopt. Ik had gehoopt op iets meer medeleven. Vraag me alsjeblieft niet waarom ik dacht dat ik dat van Tammy zou krijgen. Ik vond het juist zo leuk aan Tammy dat ze niet zo in elkaar stak. Op een of andere manier was ik dat echter even vergeten, dus ik antwoordde met een wedervraag: 'Waarom heb je daar dan niets over tegen mij gezegd?'

'O nee, denk maar niet dat je de schuld nu bij mij kunt leggen,' zei Tammy hoofdschuddend.

Ik probeerde het opnieuw. 'Oké, zeg me dan gewoon wat ik nu moet doen.'

'En dat probleem kun je al evenmin bij mij leggen,' zei ze. Kort daarna vertrok ze weer. Zo'n soort vriendin was Tammy. Als het om een probleem ging dat ik zelf had gecreëerd, liet ze me dat ook rustig helemaal zelf oplossen.

Ik had mijn zus niet over Timothy verteld, dus ik kon me niet tot haar wenden. Het gekke was dat degene met wie ik er waarschijnlijk nog het gemakkelijkst over had kunnen praten Neil was en ik verwachtte steeds dat hij zou binnenkomen, maar dat gebeurde niet. Na een tijdje belde hij om te zeggen dat hij een paar dagen niet zou komen. Neil nam nooit zo veel dagen achter elkaar vrij, dus ik vermoedde dat hij me ook wilde ontlopen. Het was net alsof ik de pest had.

Omdat ik een tijdje alleen was kreeg ik de kans om te ervaren hoe het leven na Timothy's vertrek zou zijn. Misschien denk je nu dat ik dat allang wist, omdat het precies hetzelfde zou zijn als voor zijn komst. Maar dat is totaal niet hetzelfde. Vóór zijn komst dacht ik dat ik geen keus had. Nu had ik een kans gehad op een ander leven en die afgeslagen.

Behalve dan natuurlijk dat Timothy nog niet was vertrokken. Dat wist ik omdat ik het motel elke dag belde om te vragen of hij er nog steeds was. Woensdag, donderdag, vrijdag – geen spoor van hem te bekennen, maar hij had nog altijd niet uitgecheckt. Ik overwoog om bij hem langs te gaan; neem maar van mij aan dat ik dat heel graag had gedaan, maar er was iets wat me tegenhield.

Op zaterdag stond ik zoals altijd vroeg op om mijn moeder naar Kansas City te brengen en toen we terugkwamen trok ze zich terug in haar kamer. Ik probeerde een boek te lezen. Ik probeerde het huis schoon te maken. Ik probeerde een potje te patiencen op de computer. Ik had echter nergens genoeg geduld voor. Na een tijdje gaf ik het maar op. Ik liep naar boven, klopte op de deur van mijn moeders slaapkamer en vertelde haar dat ik even wegging. Ik stapte in de auto en reed naar het motel aan de snelweg waar Timothy verbleef. Ik zette de auto voor zijn kamer, liep naar de deur en klopte aan. Terwijl ik wachtte tot hij opendeed voelde ik mijn hart in mijn borst bonzen. De deur bleef dicht. Ik klopte nog een keer aan. Nog steeds geen reactie. Ik kon niet door het raam naar binnen kijken, want de gordijnen waren dicht.

Ik liep naar de receptie om te vragen of ze wat kleingeld voor me hadden, zodat ik de publieke telefoon kon gebruiken om Timothy op zijn gsm te bellen, ook al vermeed ik de receptie meestal liever omdat een van de medewerkers een man was met wie ik op de middelbare school had gezeten. Als hij er was wanneer ik Timothy bezocht loerde hij telkens verlekkerd naar me.

Uiteraard bleek hij aanwezig te zijn toen ik door de deur naar binnen kwam. Voordat ik ook maar iets kon zeggen zei hij: 'Het verbaast me jou hier te zien.'

Dat vond ik vreemd.

'Ik kom voor Timothy Whitting,' zei ik.

Opeens begreep ik wat er was gebeurd; ik wist het al voordat hij het zei.

'Hij heeft vanochtend uitgecheckt,' zei hij.

Aan de medelijdende blik in zijn ogen toen hij dit zei las ik af dat ik er vrij ellendig uit moest zien. Ik voelde dat mijn gezicht rood werd.

'O,' zei ik. 'Oké. Bedankt.'

Ik draaide me om en vertrok.

Ik stapte weer in mijn auto en reed terug naar het huis van mijn moeder. Ik ging naar binnen, liep de trap op, kleedde me uit en kroop in bed. Het was halverwege de middag, maar ik wilde alleen maar slapen.

Dat deed ik dus. Ik sliep de hele middag en avond, en sliep nog steeds toen mijn zus de volgende ochtend met de tweeling arriveerde.

Ik werd zelfs niet eens wakker toen ze aankwam. Ik werd pas wakker toen ze naast mijn bed stond. Ze had niet eens geklopt. Dat denk ik tenminste. Ik weet alleen nog dat het eerste wat ik me herinner was dat Deirdre daar stond en zei: 'Mijn god, het is toch niet te geloven dat je nog niet op bent, Nora. Je bent ontzettend lui aan het worden.'

Ik deed moeizaam één oog open. 'Het is zondag. Ik slaap uit,' zei ik tegen haar. 'Ik weet niet eens of ik vandaag wel opsta.'

'Ja, natuurlijk sta je wel op. Je moet voor me op de tweeling passen zodat ik wat boodschappen kan doen.'

'Vandaag niet,' en ik rolde me om met mijn rug naar haar toe.

'Toe, ik meen het serieus,' zei ze. Ze gaf me een por tegen mijn schouder.

'Ik ook.'

Er viel een korte stilte. Ik vroeg me af of het afdoende was. Ze bleek echter slechts een korte pauze in te lassen voordat ze tot de echte aanval overging.

'Weiger je nu om me te helpen nadat ik dat hele eind hiernaartoe ben komen rijden?'

'Als je mijn hulp nodig had, had je moeten bellen om het me te vragen.'

'Hoezo? Alsof jij zo veel betere dingen te doen hebt. Moet ik je nu soms van tevoren reserveren? Telt je familie opeens niet meer mee nu je een vriendje hebt of zo?'

In de maand na Timothy's terugkeer was mijn zus niet één keer langs geweest. Mijn moeder moest haar het kleine beetje dat ik had losgelaten dus hebben verteld. Op dat moment klonk Deirdre trouwens precies als onze moeder. Meestal lukte het haar wel om me een schuldgevoel aan te praten, maar die dag was het alsof er een magische mantel op me was neergedaald en ik voelde me totaal niet schuldig.

'Ik kan je alleen maar zeggen dat ik niet opsta en vandaag niet op de tweeling pas, en als je in het vervolg wilt dat ik op hen pas zul je me eerst moeten bellen om het me te vragen.'

'Ik vind niet dat je erop vooruitgaat nu je een nieuwe vriend hebt,' zei mijn zus.

'Grappig. Ik lag net te denken dat ik juist wel vind dat ik erop vooruitga.'

'Toe, werk nou even mee. Sta op en kom op de tweeling passen.'

Ik deed mijn ogen dicht.

'Nora, ik waarschuw je.'

Ik vroeg me af waarvoor ze me dan wel waarschuwde.

'Dit is toch niet te geloven. Je weigert dus echt me te helpen?' zei ze woest.

'Inderdaad. Ik weiger echt je te helpen,' zei ik met dichte ogen. Ik voelde me heel vredig. Ik lag eigenlijk te wachten tot ze iets zou zeggen waardoor ik van gedachten veranderde en toch opstond. Tot dusver kwam ze er niet eens bij in de buurt.

'Volgens mij ben jij de meest egoïstische persoon die ik ken.'

Nee dus, dacht ik bij mezelf. Kouder. Veel kouder.

'Je doet dus wel van alles voor mama, maar voor mij wil je niet eens dit kleinigheidje doen?' probeerde ze het opnieuw.

'Ik ben al die dingen voor mama ook aan het herzien,' zei ik.

'Wat wil je daarmee zeggen? Je gaat nu toch niet beweren dat je iets stoms gaat doen, hè?'

'Dat hangt er helemaal vanaf wat jij onder stom verstaat.'

'Zolang je haar maar niet in de steek laat. Mama is voor alles van jou afhankelijk.'

Ik moest echt mijn ogen opendoen om te kijken of het wel nog steeds mijn zus was die daar stond. Dit was precies het tegenovergestelde van wat ze jarenlang had geroepen. Ik besloot haar daarop te wijzen.

'Dat is wel iets heel anders dan wat je de afgelopen drie jaar hebt gezegd. Jij hebt de hele tijd gezegd dat ik hier helemaal niet hoef te blijven en dat ik alleen maar de martelaar uithang.'

'Nou, dan ben ik kennelijk van gedachten veranderd. Ik denk nu dat je wel degelijk gelijk had.'

'Ik ben ook van gedachten veranderd en denk nu dus dat jij gelijk had.'

'Je kunt niet weggaan. Hoor je dat, Nora? Best, dan help je me niet met de tweeling, maar je moet echt hier bij mama blijven.'

'Op dit moment doe ik helemaal niets behalve lekker verder slapen. Tenzij je dus hier wilt blijven staan om te zien hoe ik slaap...' Ik deed mijn ogen weer dicht.

Ik neem aan dat ze daar geen zin in had, want ze liep weg. Ik viel een paar minuten nadat ze de kamer had verlaten inderdaad weer in slaap. Ik sliep een groot deel van de dag. Ik stond op om naar de wc te gaan en wat water te drinken, maar sliep daarna gewoon weer verder. Ik sliep de hele avond en nacht zonder zelfs maar één keer te dromen.

Nora | Maandagochtend

Je zou toch denken dat ik na al dat slapen gemakkelijk wakker werd, maar ik was nog diep in slaap toen de wekker ging en kwam ontzettend duf aan op mijn werk. Ik had het gevoel dat ik nog wel een hele week had kunnen slapen. Ik zette een kop koffie voor mezelf en was bezig om de stoelen van de tafels te halen toen Neil binnenkwam. Ik had hem niet meer gezien sinds de laatste keer dat ik Timothy zag – wat waarschijnlijk ook de allerlaatste keer was, bedacht ik me.

'Morgen,' zei ik.

'Wat is er met het "goede" gebeurd dat daar meestal aan vooraf gaat?' vroeg Neil.

'Ik ben gewoon eerlijk.'

Hij staarde me belangstellend aan. 'Je ziet er vreselijk uit.'

'Jeetje, je wordt bedankt, Neil.'

'Nee, ik bedoel dat je er moe uitziet.'

'Dat ben ik ook,' zei ik. Dat was de waarheid. Ik was niet zomaar moe; ik was compleet uitgeput. Ik had zesendertig uur geslapen, maar zou het liefst in bed zijn gekropen om een paar weken te slapen.

'Als je die stoelen nu eens even laat voor wat ze zijn en gaat zitten?' stelde hij voor.

'Dat hoeft niet. Er is echt niets met me aan de hand. We moeten alles klaarzetten, zodat we open kunnen.' Ik haalde nog een stoel van een tafel en zette hem er kaarsrecht onder zoals Neil dat graag zag. Ik vond het echt verbazingwekkend dat hij er zo goed mee omging dat er mensen in de zaak kwamen die de stoelen ook daadwerkelijk gebruikten zonder dat ze deze weer kaarsrecht aanschoven. In het begin ging hij, zodra er iemand vertrok, meteen naar het tafeltje toe om de stoel eronder te schuiven en recht te zetten – hij had mij ook geleerd dat te doen – totdat Timothy opmerkte dat klanten zich hierdoor misschien een beetje ongemakkelijk zouden voelen, en een volgende keer minder snel zouden binnenkomen of blijven zitten. Wonder boven wonder luisterde Neil ook echt naar hem.

Nu trok Neil een stoel bij die ik net keurig recht had gezet en hij gebaarde dat ik moest gaan zitten.

Ik ging dus zitten.

Hij pakte een andere stoel van de tafel en kwam naast me zitten.

'Vertel me eens wat er aan de hand is,' zei hij.

'Timothy is vertrokken.'

'Timothy is helemaal niet vertrokken.'

'Jawel, dat is hij wel,' hield ik vol. 'Hij is vertrokken. Ik ben zaterdag bij zijn motel langs geweest en hij heeft uitgecheckt. Hij heeft niet eens afscheid genomen.'

'Is het weleens bij je opgekomen dat hij misschien geen afscheid heeft genomen omdat hij van plan is om terug te komen?'

'Nee. Hij is vertrokken,' herhaalde ik.

'Je bent vandaag wel lekker optimistisch, zeg,' merkte Neil ironisch op.

'Ik ben gewoon realistisch. Ik heb hem niet de hele waarheid verteld, dat vond hij niet leuk en nu is hij vertrokken. Ik had verwacht dat hij op zijn minst wel afscheid zou komen nemen, maar misschien is het ook wel mijn verdiende loon. Ik weet het allemaal niet meer.'

'Misschien is hij helemaal niet vertrokken,' zei Neil nog een keer.

'Waarom zeg je dat toch steeds? Ik heb je net verteld dat hij heeft uitgecheckt.'

Ik kon niet voorkomen dat mijn stem gespannen klonk, maar blijkbaar vond Neil dat alleen maar grappig. Hij zei: 'Tja, ik denk dat ik dat zeg omdat ik hem hiervandaan zijn auto voor de deur zie parkeren.'

Ik draaide me met een ruk om en tuurde door het raam. Neil had gelijk. Timothy had zijn auto net op een parkeerplek voor de deur neergezet.

Ik keek Neil weer aan. 'Jij wist het al,' zei ik beschuldigend tegen hem.

'Ik wist het niet alleen, ik heb hem zelfs gezegd dat hij een paar dagen moest wegblijven om jou de kans te geven over alles na te denken en te zien hoe het leven er zonder hem zou uitzien.'

Ik voelde me ademloos, geschokt, kwaad en opgelucht tegelijk. 'Neil!' zei ik, maar ik kreeg niet de kans om tegen hem te schreeuwen want precies op dat moment duwde Timothy de deur open en liep hij de zaal in.

Timothy oogde... anders. Het duurde even voordat ik het doorhad; hij zag er blij uit. Heel blij. Zijn gezicht was als een open boek en hij glimlachte op een manier zoals ik hem volgens mij nog nooit had zien glimlachen.

Ik stond op, en hij kwam naar me toe en kuste me alsof het helemaal niet dagen geleden was dat hij me had gezien. Toen ging hij ook aan het tafeltje zitten, en ik zag dat hij Neil aankeek en dat zijn glimlach breder werd. Ik keek naar Neil en Neil beantwoordde Timothy's brede grijns.

'Wat is hier gaande?' wilde ik weten.

'Ga even zitten. We willen je graag iets laten zien,' zei Neil.

'Wat dan?'

'Als je gaat zitten laten we je het zien,' herhaalde Neil.

Ik gluurde achterdochtig naar Timothy. Hij zat daar maar een beetje te grijnzen.

Ik ging weer zitten.

'Goed, vertel me dan nu verdorie maar eens wat er aan de hand is.'

Timothy bukte zich en haalde een beige dossiermap uit zijn tas. Hij legde hem op de tafel en schoof hem naar me toe.

Ik keek ernaar en kreeg opeens een heel raar gevoel.

'Maak open,' droeg Neil me op.

Timothy zei helemaal niets. Het drong tot me door dat hij sinds hij de zaak was binnengekomen nog geen woord had gezegd.

Ik sloeg de map open. Er zat een officieel uitziend document in. Ik zag dat het afkomstig was van de bank waar mijn moeder had gewerkt, en waar we onze rekeningen en hypotheek hadden. Ik keek iets aandachtiger. Als ik het goed zag stond erin dat de hypotheek was afbetaald.

'Wat heeft dit te betekenen? Ik weet niet...'

'Lees nu maar verder,' zei Neil.

Ik sloeg de bladzijde om. De volgende pagina kwam me iets bekender voor. Het was een bankoverzicht van mijn lening, de opgebouwde rente, het bedrag dat ik nog verschuldigd was – maar helemaal onderaan de bladzijde stond bij het openstaande bedrag ook nul.

Ik voelde dat ik een beetje draaierig werd. Ik weet dat het vreemd klinkt. Als dingen die al zo lang als een enorme last op je schouders drukken opeens verdwijnen, word je nu eenmaal overvallen door een bizar gevoel, alsof je gewichtloos bent, wat een heel desoriënterend effect heeft. Ik heb gehoord dat astronauten vaak eerst overgeven voordat ze eraan gewend raken dat er geen zwaartekracht is. Volgens mij weet ik hoe zij zich voelen.

Ik sloeg de bladzijde om. Op de volgende stond mijn studielening.

Op de bladzijde daarna het creditcardoverzicht van de creditcard die ik via de bank had gekregen.

Op de volgende bladzijde mijn bankrekening. Een week eerder had er nog tweehonderd dollar op gestaan. Nu was dat vijftigduizend.

'Het was Neils idee,' zei Timothy, die nu voor het eerst zijn mond opendeed.

'Niet helemaal, hoor,' zei Neil bescheiden. 'Timothy heeft me gevraagd of ik kon bedenken hoe hij jou kon helpen en ik heb alleen maar gezegd dat als de financiële druk een beetje minder was, je misschien wel...'

Timothy pakte de draad weer op. 'Ik vond het echt een fantastisch idee, maar ik had geen flauw idee hoe ik dat moest aanpakken zonder het eerst aan jou te vragen, want ik wist dat je toch nee zou zeggen...'

Neil nam het woord weer: 'Omdat we het bedrag rechtstreeks op je rekening wilden storten en je me daarvoor had gemachtigd, zei ik dat ik dacht dat ik daar waarschijnlijk wel bij kon helpen. We moesten het natuurlijk wel overleggen met de bankmanager en het viel echt niet mee om hem over te halen, maar uiteindelijk stemde hij erin toe.'

'Dat is dus wat we de afgelopen week hebben gedaan,' maakte Timothy het verhaal af.

Ze waren ontzettend blij met zichzelf, maar ik voelde alleen maar een groeiende woede die ik niet kon onderdrukken terwijl ik zo naar hen zat te kijken. Ik had me ontzettend veel zorgen lopen maken en al die tijd hadden zij met hun tweetjes allerlei plannetjes bedacht om mijn leven te verbeteren – zonder het me zelfs maar te vragen.

'Wat dachten jullie hier in vredesnaam mee te bereiken?' vroeg ik nijdig.

De klank van mijn stem veegde in één ruk de glimlach van hun gezicht.

Timothy tuurde naar de tafel en gaf geen antwoord. Neil was degene die reageerde. 'We dachten dat jij hierdoor naar New York kon gaan zonder dat je je zorgen hoefde te maken over je moeder. We dachten dat zij verzorgd zou achterblijven en dat je, nu alle rekeningen zijn betaald, iemand kon inhuren om haar elk weekend te brengen, en dat jij zo vaak je maar wilde op en neer kon komen om haar op te zoeken zonder dat je om geld moest vragen. Zie je, eigenlijk dachten we dat we hiermee al je problemen oplosten. Maak je niet druk. Je hoeft ons niet eens te bedanken.'

Terwijl ik naar hem zat te luisteren werd ik alleen maar nog bozer. 'Dat is dan heel mooi, want dat was ik ook echt niet van plan. Waarom hebben jullie het niet eerst aan mij gevraagd voordat jullie dit deden? Omdat jullie wisten dat ik nee zou zeggen, hè? En toch hebben jullie het gedaan. Wat lost dit volgens jullie allemaal precies op? Vertel me dat eens. Dachten jullie soms dat ik zou zeggen "wat fijn," omdat je wat geld toestopt – en dat ik mijn stervende moeder nu gerust in de steek kan laten om ervandoor te gaan naar New York?'

Ik kon me niet inhouden, maar al terwijl ik dit zei zag ik de schade die ik aanrichtte op Timothy's gezicht. De open, opgewonden grijns was verdwenen en elk woord van mij leek als een harde klap aan te komen. Hij keek me aan, maar ik kon zien hoeveel moeite dat hem kostte.

'Nora, het spijt me,' zei hij eenvoudig. 'Ik wilde je alleen maar een beetje helpen. Het was me er heus niet alleen om te doen dat jij naar New York zou komen. Ik dacht gewoon dat alles iets gemakkelijker zou worden. Het was niet mijn bedoeling...' Hij maakte zijn zin niet af. 'Ik heb er een enorme bende van gemaakt. Het spijt me.'

Hij glimlachte, maar het was zo'n totaal andere glimlach dan de grijns waarmee hij was binnengekomen, dat mijn hart bijna brak.

Hij ging verder. 'Ik heb voor vanmiddag een vlucht terug naar New York geboekt. Ik moet nu naar het vliegveld toe. Mocht je nog van gedachten veranderen en alsnog besluiten dat je toch naar New York wilt komen, nou ja... je weet hoe je me kunt bereiken.'

Hij wachtte nog even, maar ik was als bevroren. Ik wilde iets zeggen, maar kon werkelijk geen woord over mijn lippen krijgen, al had mijn leven ervan afgehangen.

Hij glimlachte nogmaals die afschuwelijke, droevige glimlach en stond op. Hij stak een hand uit naar Neil. Neil stond op en schudde hem de hand. Toen pakte hij zijn tas, en hij draaide zich om en liep naar buiten.

Toen de deur dichtviel voelde ik een vlaag koude lucht in mijn gezicht.

Ik durfde niet naar Neil te kijken. Ik wist wat er aan zat te komen en ik wist dat ik het had verdiend.

Toen ik eindelijk genoeg moed bij elkaar had geschraapt om hem aan te kijken, zag ik Neil fronsen. Wat hij zei was iets wat ik totaal niet had verwacht.

Hij zei: 'Wat ben jij egoïstisch.'

'Egoïstisch?' echode ik.

'Ja, egoïstisch,' antwoordde hij.

'Ik dacht dat jij juist altijd zei dat ik veel te veel deed,' verdedigde ik mezelf.

Toen mijn zus me egoïstisch noemde raakte het me niet echt, maar om een of andere reden kwam het wel hard aan toen Neil het zei. Toen hij weer iets zei wist ik hoe dat kwam. Toen mijn zus het zei, was het niet waar. Nu Neil het zei was het wel waar.

'Uitgerekend jij zou toch moeten weten hoe fijn het is om iets voor anderen te doen. Als je dat allemaal voor jezelf houdt en zelf nooit iets aanneemt van mensen die om je geven, dan noem ik dat inderdaad egoïstisch, ja. Timothy wilde je alleen maar helpen. Dit was de enige manier die hij kon bedenken. Dat geld was niet belangrijk voor hem. Een druppel op een gloeiende plaat. Je had eens moeten zien hoe ontzettend hij ervan genoot om alles te regelen. Hij was net een totaal ander iemand. Hij was ontzettend opgewonden en kon bijna niet wachten tot hij jouw gezicht zag wanneer je het hoorde...'

'Dat kun je mij niet verwijten. Dat is niet eerlijk,' wierp ik tegen.

'O nee?'

'Neil, ik kan geen geld van hem aannemen. Zeker niet zo'n groot bedrag. Zeg me hoe ik het hem kan teruggeven.'

Ik had nooit in de gaten gehad dat Neil een ondeugende trek had, maar dat dit zo was bleek overduidelijk toen hij me glimlachend aankeek en zei: 'Ik zou het niet weten. Als je echt vindt dat je het hem moet teruggeven, zul je hem in New York moeten opsporen en uitzoeken hoe je dat het beste kunt aanpakken.'

Nora | Timothy vertrekt voor de tweede keer

Nadat Timothy voor de tweede keer vertrok volgde een zware week. Ik wist dat hij niet nog een keer zou terugkomen. Deze keer was ik degene die de eerste stap moest zetten.

Ik probeerde met Neil te overleggen of ik naar New York moest gaan, maar hij was me te slim af. Ik denk dat hij wist dat ik wilde dat hij me ervan overtuigde dat ik best kon gaan – en dat hij ook wist dat dit een onmogelijke opgave was. Zodra ik het onderwerp ter sprake wilde brengen zei hij steeds: 'Nora, je weet hoe ik erover denk, maar je moet echt zelf beslissen. Ik wil er geen ruzie met je over maken.'

Ik moest de knoop dus zelf doorhakken. Wanneer ik me voorheen afvroeg of ik misschien zou kunnen gaan was het geldprobleem altijd een doorslaggevende factor geweest; het was logistiek gezien gewoon niet mogelijk. Nu was dat obstakel opeens weg. Ik wist dat ik het geld niet kon teruggeven. Als ik mezelf er al toe kon zetten om alle ingewikkelde stappen te zetten die nodig waren om alles terug te draaien en het me lukte Timothy over te halen om het terug te nemen, zou dat voor Timothy een harde klap in het gezicht zijn. Dan zou het zijn alsof ik hem zijn geschenk voor de voeten gooide. Ik had hem al genoeg gekwetst. Het kwam puur en alleen door mijn trots dat ik het niet wilde aannemen en zodra ik eenmaal weer een beetje tot bedaren was gekomen, besefte ik dat ook, hoewel het een bittere pil was. Als iemand me hiervoor had verteld dat al mijn geldzorgen zouden worden opgelost, had ik vast en zeker gedacht dat ik ontzettend opgelucht zou zijn. Zo voelde het echter helemaal niet.

Het geldprobleem mocht dan inderdaad zijn opgelost, maar ik bleef wel zitten met de veel lastiger vraag wat het juiste was om te doen. Ik had werkelijk geen idee wat het antwoord op die vraag was.

Uiteindelijk bleek de vraag de week erop voor me te worden beantwoord toen mijn moeder en ik de wekelijkse tocht naar het ziekenhuis maakten.

Mijn moeder en ik vertrokken altijd rond een uur of zeven, maar de zon stond elke week lager aan de hemel wanneer we vertrokken. Toen ik die zaterdag de deur opendeed zetten de eerste stralen die over de horizon gleden de deuropening in een warme gloed. Ik bleef even op de drempel staan. In de verte strekten de tarwevelden zich uit zo ver het oog kon zien. Er was geen wolkje te bekennen, alleen het enorme firmament dat zo licht was dat het niet eens een kleur had en een piepklein lichtpuntje waaruit stralen schenen die zo fel waren dat ik er niet rechtstreeks naar kon kijken. De zon verlichtte de geoogste stoppels. Meestal joeg er een wind over de kale velden, maar die ochtend was het windstil en adembenemend rustig – zoals dat alleen heel vroeg in de ochtend maar voorkomt, wanneer iedereen nog slaapt en je het gevoel hebt dat je het enige levende wezen bent.

Achter me ging de deur open, en mijn moeder kwam naar buiten en bleef even zwijgend naast me staan. Toen zei ze: 'Ik stond op de heuvels onder het weidse hemeldak dat glinsterde in het schijnsel van de opkomende zonnepracht.'

'Van wie is dat?' vroeg ik.

'Longfellow. Ik heb dat gedicht uit mijn hoofd geleerd voor de diploma-uitreiking op mijn lagere school. Ik herinner me nog elk woord. Is dat niet vreemd?' Ze ging verder alsof ze het wilde bewijzen: '"Ben je vermoeid en zwaar belast met zorgen die je graag zou willen vergeten, zoek je de wijsheid die voorkomt dat het hart zinkt en de ziel slaapt, kijk dan naar het woud en de heuvels! Geen tranen..."' Ze voegde er vrijwel meteen aan toe: 'We hebben helaas pech. Hier zijn geen wouden of heuvels. Zo, ben je klaar om te gaan?'

Mijn moeders reactie was heel letterlijk. Ze bedoelde dat er in dit deel van Kansas geen bossen of heuvels waren. Ik geloof niet dat ze ooit in haar leven iets heeft gezegd waarin meer waarheid school. Als ik wilde voorkomen dat mijn hart zonk en mijn ziel sliep, moest ik ergens anders naartoe.

Ik liep het trappetje af en wandelde dwars over het gazon naar de oprit. Het gras werd bedekt door een glinsterde witte laag en knarste toen ik erover liep. Ik vond het een heerlijk gevoel: die tere weerstand onder mijn voeten.

'Waarom loop je toch nooit gewoon over het pad?' riep mijn moeder, die heel voorzichtig haar weg zocht over het tegelpad. 'Je trapt het gras zo helemaal in de aarde.'

Ik stak zonder iets te zeggen schuin het gazon over naar het pad.

Ik herinnerde me dat ik me drie jaar geleden, toen mijn moeder ziek bleek te zijn en ik mijn leven op een laag pitje zette om naar huis terug te kunnen verhuizen en voor haar te zorgen, plechtig had voorgenomen om haar nooit meer tegen te spreken. Toen ik Tammy over mijn voornemen vertelde en ze keihard begon te lachen, had ik kunnen weten dat ik het mezelf moeilijk maakte. 'Geloof je nu echt dat je opeens in een soort Jezus kunt veranderen?' zei ze. 'Dat is namelijk de enige persoon die ik kan bedenken die het misschien zou klaarspelen om nooit ruzie te maken met je moeder. Eerlijk gezegd zou het me totaal niet verbazen dat ook hij opgaf als je jouw moeder en hem in één kamer zette. Ze is verdorie net zo erg als die martelmethode van de vallende druppel.'

'Moet je Eleanors gazon nu toch eens zien,' ging mijn moeder verder. 'Het gras staat zo hoog dat het bijna is doorgeschoten. Eeuwig zonde. Eén huis kan de hele buurt naar beneden halen.'

Ik keek naar Eleanors gazon. Vlak bij de stoeprand stonden welgeteld drie sprietjes die Eleanors man waarschijnlijk had gemist toen hij het gras maaide.

We kwamen aan bij de auto en ik bleef staan om in mijn tas naar de sleutel te zoeken.

Intussen dwaalde mijn moeders kritische blik van het onverzorgde gazon van de buren naar mij en ook daar zag ze iets wat haar niet aanstond. 'Heb je je haar vanochtend wel geborsteld?' vroeg ze.

Ik wist uiteraard het antwoord op die vraag. Dat was nee. Toch hief ik automatisch een hand op naar mijn hoofd om het te controleren.

'Het is niet belangrijk,' zei ik. 'Het is niet alsof iemand me zo zal zien.'

Mijn moeders wenkbrauwen schoten omhoog, en haar wijsvinger dook op en zwaaide vermanend door de lucht; een teken dat er onvermijdelijk een cliché aan zat te komen.

'Je weet maar nooit waar je iemand tegenkomt en wie,' zei mijn moeder.

'Ik ben al iemand tegengekomen,' zei ik.

Dat had ik mijn moeder wel verteld. Ze was niet dom. Ze zou er nooit in zijn getrapt als ik had gelogen en gezegd dat ik vijf avonden per week met Tammy uitging.

Ik vond de sleutel in mijn tas en maakte met een druk op het knopje de portieren open.

'Moet ik daar nu uit opmaken dat je niets aan je haar gaat doen?' merkte mijn moeder vinnig op.

Ik deed het portier open en keek haar over de auto heen aan. 'Mama, het is niet belangrijk. Echt niet. Denk je niet dat het net iets belangrijker is dat we op tijd zijn voor jouw afspraak?'

'Het ziekenhuis gaat nergens naartoe,' zei mijn moeder.

Ik deed mijn mond al open om tegen te sputteren. Toen vroeg ik me af of ik wel zin had om drie uur lang in de auto naar haar commentaar te luisteren en ik deed mijn mond weer dicht, draaide me om en liep terug naar het huis. Ik wist niet of het nu overgave was of zelfbehoud; het is een grijs gebied.

'Het gras,' bracht mijn moeder me in herinnering, want ik stond al op het punt om weer dwars over het gazon te wandelen.

Ik veranderde van richting en liep over het pad.

'Doe het alsjeblieft niet in zo'n vreselijke vlecht. Laat het loshangen,' riep ze me na. 'Je steekt het altijd op. Ik snap niet waarom je niet een beetje meer moeite doet. Als je dat wel deed was je nu misschien allang getrouwd...'

Ik wist niet of mijn moeder ophield met praten of gewoon buiten gehoorsafstand kwam.

Ik besteedde extra veel aandacht aan mijn haar en borstelde het niet alleen, maar gebruikte ook wat gel en een straightener die vroeger van mijn zus was geweest, want ik had het vermoeden dat ik me niet zou kunnen beheersen als mijn moeder me opnieuw afkamde. Kennelijk had ik het redelijk goed gedaan, want ze zei niets toen ik bij de auto terugkwam. Meer hoefde ik niet te verwachten. Ze gaf nooit een complimentje. De enige beloning was het uitblijven van verdere kritiek. Tammy's metafoor was echt briljant; het was inderdaad net een marteling met een vallende waterdruppel. De kracht van water door de eeuwen heen – het was water dat de Grand Canyon in solide rots kerfde.

Er volgden drie lange uren op de snelweg. Kilometer na kilometer tarwevelden en lucht, en na zonsopgang verschenen er wolken aan de hemel: enorme, almaar uitdijende stapelwolken die laag hingen en snel uitwaaierden, waardoor ik me net een mier voelde die over een gigantische vlakte kroop. Mijn moeder wilde niet dat ik de radio aanzette, dus reed ik met het geluid van de weg onder de wielen, de wind en een enkele vrachtwagen die brullend voorbijvloog.

Nadat we de afrit hadden genomen was het nog maar een klein stukje naar het ziekenhuis. Ik zette mijn moeder meestal aan de voorkant af, reed dan door naar het parkeerterrein en bleef daar in de auto wachten.

Het was niet mijn eigen keuze om in de auto te blijven wachten. Ik bleef in de auto wachten omdat mijn moeder me nooit toestond om mee naar binnen te gaan. 'Je doet al genoeg,' zei ze altijd. 'Laat me je dit dan tenminste nog besparen.'

Het was zo belangrijk voor haar om het gevoel te hebben dat ze me iets bespaarde dat ik nog veel meer moest slikken om de illusie te handhaven dat me iets werd bespaard. Als ik er lang over nadacht begon mijn hoofd pijn te doen. Al dat geveins uit naam van zorgzaamheid. Het hield nooit op en ik was er niet van overtuigd dat er als je alles bij elkaar optelde ook maar iemand was die er beter uitkwam. Ik was tot de conclusie gekomen dat de beste manier om hiermee om te gaan was door er niet aan te denken.

Ik had in het verleden de verleiding niet kunnen weerstaan om het een paar keer ter sprake te brengen, maar dat mondde telkens uit in een laaiende ruzie. De laatste keer was een paar maanden geleden geweest, rond de tijd dat ik Dan bij de 7-Eleven tegenkwam.

Ik wist niet of het nu door al haar commentaar kwam toen we van huis weggingen of doordat ik misschien al iets te vaak mijn woorden had moeten inslikken terwijl het nog niet eens tien uur was, maar die ochtend nam ik me voor om niet nog een keer in de auto te blijven wachten. Ik vond dat het tijd werd dat ik geen nee meer accepteerde.

'Ik ga vandaag met je mee naar binnen,' kondigde ik aan toen we het parkeerterrein opreden. 'Ik zet je aan de voorkant af, parkeer de auto en kom dan binnen naar je toe.'

'Ik heb je al gezegd dat ik niet wil dat je me zo ziet,' zei mijn moeder. 'Dat wil ik je besparen. Het is belangrijk voor me.'

'Het is veel erger om in de auto te moeten wachten en me af te vragen wat er gebeurt. Ik weet nooit of je me wel eerlijk vertelt wat je arts heeft gezegd.'

'Ik vertel je altijd de waarheid. Mijn eigen arts is er vandaag trouwens niet eens,' ging ze verder. 'Zijn afspraken worden waargenomen door een andere arts. Mijn arts is gaan skiën in Colorado. Hij komt straks natuurlijk met een gebroken been terug. Waarom mensen die dingen toch aan hun voeten willen doen om van een berg af te glijden is me echt een raadsel.'

'Dat doet er niet toe,' zei ik. 'Dan praat ik wel met die andere arts. Of met wie dan ook. Of ik blijf gewoon bij jou in de wachtkamer zitten. Zolang ik maar niet hier buiten in de auto hoef te blijven zitten met het idee dat je voor me verbergt wat er werkelijk gaande is.'

Mijn moeders frons keerde terug. 'Ik heb je al verteld wat ik ervan vind. Moet ik het je echt nog een keer zeggen?'

'Ja, maar mama...'

Mijn moeder ging nu echt helemaal los. Haar humeur sloeg in

een fractie van een seconde om van redelijk kalm naar woest. Zo was dat in mijn hele jeugd ook altijd gegaan. Het duurde vrij lang voordat ik erachter kwam dat dit mijn moeders manier was om te voorkomen dat ik haar dwarsboomde. Het werkte altijd. Ook nadat ik erachter was gekomen werkte het nog. Ik gaf vrijwel altijd liever toe dan het gevecht aan te gaan dat nodig was om mijn zin te kunnen doordrukken.

'Ik kan bijna niet geloven dat je dit doet,' beet mijn moeder me toe. 'Dat je uitgerekend dit moment uitkiest om erover te beginnen. Je laat op een wel heel vreemde manier merken dat je om me geeft. Ik zweer bij God dat jij nog eens mijn dood wordt in plaats van kanker. Kanker kan ik wel aan, maar jij... Dit gaat me echt te ver. Ik heb je nota bene verteld wat de arts over stress heeft gezegd. Ik kan kanker verslaan, maar niet als jij je zo gaat gedragen.'

Toen ik het ter sprake bracht was ik er echt volledig van overtuigd dat ik deze keer geen nee zou accepteren. Inmiddels vroeg ik me af wat ik dan had verwacht. Tegen mijn moeder had ik geen schijn van kans. Dat was altijd zo geweest.

'Oké,' zei ik vermoeid.

'Wat wil dat zeggen?' snauwde mijn moeder.

'Oké, dan ga ik niet met je mee naar binnen.'

'Ik geloof je niet. Nu ga ik me natuurlijk de hele tijd in de wachtkamer zitten afvragen of jij een of andere streek gaat uithalen en toch binnenkomt. Heb je enig idee hoe slecht dit voor me is? Helemaal zo vlak voor een behandeling?'

'Sorry,' zei ik. 'Ik zal niet binnenkomen. Ik beloof het.'

Mijn moeder deed het portier open, maar stapte niet meteen uit – er volgde eerst nog een laatste trap na. 'Ik denk weleens dat ik nooit zo'n terugval zou hebben gehad als jij me wat meer had gesteund. Je beweert dat ik je nooit iets vertel, maar je luistert gewoon niet. Ik heb je immers verteld dat de arts had gezegd dat het ontzettend belangrijk is dat ik familie om me heen had die me steunde, of niet soms?'

Ik voelde me ongelooflijk moe. Ik wist dat ik dit niet langer volhield. Ik had het al eens eerder gedacht en toch bleef ik het doen. Ik wist niet eens of het schuldgevoel was dat me hier hield of liefde. Misschien wist ik dat wel niet omdat er tijdens mijn jeugd geen onderscheid tussen die twee werd gemaakt.

'Sorry,' herhaalde ik.

Mijn moeder zei niets. Ze staarde me een volle minuut aan en schudde ten slotte haar hoofd. Toen stapte ze uit de auto en deed ze het portier dicht. Het was net niet hard genoeg om te kunnen zeggen dat ze het dichtsméét.

Ik keek mijn moeder na tot ze door de automatische deuren naar binnen was gegaan en bleef nog even zo zitten. Toen reed ik de auto naar het parkeerterrein en ging ik daar naar de mensen zitten kijken die door de ziekenhuisdeuren naar binnen of buiten liepen.

Meestal las ik wat tijdens het wachten. Ik had Jane Austens *Overtuiging* meegebracht. Austens boeken hadden altijd een happy end, maar vandaag hielp dat me niet. Ik kon maar niet uit mijn hoofd zetten dat de heldinnen in Jane Austens boeken weliswaar uiteindelijk allemaal gelukkig werden, maar dat dit voor de schrijfster zelf niet opging. Jane Austen stierf jong, ongetrouwd en kinderloos. Je hebt boeken en je hebt het echte leven, en ik was blij dat er boeken waren, want die maken het leven draaglijk. Maar soms helpt zelfs een boek niet.

Ik zat daar dus maar wat naar de ingang te turen en te wachten tot mijn moeder weer naar buiten kwam. Op goede zaterdagen liep ze terug naar de auto. Op slechte dagen duwde een verpleegkundige haar in een rolstoel naar buiten.

Deze zaterdag was een van de slechte dagen.

Toen ik de automatische deuren zag openglijden en mijn moeder in een rolstoel naar buiten zag komen, startte ik de motor en reed ik de auto onder het afdak. Ik stapte uit en liep om de auto heen om de verpleegkundige te helpen om mijn moeder van de rolstoel naar de passagiersstoel over te hevelen.

'Het voelt hier koud aan,' fluisterde mijn moeder. 'Is het koud in de auto of ligt dat aan mij?'

'Nee, het is echt koud in de auto,' zei ik. 'Zodra de motor is opgewarmd zet ik de verwarming aan.'

We reden een tijdje in stilte tot we op de snelweg waren. Toen vroeg ik eindelijk: 'Heeft de arts vandaag nog iets tegen je gezegd?'

'Wat?' vroeg mijn moeder en ze klonk alsof ze in gedachten mijlenver weg was geweest.

'Heeft de arts nog iets tegen je gezegd?' herhaalde ik.

'Ik heb je toch gezegd dat mijn arts er niet was.'

'De arts die voor hem inviel dan?'

'Nee, niet echt.'

'Helemaal niets?' Ik keek haar van opzij aan om te zien of ik iets aan haar gezicht kon aflezen. Ik kon het altijd meteen zien wanneer mijn moeder zich zorgen maakte, want dan werd de kleine rimpel tussen haar wenkbrauwen dieper – ondanks de botoxbehandelingen waar ze, zelfs tijdens de chemo, strikt aan vasthield. Dat was typisch mijn moeder: een tweede chemokuur en toch gewoon doorgaan met botox. Wanneer ze ernaar werd gevraagd zei ze alleen maar: 'Ik mag dan misschien wel doodgaan, maar dat wil nog niet zeggen dat ik er niet goed uit mag zien. Bovendien heb ik zonder haar niets om mijn voorhoofd te verbergen.'

Ik moest eerlijk toegeven dat mijn moeder er beter uitzag dan ooit tevoren. Het gekke van leukemie is dat je er vaak helemaal niet ziek uitziet. Vlak voor de eerste chemokuur twee jaar eerder was mijn moeder naar de kapper gegaan en had ze haar haren vanwege het vooruitzicht dat ze zouden uitvallen kort laten knippen. Het was zo'n wonderbaarlijke schoonheidsbehandeling die gewoon werkte – na de knipbeurt omlijstten haar donkere haren haar gezicht en deden ze haar gelaatstrekken fraai uitkomen: de naar boven wijzende Ierse neus, haar spitse kin. Ze kreeg er iets teers en kwajongensachtigs door, wat goed bij haar paste. Ze zag er ook minstens tien jaar jonger uit dan haar daadwerkelijke leeftijd, vierenvijftig. Mijn moeder vertelde graag het verhaal dat iemand Deirdre en haar eens voor zussen had aangezien toen ze samen op stap waren.

'Zei de arts echt helemaal niets?' vroeg ik nog een keer.

'Niets nieuws,' verbeterde mijn moeder haar eerdere antwoord. Ze stak een hand uit om de radio aan te zetten en zocht opeens heel aandachtig naar een bepaalde zender.

Ik liet het onderwerp rusten. Mijn moeder deed wel net alsof ze alles aan haar artsen overliet en kon nog zo hard beweren dat zij het wel het beste zouden weten, dat ze alles zou doen wat zij haar aanbevolen en dat het verder in Gods handen was, maar als ik op de computer het overzicht van recent bezochte websites bekeek, kon ik zien wat mijn moeder allemaal had opgezocht op internet. Dan zag ik dat zij dezelfde dingen opzocht die ik ook las: elke week vond er een nieuwe zoektocht plaats naar chemotherapie en de gevolgen daarvan, het slagingspercentage, de kans op een tweede kuur, verschillende technieken en de betekenis van de hoeveelheid witte bloedcellen. Deze zoektochten gaven aan dat ze loog, ook al deed ze net alsof ze zich totaal geen zorgen maakte. Ik heb één keer geprobeerd haar duidelijk te maken dat het allemaal veel gemakkelijker zou zijn als ze gewoon eerlijk was en over deze dingen praatte, en toen knikte ze en ze zei: 'natuurlijk' en 'dat begrijp ik', maar intussen veranderde er niets.

Tijdens de terugrit luisterden we op de radio naar het journaal en een of andere talkshow over het investeren van geld, wat totaal zinloos was, aangezien je om geld te kunnen investeren wel eerst geld moest hebben.

Het enige waar het radioprogramma goed voor was, was ook precies de reden waar het mijn moeder om te doen was: het voorkwam dat ik iets zei of vragen stelde. De radio bleef onderweg de hele tijd aan en nadat ik de oprit was opgereden, stapte mijn moeder al uit de auto voordat ik aanstalten kon maken om uit te stappen, om de auto heen te lopen en haar te helpen. Binnen zei ze: 'Ik ga even wat rusten in mijn kamer,' en ze liep de trap op en deed de deur van haar kamer achter zich dicht.

Toen wist ik het opeens zeker. Ik hield dit niet langer vol. Ik wist niet of het goed of fout was, maar ik hield het gewoon niet langer vol. Ik had mijn besluit genomen: ik zou naar New York verhuizen.

Timothy | Terug in New York

Het eerste wat ik deed nadat ik mijn vlucht terug naar New York had geboekt (met een vliegmaatschappij, want ik had ons eigen vliegtuig allang naar huis teruggestuurd), was een e-mail versturen om de andere vrouw in mijn leven te laten weten dat ik terugkwam.

Ik wist dat ze me graag zou willen zien. Ik had alleen niet beseft dat ze in mijn flat op me zou zitten wachten. Maar dat was iets wat ik gelijk door had toen ik binnenkwam. De hal was donker, maar toen ik door de gang keek zag ik onder de slaapkamerdeur een strook licht. Ik gooide mijn sleutels op het tafeltje in de hal, trok mijn jas uit, hing hem op en wilde al naar de slaapkamer lopen om haar te begroeten. Plotseling bedacht ik me.

Ik ging naar de keuken en deed het licht aan. Mijn appartement keek uit op het noordelijke deel van Manhattan en ik zag de Empire State Building. Het was rood.

Rood klonk als een uitstekend idee – een goede fles rode wijn. Ik ontkurkte een fles, schonk mijn glas halfvol, liet de wijn even door het glas walsen om er wat lucht bij te laten en nam een slokje.

Ik moest eerlijk bekennen dat ik bepaalde dingen had gemist. Het leven in een motel aan de snelweg was me vies tegengevallen. Ik stond bij het raam naar de lichtjes van de stad te kijken en nam nog een slokje. En ik wachtte.

Ik hoorde iets ruisen in de slaapkamer.

Na een tijdje kwam ze in mijn ochtendjas gehuld tevoorschijn.

Ik hoorde haar door de gang lopen en zodra ik zeker wist dat ze bij de keuken was aangekomen, draaide ik me om. Ze zag er ongelooflijk mooi uit, zelfs in een ochtendjas voor mannen. Wat conventionele schoonheid betreft was de vrouw van mijn beste vriend nog altijd de mooiste vrouw die ik ooit had gezien.

Ik nam nog een slokje wijn. Toen zei ik: 'Hallo, Celia.'

'Akelige rotzak,' zei ze. 'Je wist best dat ik hier was.'

Ik sprak haar niet tegen. 'Wil je misschien wat wijn?'

In plaats van te antwoorden pakte ze het wijnglas uit mijn hand. 'Eerst even proeven,' zei ze, maar ze nam geen slokje. Ze zette het glas op het aanrecht, kwam nog iets dichter bij me staan en hief haar gezicht op zodat ik haar kon kussen.

Ik wilde van de gelegenheid gebruik maken om te zeggen wat ik van plan was geweest te zeggen. Ik was van plan om haar te vertellen dat ik verliefd was geworden en dat het voorbij was tussen ons. Ik keek er zelfs naar uit. Toen ze me aankeek kuste ik haar echter.

Die ene kus deed het hem. Ik pakte mijn wijnglas niet meer op. In plaats daarvan tilde ik haar op. Niet om naar de slaapkamer te gaan en zelfs niet om naar de bank te gaan. Ik tilde haar op en zette haar op het aanrecht. Ik maakte de ochtendjas open, en zoals verwacht droeg ze daaronder vrijwel niets. In de lingerie die ze aanhad zag ze er bijna naakter uit dan wanneer ze niets had gedragen.

Wat kan ik zeggen? Ik hield van Nora, maar de seks met Celia was waanzinnig. Dat was altijd al zo geweest. Het was verboden en clandestien – en onweerstaanbaar. Op een gegeven moment was ik ervan overtuigd dat ik verliefd was op Celia. Toen ik haar leerde kennen had ze al een relatie met Marcus. Ik weet nog goed dat ik me afvroeg hoe het in vredesnaam mogelijk was dat hij haar als eerste had ontmoet. Het antwoord luidde uiteraard dat hij openingen van galerieën en dat soort flauwekul bezocht, terwijl ik daar nooit de moeite voor nam.

Ik zal je niet lastigvallen met het verachtelijke hoe en waarom van de eerste keer dat ik met de vriendin van mijn beste vriend naar bed ging. En evenmin hoe ik haar in de daaropvolgende maanden elke keer dat ik haar zag probeerde over te halen om hem te verlaten.

Ze zei altijd nee tegen me. Toen Marcus haar vroeg om met hem te trouwen zei ze ja. Ze legde me uit dat ik niet het type man was met wie een vrouw trouwde. Ik was het type man met wie je een verhouding had. Marcus was het type man met wie je wel trouwde.

Indertijd geloofde ik echt dat mijn hart voor het eerst gebroken was. Nu begrijp ik dat alleen mijn ego een knauw had gekregen. Ik troostte mezelf met de gedachte dat ik toch niet wilde trouwen met een vrouw die haar verloofde bedriegt – met zijn beste vriend nota bene. (Ja, ik weet het, het zegt ook niet veel goeds over mij, maar vergeet niet dat ik vertrouwd was met dit beeld van mezelf.) Het rare is dat het echt een heel goede reden was om niet met haar te trouwen, maar dat ik er toch niet echt in geloofde wanneer ik mezelf dat voorhield.

Zodra ze eenmaal verloofd was verbrak ik onze verhouding. Of misschien deed zij dat wel. Dat weet ik niet meer. We zagen elkaar in elk geval een tijdje niet.

Ik was getuige op hun bruiloft. Toen ze twee weken later terugkwamen van hun huwelijksreis gingen we weer met elkaar naar bed.

Dat was de reden dat ik er niet zo veel zin in had om samen met hen iets te gaan drinken. Ik denk heus niet dat ik daardoor een beter mens ben of dat het aantoont dat ik nog wel wat fatsoen heb. Het was niet zo dat ik me schuldig voelde. Ik vond het gewoon onaangenaam. Ik kan ook niet verklaren waarom ze bleef proberen om iets met ons drieën te doen of waarom ze ervan leek te genieten wanneer ze in haar opzet slaagde, behalve dat ze een heel gestoorde vrouw is – in verschillende opzichten.

Die avond verhuisden we van het aanrecht via de bank en de douche naar het bed. Normaal gesproken draaide ze zich na afloop altijd bij me vandaan, maar deze keer wilde ze mijn arm om haar heen en legde ze haar hoofd op mijn borst. Ik kon haar gezicht dus niet zien toen ze zei: 'Ik heb je gemist. Waar heb je de afgelopen maand uitgehangen? Je kunt verdomme niet zomaar verdwijnen zonder me iets te zeggen.'

De meeste mannen zouden het hierdoor extra moeilijk hebben gevonden om te zeggen wat ik wilde zeggen. Ik was echter genadeloos.

'Ik was in Kansas.'

'Wat moest je in 's hemelsnaam een hele maand in Kansas?'

'Ik heb daar iemand ontmoet.'

Ik voelde de verandering die zich in haar voltrok eerder dan dat ik haar zag, maar haar stem klonk nog steeds luchtig toen ze zei: 'Heeft ze een hondje dat Toto heet?'

'Ik meen het serieus,' zei ik. 'Het is heel serieus.'

'Wat wil dat zeggen?'

'Dat wil zeggen dat ik verliefd op haar ben.'

'Dat kun je na één maand onmogelijk al weten.'

Ik ging er niet op in. Ik was niet van plan daarover met haar in discussie te gaan.

Ze ging rechtop zitten en keek me aan. Het licht was uit maar mijn slaapkamer had een muur die helemaal uit ramen bestond en uitkeek op de torens van het financiële district, en er kwam zo veel licht naar binnen dat ik de luxaflex altijd moest dichtdoen om te kunnen slapen. Ik kon haar gezicht in het schijnsel duidelijk onderscheiden.

'Dat houdt toch nooit stand,' zei ze. 'Hoe wilde je dat dan doen? Ga je soms in Kansas wonen?'

'Nee. Ik heb haar gevraagd om hierheen te komen.'

'Dan is ze nu zeker thuis druk aan het inpakken.' Ik sloeg haar aandachtig gade en vond dat ze er voor zo'n mooie vrouw op dat moment bijzonder lelijk uitzag. 'Om eerlijk te zijn heeft ze nee gezegd. Ik hoop echter dat ze nog van gedachten verandert.'

'Komt dit patroon je niet bekend voor?' zei ze. 'Je valt kennelijk alleen op vrouwen die je afwijzen.'

Dit was mijn kans en ik greep hem met beide handen aan. Ik stak het mes erin en draaide het om. 'Ja, maar in alle andere opzichten is ze echt totaal anders dan jij. Een van de redenen dat het deze keer beslist anders is, is dat zij de ware is voor mij.'

Celia staarde me een tijdje aan. Toen stapte ze uit mijn bed en begon ze zich aan te kleden.

'Ik wist niet dat jij zo wreed kon zijn,' zei ze terwijl ze haar rok aantrok.

'Och, kom nou toch. Ik weet heus wel dat je mij niet als een toonbeeld van deugdzaamheid en voorkomendheid ziet.'

'Je wilt me alleen maar pijn doen omdat ik niet met je wilde trouwen,' zei ze terwijl ze haar bloes dichtknoopte. 'Dat zit je nog steeds dwars.'

'Dat zit me helemaal niet meer dwars. Integendeel zelfs.'

Ze was op de rand van het bed gaan zitten om haar schoenen aan te trekken. Toen ik dat zei, hield ze daarmee op. Ze draaide zich om en staarde me indringend aan. Toen zei ze: 'Ik geloof je niet.'

'Dat moet je helemaal zelf weten,' zei ik tegen haar.

Ik had haar de waarheid gezegd. Het kon me echt niet schelen. Dat soort onverschilligheid kun je niet veinzen. Ze hoorde het aan mijn stem.

'Hoe zit het dan met ons?' vroeg ze.

'Ons? Is er dan een ons?'

'Nou ja, wat het ook is wat we doen. Wat doen we daarmee?'

'Wat mij betreft kunnen we daar gewoon mee blijven doorgaan, in elk geval af en toe. We zullen wel in een hotel moeten afspreken, aangezien Nora dan hier komt wonen.'

Ze snoof minachtend. 'Denk je echt dat ik dat pik?'

'Ik zou niet weten waarom niet.'

'Je bent verliefd op een ander,' zei ze. Ze bukte zich om haar schoenen aan te trekken.

'Jij bent al sinds we elkaar kennen verliefd op een ander,' merkte ik op.

Ze zweeg even. Toen zei ze zacht: 'Nee. Ik heb nooit gezegd dat ik verliefd was op Marcus.' Ze draaide zich om en keek me aan, en op dat moment was ze net iemand die ik nog nooit eerder had gezien.

'In dat geval heb ik medelijden met jullie allebei.'

Ik weet hoe dat overkomt. Toch was het voor de verandering eens niet mijn bedoeling om wreed te zijn. Op dat moment voelde ik echt medelijden voor zowel Marcus als haar.

'Ik moet maar eens gaan,' zei ze.

'Ja, Marcus zal wel op je zitten wachten.'

'Nee, hij is de stad uit.' Ze lachte kort. 'Ik dacht dat je blij zou zijn dat ik de hele nacht kon blijven.'

'Van mij mag je best blijven.' Ik zorgde er echter wel voor dat ik het zo zei dat ze hoorde dat ik dat niet wilde. Tja, wat zal ik ervan zeggen? Ik wilde het ook echt niet. Nora was degene die ik de hele nacht in mijn bed wilde hebben. Ik wilde haar haren op het kussen naast me zien uitwaaieren. Ik wilde haar gezicht zien wanneer ze uit een diepe slaap wakker werd. Ik wilde achter haar staan en mijn armen om haar heen slaan terwijl ze bij de wasbak haar tanden stond te poetsen.

Meestal was Celia vrij pienter in dat soort dingen, maar die avond had ze kennelijk niets in de gaten. Ze zei langzaam: 'Misschien blijf ik dan wel...' En ze keek me aan.

Ik haalde mijn schouders op. 'Je doet maar. Ik ga slapen. Het maakt mij niet uit of je hier bent of niet.'

Op dat moment kwamen bij Celia, die ik altijd als spijkerhard had beschouwd, de tranen. Ik zag het gebeuren. Haar neus werd roze en haar ogen glinsterden fel, maar het lukte haar om ze terug te dringen. Dat was in elk geval iets. Een van de redenen dat ik haar zo graag mocht was dat ik nooit met die flauwekul te maken kreeg.

'Dan ga ik maar,' zei ze nog een keer.

Ik weet dat ze wilde dat ik haar tegenhield. Dat ik haar zei dat ze moest blijven, dat het oké was. In plaats daarvan zei ik: 'Ja, dat lijkt me wel het beste.'

Ik liep niet eens met haar mee naar de deur. Ik vond het maar niets dat ik een vrouw die altijd zo sterk was geweest voor mijn ogen zag instorten. Zodra ik de deur achter haar hoorde dichtgaan stond ik op om een nieuw glas wijn voor mezelf in te schenken en te vieren dat ik niet zou trouwen met iemand van wie ik niet hield. Ik begreep nu dat ik enorm veel geluk had gehad dat ik niet met Celia was getrouwd, want daardoor had ik Nora gevonden. Ik was er echt van overtuigd dat Nora en ik anders zouden zijn dan andere stellen.

Als ik er nu op terugkeek zou ik waarschijnlijk zeggen dat het dwaas van me was.

Dat doe ik echter niet.

Nee, ik vind dat je het leven moet vieren waar en wanneer je dat kunt. Grijp dat tijdelijke gevoel van geluk, het gevoel dat je op de juiste weg bent, en geniet er met volle teugen van. Het houdt namelijk geen stand.

Nora | Wat er gebeurt wanneer Nora haar moeder en Tammy over haar besluit vertelt

Ik zou uit Kansas weggaan.

Ik had mijn besluit genomen en was niet van plan om nog van gedachten te veranderen. Als mijn besluit om te vertrekken een zaadje was, dan was het alsof het in één nacht tijd was geplant en tot een enorme eik was uitgegroeid. Een zaadje kan worden weggeblazen; om een eik omver te werpen is een orkaan nodig.

Mijn moeder was de mogelijke orkaan. Ik besloot de storm meteen onder ogen te komen. Ik wachtte nog een paar dagen totdat ze was hersteld van de bijwerkingen van de chemotherapie, maar op maandag haalde ik na mijn werk de map tevoorschijn die Neil en Timothy me hadden gegeven. Die bevatte mijn munitie.

Toen ik thuiskwam was mijn moeder in haar kamer. Ik klopte op de deur; daarna vroeg ik haar door de deur heen of ze naar beneden wilde komen omdat ik iets met haar wilde bespreken.

Ik had min of meer verwacht dat ze niet zou komen, maar een minuut of tien later verscheen ze toch beneden.

Ik zat aan de keukentafel toen ze binnenkwam. Ze liep naar de koelkast en haalde er een pak sinaasappelsap eruit. Terwijl ze een glas uit het keukenkastje pakte zei ze: 'Wat voor belangrijks wilde je met me bespreken?'

'Je weet toch nog wel dat ik je heb verteld dat ik iemand had ontmoet?'

'Mmm,' zei ze met op het oog meer aandacht voor het inschenken van een glas sinaasappelsap dan voor wat ik te zeggen had.

'Ik weet dat ik je niet echt veel over hem heb verteld...'

'Een of andere gladde zakenman uit New York,' zei mijn moeder nonchalant, en ze pakte haar glas en nam een slokje.

'Wat?' Ik keek haar niet-begrijpend aan.

Ze likte nuffig over haar lippen en zei: 'Timothy Whitting. Ja toch? Vrij knap om te zien, heb ik gehoord. Maar ja, dat weet ik natuurlijk niet zeker, aangezien jij hem nooit mee hiernaartoe hebt gebracht om hem aan me voor te stellen.'

'Wacht eens even, hoe weet je dit allemaal?'

'Lieve schat, hij zat elke dag in die afschuwelijke tent waar je werkt. Dacht je soms dat ik geen vriendinnen had die me dit soort dingen vertellen? Dacht je soms dat ik nooit buitenshuis kom?'

Dat was inderdaad precies wat ik dacht – want dat was namelijk wat ze mij altijd vertelde. Ze beklaagde zich er altijd over dat ze de hele dag thuis had gezeten.

'Waarom heb je me niet verteld dat je het wist?' vroeg ik.

'Wat had dat nu voor zin? Hij zou uiteindelijk toch teruggaan naar New York. Ik neem aan dat hij je heeft gevraagd om met hem naar New York te gaan- klopt dat?'

Dit ging helemaal niet zoals ik het me had voorgesteld. Ik had een heel uitgebreid plan bedacht om het haar te vertellen: ik zou alles eerst voorzichtig uitleggen voordat ik haar vertelde dat hij me had gevraagd met hem mee te gaan naar New York. Nu wist ik niet goed wat ik moest zeggen. Ik zei dus alleen maar: 'Ja, dat heeft hij me inderdaad gevraagd.'

'Ik neem ook aan dat je het doet. Je jaagt hem natuurlijk achterna, helemaal naar New York.'

'Zo is het helemaal niet,' zei ik. 'Hij wil graag dat ik kom.'

'Ja, maar voor hoe lang? Op dit moment ben je heel anders dan alle meisjes die hij in New York kent. Je bent nu een glimmend nieuw speeltje. Maar wat gebeurt er wanneer hij je in New York heeft en je niet helemaal voldoet? Wat gebeurt er wanneer je hem gaat vervelen? Het is niet bepaald alsof hij je heeft gevraagd om met hem te trouwen.'

'We kennen elkaar amper,' sputterde ik tegen.

'Denk je soms dat het beter wordt? Denk je dat nu echt? Dat je elkaar beter leert kennen en nog verliefder zult worden?' Mijn moeder snoof minachtend. 'Je gaat daar naartoe om bij hem te wonen zonder er iets voor terug te vragen. Waarom zou hij je in vredesnaam ooit nog ten huwelijk vragen als hij dat niet per se hoeft?'

'Ik wil helemaal niet dat iemand me ten huwelijk vraagt omdat hij dat moet.'

'Dat is ook precies de reden dat je niet bent getrouwd,' zei mijn moeder. 'Ik zou niets liever willen dan dat jij gelukkig bent met iemand. Alleen zie ik dat er eerlijk gezegd nooit van komen. Niet zolang jij je zo blijft gedragen.'

'Zo zit het helemaal niet in elkaar. Hij geeft echt om me.'

Ze rolde met haar ogen naar het plafond alsof ik zojuist het belachelijkste had gezegd wat ze ooit had gehoord.

'Kijk dan wat hij allemaal voor me heeft gedaan.' Ik legde de beige map op de tafel.

Ik weet niet waarom ik het opeens nodig vond om het haar te bewijzen. Nee, wacht even. Dat weet ik wel. Ik was heel zeker van mijn zaak geweest en nu bracht ze me toch weer aan het twijfelen. Ik dacht dat ik mijn eigen twijfels kon wegnemen door haar te overtuigen.

Ze kwam naar de tafel toe, sloeg de map open en bladerde door de papieren. Ik sloeg haar gade terwijl ze dit deed – en ik durf te zweren dat de uitdrukking op haar gezicht niet veranderde. Ze vertrok geen spier. Niet bij de hypotheek, niet bij mijn lening, niet bij mijn studielening en niet bij het geld op de bankrekening. Helemaal niets.

Ze sloeg de map dicht en keek me aan. Toen zei ze: 'Ik schaam me diep voor jou.'

Die had ik niet zien aankomen. Als ze me in mijn maag had gestompt zou dat volgens mij minder hard zijn aangekomen. Ze was nog niet klaar. 'Je beseft toch hoop ik wel wat je hem laat doen? Je staat toe dat hij je koopt. Ben jij dan niet net zo erg als een prostituee?'

Ik pakte de map op. Ik merkte dat mijn handen beefden.

Ze ging verder. 'Voor hem stelt dat geld helemaal niets voor. Maar hij beseft verdomd goed dat het voor jou, een meisje uit een kleine stad, wel heel belangrijk is.'

'Het kan me niet schelen wat jij denkt,' zei ik – en ik wilde maar dat dit ook echt zo was. 'Ik ga toch.'

'Niemand houdt je tegen, hoor,' zei ze. 'Denk je nu echt dat ik jou hier wil hebben als jij hier zelf niet wilt zijn? Ik heb jou heus niet nodig. Ik vind wel iemand anders die me naar het ziekenhuis brengt. Veel meer doe jij toch niet voor me.'

Dat was precies het tegenovergestelde van wat ze drie jaar lang had lopen beweren. Ik was erop voorbereid geweest dat ze alles zou doen wat ze kon bedenken om me over te halen om te blijven. Ik had echt nooit van mijn leven verwacht dat het veel erger zou zijn dat het haar helemaal niets deed – of dat ze deed alsof het haar niets deed.

'Ga jij maar lekker naar New York,' zei ze. 'Eens kijken hoe lang dat duurt. Ik durf te wedden dat hij allang een ander meisje heeft. Denk je nu heus dat hij op jou gaat zitten wachten? Denk je nu heus dat er in New York niet honderden of zelfs duizenden andere meisjes rondlopen die hem proberen te strikken? Toen hij net hier was, was jij anders en jij denkt zeker dat hij je nog steeds apart zal vinden wanneer je eenmaal in New York bent en hij je tussen al die New Yorkse meisjes ziet. Jij denkt zeker dat je wel tegen hen opkunt, hè? Hij stuurt je ongetwijfeld regelrecht terug naar Kansas. Dat geef ik je op een briefje; je bent hier binnen een maand weer terug. Nee, luister vooral niet naar mij. Ga maar, dan zul je het zelf wel merken.'

'Dat zal ik zeker doen,' zei ik. 'Ik denk namelijk dat je ongelijk hebt.' Ik draaide me om en liep weg.

Maar het was alsof elk woord van haar in mijn geheugen stond gebrand. Ik probeerde de blik op Timothy's gezicht op te roepen toen hij me de map liet zien – hij was toen zo opgewonden geweest. Hij wilde me zo graag helpen. Ik herinnerde me dat ik dat toen had gevoeld, maar het lukte me niet om het beeld op te roepen. Het was alsof mijn moeder het met haar woorden had gewist en had vervangen door haar versie van de gebeurtenissen.

Ik wilde nu alleen nog maar naar die ene persoon toe die wél blij voor me zou zijn: Tammy. Ik had haar verteld dat Timothy me had gevraagd om met hem mee te gaan naar New York en er in één adem bij gezegd dat ik natuurlijk onmogelijk kon gaan. Tammy had zich verbazingwekkend goed weten in te houden en had geen woord gezegd, maar ik wist vrij zeker dat ze het ontzettend dom van me vond dat ik niet ging. Ik keek er dus heel erg naar uit om haar te kunnen vertellen dat ik van gedachten was veranderd.

Ik reed naar Tammy's appartement en klopte op de deur. Eigenlijk was het geen echt appartement maar een kamer boven een garage – de garage van haar ouders. Ze mocht er gratis wonen, en had haar eigen keuken, badkamer en alles, maar bracht een groot deel van haar tijd nog steeds door in wat ze het 'grote huis' noemde.

Tammy's band met haar ouders was echt nergens mee te vergelijken. Ik weet niet of het iets verontrustends of juist iets geweldigs was. Ze deden van alles samen, hasj roken bijvoorbeeld, maar ze maakten ook hun eigen kerstversiering en op sommige avonden poften ze popcorn in de open haard, maakten ze warme chocolademelk en keken ze naar oude films.

Toen ik op haar deur klopte was Tammy in het grote huis. Ze zag me door het keukenraam, deed een raam open en zei: 'Wacht even, ik kom eraan.'

Een tel later stond ze buiten.

'Kom mee naar binnen, dan gaan we fudge eten,' zei Tammy.

Ik vermoedde dat het een van hun gezonde dagen was – tenzij ze high waren en zelf fudge maakten, wat ook heel goed mogelijk was.

'Ik ben niet echt in de stemming voor fudge.'

'Hoe kan dat nou?' zei Tammy.

'Nou, voor je staat het meisje dat het onmogelijke mogelijk gaat maken,' zei ik tegen haar.

'Oh, oh. Kom mee,' en Tammy nam me mee naar haar woonkamer. Haar flat was in warme kleuren ingericht, rood en bruin, vol foto's van haar vrienden en familie, heel veel kussens en altijd wel een paar plaids om jezelf in te wikkelen. Tammy hield bij hoog en bij laag vol dat ze het appartement zelf had ingericht, maar ik vermoedde dat haar moeder er in werkelijkheid achter zat. Ik vroeg me weleens af hoe het zou zijn geweest om op te groeien met een moeder als die van Tammy. Zou ik dan net zo zijn geworden als Tammy? Zou zij in mijn situatie net als ik zijn geweest? Het was bizar om daarover na te denken.

'Wat is er nu weer gebeurd?' vroeg Tammy terwijl ze zich op haar lievelingsplekje in de hoek van de bank nestelde. Ik ging in de andere hoek zitten en pakte de rode fleece deken.

Opeens zag ik mezelf als iemand die altijd met een of ander probleem bij Tammy kwam. Altijd een of andere klacht. Zo zag ik mezelf niet snel, dus de onverwachte glimp was desoriënterend.

Ik deed mijn mond open om haar te vertellen wat er aan de hand was en opeens ving ik een soort echo op van wat ik haar wilde vertellen, en ik moet je eerlijk zeggen dat mijn probleem me belachelijk voorkwam.

'Ik heb mijn moeder verteld dat ik naar New York ga verhuizen en zij zei dat het haar niets kon schelen. Of ze deed alsof het haar niets kon schelen om mij te kwetsen. Ik weet niet welke van de twee het is.'

Waarom was dat nu zo verschrikkelijk? Mijn moeder zei dat het haar niets kon schelen en ik was vrij. Was dat dan niet genoeg, ongeacht of ze gelijk had over de rest of niet? Vrij van schulden, met geld op de bank en de kans om uit mijn moeders huis weg te komen. Opeens voelde ik me uitgelaten. Grenzeloos. Heel even maar. Een fractie van een seconde.

Totdat Tammy zei: 'Nora, je kunt niet gaan.'

Ik had het gevoel alsof mijn hele wereld binnenstebuiten werd gekeerd. Ondersteboven. Niets was zoals ik had verwacht dat het zou zijn.

'Wat bedoel je, hoezo kan ik niet gaan? Ik dacht juist dat je in de wolken zou zijn. Ik dacht dat jij nog blijer zou zijn dan ik.'

'Nora, ben je het dan vergeten?'

'Wat?'

'Weet je nog dat ik voorspelde dat je zou weggaan?'

Ik lachte. 'O, dat was ik compleet vergeten. Je hebt gelijk. Maar ja, je hebt altijd gelijk.'

'Dan weet je vast ook nog wel dat ik zei dat je niet moest weggaan.'

'Dat is tegenstrijdig. Als ik zal weggaan ga ik weg. Je kunt niet zeggen dat ik zal weggaan en tegelijkertijd zeggen dat ik niet moet weggaan.'

'Goed, luister hier dan eens naar. Toen ik die keer je hand vasthield, voelde ik... Nora, ik kan alleen maar zeggen dat het niet veilig is. Je moet echt naar me luisteren. Het is niet veilig.'

'Dat zeg je nu wel steeds, maar je vertelt me helemaal niets.'

'Oké, laat ik het dan zo zeggen. Het is volgens mij het allerergste gevoel dat ik ooit heb gehad. Het is iets wat zich voordoet als liefde, maar dat niet is. Het is jaloezie, haat en angst, en als je niet precies doet wat het wil, dan weet ik niet wat het zal doen.'

'Waarom kom je er niet ronduit voor uit? Je bedoelt dat je niet weet wat híj zal doen.'

'Ik bedoel wat dat gevoel zal doen,' zei ze.

'Ik dacht dat je hem wel mocht.'

'Het gaat er niet om of ik hem mag of niet. Oké, misschien mag ik hem inderdaad wel, Nora, maar ik kan niet zeggen dat ik hem ook vertrouw. Hij is niet bepaald een betrouwbaar type, of wel?'

'Ik dacht dat Dan een betrouwbaar type was. Moet je eens kijken hoe ver je met uiterlijke schijn komt.'

'Nora, ik ben gewoon bang dat je er met open ogen intuint. Je moet zien wie die man werkelijk is.'

'Waarom klink je nu net als mijn moeder?'

'God mag het weten, want volgens mij zijn jouw moeder en ik het nog nooit over iets eens geweest. Maar misschien zou je voor de verandering toch eens moeten luisteren.'

'Wat wil je daarmee zeggen, dat ik voor de verandering eens zou moeten luisteren?'

'Je doet wel alsof je luistert, maar vervolgens doe je gewoon wat je allang van plan was te doen,' zei Tammy. 'Ik ben gewoon bang dat je niet alle feiten laat meewegen.'

'Of misschien baseer ik me wel op heel andere feiten. Dat gevaar dat je net hebt beschreven, ik kan niet zeggen dat ik daar bang voor ben. Waar ik wel bang voor ben is het idee dat ik hier altijd moet blijven.'

'Dat komt omdat jij niet voelt wat ik heb gevoeld,' zei Tammy.

'Misschien is er intussen wel iets veranderd,' opperde ik. 'Waarom probeer je het niet nog een keer?'

Ik stak mijn hand uit. Tammy weifelde even, maar pakte hem toen voorzichtig vast alsof het een dode vis was. Ze deed haar ogen welgeteld drie seconden dicht en smeet mijn hand toen min of meer weg.

'Oké, ik denk dat ik het antwoord op mijn vraag wel weet,' zei ik.

'Nora, als jij kon voelen wat ik voelde...'

'Dan zou ik waarschijnlijk nog steeds gaan. Misschien zit je er deze keer wel naast.'

'Ik zit er niet naast,' verzekerde ze me.

'Ach, dan heb ik in elk geval een opwindend leven gehad,' zei ik. 'Tragische gebeurtenissen leveren toch altijd de mooiste verhalen op?'

De ellende is alleen dat het nooit precies gaat zoals je denkt, zelfs niet wanneer je denkt dat je in de toekomst kunt kijken en bereid bent de gevolgen te aanvaarden.

Het politieonderzoek

Practical Homicide Investigation schrijft over het inzetten van helderzienden bij een politieonderzoek het volgende:

In de praktijk staan politiemensen van nature sceptisch tegenover helderzienden en paranormale verschijnselen. Vanuit het oogpunt van een onderzoek gezien dient echter alles wat bij het ene onderzoek succes heeft opgeleverd beslist ook bij andere zaken te worden overwogen. Hierbij moet wel worden opgemerkt dat informatie die is aangeleverd door een helderziende niet altijd accuraat hoeft te zijn en in sommige gevallen geen waarde zal hebben voor het onderzoek. (Geberth, pag.718).

Tot dusver is de betrouwbaarheid van helderzienden bij ordehandhaving niet vastgesteld. Anekdotische informatie kan soms indrukwekkend en zelfs verbazingwekkend zijn, maar over de inzet van helderzienden als bron om een misdrijf op te lossen kan niets met zekerheid worden vastgesteld.

Timothy | Nora komt naar New York

Ik ging op maandag terug naar New York en hoorde die hele week niets van Nora. Ik hoopte elke dag dat ze zou bellen – maar nee.

Hoe houd je op met wachten op iets? Mijn oplossing was me druk bezighouden met iets anders. Ik had een film kunnen kijken of wat werk kunnen doen. Ik zou heus wel iets hebben gevonden. Uiteindelijk bleek dit niet nodig te zijn, want een paar dagen naar haar rampzalige bezoek stond Celia voor mijn deur.

De portier had haar komst niet aangekondigd. Ik weet zeker dat zij hem had gezegd dat het niet nodig was en ze was hier al zo vaak geweest dat hij deed wat ze vroeg. Het gevolg hiervan was dat ik er totaal niet op was voorbereid toen er op mijn deur werd geklopt. Toen ik opendeed stond Celia daar. Na de manier waarop ik haar die maandag had laten weggaan, had ik haar echt niet verwacht. De Celia die voor mijn deur stond was echter niet dezelfde Celia die ik op maandag had gezien – dit was de Celia die zo zelfstandig was dat ze zich best zou redden, al werd de rest van de wereldbevolking volledig uitgeroeid. Dit was de Celia naar wie mijn voorkeur uitging. Dit was de Celia die ik, als ik eerlijk was, bewonderde.

Dat had ik echter niet meteen door. Ik zag haar staan en was daar niet blij mee. Ik ben ervan overtuigd dat ze dat in de gaten had, maar ze glimlachte alleen maar zoals ze altijd glimlachte – alsof niets wat ik zei of deed haar ook maar in het minst raakte. Ze verontschuldigde zich niet; ze deed gewoon een stap naar voren alsof er geen enkele twijfel over bestond dat ik haar zou binnenlaten. Toen ze dat deed kreeg ze gelijk; er bestond ook geen enkele twijfel over.

Binnen een paar minuten waren we in de slaapkamer aanbeland en in de uren die daarop volgden, dacht ik, ik zal het eerlijk toegeven, niet één keer aan Nora. Nu vraag je je misschien af, wat is dat voor soort liefde? Ik weet dat ik mezelf die vraag stelde nadat Celia zich had aangekleed en weer was vertrokken. Ik wist het antwoord niet.

Celia kwam die week elke avond langs. Vraag me niet hoe ze dat regelde met Marcus. Ik vroeg haar er niet naar. Ik kon de afleiding goed gebruiken. Dat is één ding dat absoluut in Celia's voordeel telt: ze vormde een uitstekende afleiding. Ik vroeg haar het weekend met me door te brengen en tot mijn verbazing zei ze ja.

Ik merkte dat ik weer teruggleed in mijn oude leventje. Als ik alle gedachten aan Nora uit mijn hoofd weerde kon ik bijna doen alsof het allemaal nooit was gebeurd.

Toen belde ze.

Nora belde me op maandagochtend vanaf haar werk. Ik zag haar in gedachten in haar uniform achter de toonbank staan en met haar vingers aan een muffin peuteren. Soms at ze hem niet eens op. Ik had daar heel vaak gestaan en gezien hoe ze er een in stukjes brak.

'Met Nora,' zei ze. Ze liet er vrij abrupt op volgen: 'Ik wil graag naar New York komen als dat nog steeds mag.'

'Wanneer?' vroeg ik.

'Wanneer jij dat wilt,' zei ze.

'Deze week,' zei ik. Ik durfde niet langer te wachten. Ik vertrouwde er niet op dat mijn liefde het zo lang zou volhouden. Ik weet dat er tussen mijn eerste en tweede bezoek aan Kansas vrij veel tijd had gezeten, maar het voelde nog steeds heel breekbaar aan, alsof het elk moment kon verdwijnen. Misschien was dat zelfs al gebeurd. Toen ze zei dat ze wilde komen voelde ik niet het gelukzalige gevoel door me heen stromen dat ik had verwacht. Ik voelde helemaal niets. Geen opwinding, geen ontzetting. Het was alsof je een steen in een put gooide en wachtte op de plons, maar in plaats daarvan alleen maar stilte hoorde.

Ze zei: 'Ik zal vandaag een vliegticket boeken en het je laten weten.'

Dat deed ze.

Ik haalde haar op vrijdag op van het vliegveld. De temperatuur in de stad was tot onder het nulpunt gedaald en er waaide een wind die dwars door alles wat je aanhad sneed. Sommige mensen hadden hun bontjas tevoorschijn gehaald, wat vrij ongebruikelijk was voor New York. De rest van de stad rilde in hun modieuze, maar niet al te warme jas.

Nora kwam in een spijkerbroek, een dikke kabeltrui en een parka uit het vliegtuig. Natuurlijk had ze die kleren in Kansas ook gedragen, maar in New York was ze daarin niet op haar plek. Provinciaals. Ze oogde een beetje schutterig, kort en dik, hoewel ze in werkelijkheid geen van drieën was.

Ik kon het niet helpen – het eerste wat mijn hersens deden was haar vergelijken met Celia, die in die week bijna elke avond was langsgekomen. Celia had gegrapt dat het was als de bel voor de laatste ronde in een kroeg. Net als bij zo'n laatste ronde was de seks ook beter geweest – veel beter – omdat we allebei wisten dat het bijna voorbij was.

Dus toen ik Nora zag was mijn eerste gedachte: o mijn god, wat heb ik gedaan? Ik toverde echter een glimlach op mijn gezicht in de hoop dat deze dit verborg.

Nora zag me vrijwel direct nadat ik haar had ontdekt, maar ze glimlachte niet. Dus stopte ik ook met glimlachen. Dat voelde meteen een stuk beter aan. Toen schoot het me weer te binnen. Bij haar hoefde ik niet te doen alsof. Bij haar hoefde ik nooit te doen alsof. Tegen de tijd dat ze me bereikte, was mijn hart van leeg veranderd in, tja, in iets anders.

Toen ze bij me was, pakte ik haar hand. Het verbaasde me steeds weer dat hij zo klein was. We wandelden hand in hand naar de bagageafdeling. We hoefden niet al te lang te wachten tot de bagageband in beweging kwam en ik beschouwde het als een voorteken dat haar koffer de allereerste was die naar beneden kwam. Het was zo'n oud geval van hard plastic met een handvat en vier onhandige wieltjes die niet draaiden. Hij was verbazingwekkend licht toen ik hem van de band tilde. Ik bleef nog even staan wachten op een tweede maar ze zei: 'Dat is alles. Ik heb er maar een.'

Ik droeg haar enige koffer naar de auto die buiten klaarstond. De chauffeur liep om de auto heen, nam de koffer van me over en legde hem in de kofferbak terwijl wij alvast achter instapten voor de rit terug naar de stad.

We zwegen een groot deel van de rit en ze tuurde door het raampje naar buiten, maar liet haar hand in de mijne liggen. Ze was nog nooit in New York geweest, en ik keek over haar schouder door het raampje naar buiten en probeerde me voor te stellen hoe het was om de stad voor het eerst te zien. Voor mijn ogen verdwenen alle bekende dingen en werd hun plaats ingenomen door – ik weet niet zeker of ik het kan omschrijven. Op dat moment besefte ik dat wat ik in Kansas had gevoeld geen bevlieging was. Het was niet iets wat langzaam zou verdwijnen doordat het bij de tarwevelden en weidse lucht was weggehaald. Ik was verslaafd aan samenzijn met Nora. Ik wilde haar bij me hebben. Ik wilde haar fysieke aanwezigheid hebben, want wanneer ik bij haar was had ik het gevoel dat er magie op de wereld was. Is dat niet wat we allemaal willen?

Die nacht sliep ik met haar in mijn armen, precies zoals ik me dat had voorgesteld. Haar lichaam was wit en haar haren golfden als een rode rivier over het kussen en de lakens. Ze wilde het vlechten, maar ik hield haar tegen. In tegenstelling tot alle andere mensen die ik ooit had gekend, veranderde haar gezicht niet wanneer ze sliep. Ze had niets van een kind. Ze was gewoon Nora met haar ogen dicht.

's Ochtends lukte het me mijn arm onder haar hoofd weg te trekken en op te staan, en ze bewoog niet eens. Ik ging naar de keuken, zette koffie en bracht een kop voor haar mee terug.

Ik moest haar schouder aanraken om haar wakker te maken, maar zodra ze haar ogen opendeed was ze binnen een seconde van diep in slaap overgestapt op klaarwakker, zoals je je voorstelt dat een ervaren huurmoordenaar dat ongeveer doet.

Ze ging rechtop zitten en pakte de kop koffie van me aan. Ze nam een slokje en trok meteen een vies gezicht.

'Die koffie van jou is niet te drinken,' zei ze.

Ik lachte. 'Goed, dan gaan we wel ergens anders koffiedrinken.

Op de hoek zit een Starbucks. Daar voel je je vast en zeker wel thuis. Ga je maar snel aankleden.'

Ik bleef naar haar kijken toen ze opstond en naar de lompe blauwe koffer liep. Ze deed hem open en staarde een minuut lang nadenkend naar de inhoud. Ik kon aan haar zien dat ze niet blij was met wat ze zag. Haar bewegingen waren aarzelend. Ze koos een spijkerbroek en een coltrui uit. Toen ze de kleren had aangetrokken zag ik dat de zwarte broek de verkeerde vorm had – ruim, met bandplooien en taps toelopende pijpen, waardoor ze eruitzag als een kegel op de bowlingbaan. Hoewel er op zich niets mis was met de coltrui, kon hij de aanblik van de broek niet ongedaan maken. Bovendien zat hij straks onder de parka.

Ze draaide zich om en betrapte me erop dat ik haar gadesloeg. Ze wist wat ik dacht. Dat zag ik aan haar. Ze keek me recht aan alsof ze wilde zeggen: nou, wat had je dan gedacht?

Ik voelde een stortvloed van emoties in me opwellen. Ik zocht naar een term om ze te omschrijven en was verrast toen ik die vond. Het was trots. Volkomen onlogisch, maar dat was wat het was. Ze was helemaal zichzelf. Zelfs hier in New York was ze helemaal zichzelf. Tegelijkertijd was het net alsof ze daardoor nog meer van mij was. Iedereen in New York liep met zichzelf te pronken, maar Nora was anders. Zij zat verstopt. Dat wilde ik ook graag zo houden.

Het weekend was net een droom. Ik had het gevoel dat ik een geheim leven leidde. Ik liet Nora New York zien zoals ik de stad zelf nooit had gezien. Op maandag nam ik haar mee naar kantoor. Ik had bedacht dat ze bij mij kon komen werken tot ze een beetje was gewend. Nadat ik de schok van haar opleiding eenmaal te boven was, besefte ik dat ik het enige in de wereld waar ik tot op dat moment van had gehouden – mijn werk – met haar kon delen. Er was een vergaderkamer die ik nooit gebruikte en gemakkelijk als kantoor voor haar kon inrichten. Ik had het al helemaal uitgedacht.

Zo te zien beviel het Nora wel. Ze bleef de hele maandag bij me, luisterde mee met mijn telefoongesprekken, probeerde het computersysteem uit en praatte met Marie, mijn assistente. Toen ik die avond iets zei over de volgende dag weer samen naar het werk gaan, vroeg ze me echter of ze een paar dagen vrij mocht nemen om de stad te leren kennen.

Mijn eerste, instinctieve reactie was teleurstelling. Ik moet eerlijk bekennen dat ik haar eigenlijk niet uit het oog wilde verliezen. Als ik nee had kunnen zeggen, had ik dat beslist gedaan.

Nu Nora niet langer bij me op kantoor was duurde de week ongelooflijk lang. De dagen konden mijn aandacht niet helemaal meer vast te houden. Ik keek er als nooit tevoren naar uit om van kantoor te kunnen vertrekken en naar huis te gaan.

Wanneer ik thuiskwam vertelde Nora me altijd wat ze die dag had gedaan. Ze experimenteerde met de metro en oefende in het aanhouden van een taxi. Ze wandelde door Soho en de West Village. Ze maakte een uitstapje naar Central Park en verdwaalde al slenterend over de paden. Ze zei dat ze ook had gewinkeld, maar ik zag nergens nieuwe kleren. Gedurende die week droeg ze alleen de truien en spijkerbroeken die ze had meegebracht.

Op vrijdag vroeg ik haar om samen met Marcus en mij wat te gaan drinken. Ik zei dat ik haar thuis zou komen ophalen, maar ze zei dat ze ons daar wel zou zien.

Ik keek ernaar uit om Marcus aan haar te kunnen voorstellen. Ik wist zeker dat hij niet zou weten wat hij van haar moest denken. Ik zag zijn gezicht al voor me wanneer hij de spijkerbroek, trui, lange vlecht en parka ontdekte. Ik was ervan overtuigd dat hij zijn vooroordelen niet voor me verborgen zou kunnen houden. Ik was ze de hele week al tegengekomen op het gezicht van kelners en andere stelletjes wanneer we samen uit waren. Ze keken van mij naar haar en trokken een gezicht alsof ze een wiskundig probleem voor zich zagen dat niet leek te kloppen.

Dat was ook de blik die ik verwachtte op Marcus' gezicht te zullen zien. Dus toen we aan de bar zaten en ik zag dat iemand achter me de blik aan hem ontlokte die hij meestal voor zijn vrouw bewaarde, nam ik niet eens de moeite om me om te draaien. Dat was niet het soort blik dat Nora zou oproepen.

Toen voelde ik een hand op mijn rug en ik draaide me om.

Het was Nora en toch ook weer niet. De spijkerbroek was verdwenen; de wandelschoenen en parka waren verdwenen. In plaats daarvan droeg ze een zwarte jurk: lange mouwen, hoog gesloten, maar superkort. Ze had een zwarte panty aan en pumps met hoge hakken. Een zwarte jas waaierde bijna als een cape om haar heen. Haar haren hingen los en lagen glad en oogverblindend prachtig tegen het zwart. Ze had ook make-up op, niet veel maar genoeg om haar totaal te transformeren. Ze was adembenemend mooi. Net als op de eerste avond dat we uit eten gingen en ze zichzelf netjes had aangekleed. Dat had ze sindsdien niet meer gedaan – hoe had ik kunnen vergeten wat er gebeurde zodra ze zich niet langer verstopte?

'Ik ben Marcus,' zei Marcus en hij stak zijn hand uit.

'Nora,' zei ze en ze stak ook een hand uit, met gestrekte arm en enthousiast als een jongetje. In dat opzicht was ze gelukkig niet veranderd. Ze was nog steeds Nora. Alleen was haar schoonheid nu voor iedereen zichtbaar.

Ik zag meteen wat voor effect ze op Marcus had. Marcus kon echt van nep onderscheiden. Toegegeven, hij had Celia gekozen. Voordat ik Nora kende zou ik dat ook hebben gedaan. Celia was wat je behoorde te willen hebben, wat de wereld als een succes beschouwde. Nora was waarvan je alleen maar durfde te dromen.

'Hoe vind je het in New York?' vroeg Marcus. 'Vind je het hier leuker dan in Kansas?'

'Dat had ik wel verwacht,' zei Nora: 'maar het is alleen maar anders.'

'Vind je het dan niet leuker om hier in New York te wonen?' zei ik.

Ze keek me aan. 'Ja, natuurlijk wel. Maar de reden dat het hier leuker is ben jij. Niet de stad zelf.'

Hoe moet ik uitleggen hoe ze dat zei? Het was niet koket. Het werd niet gezegd om mij te vleien. Het was gewoon de waarheid.

Ik wierp toevallig een blik op Marcus' gezicht en zag daar bewondering die binnen niet al te lange tijd zou omslaan in afgunst. Opeens zag ik Marcus over Nora's schouder kijken en er verscheen een diepe rimpel op zijn voorhoofd.

Hij keek naar mij en zei: 'Het spijt me, Tim. Ik heb haar nog zo gezegd dat ze niet moest komen.' Ik keek om en zag haar precies op het moment dat hij zei: 'Maar zo te zien is mijn vrouw gearriveerd.'

Toen Celia naast ons stond kuste ze eerst haar man; daarna wendde ze zich tot mij om me een zoen op mijn wang te geven, en vervolgens zette ze een stapje naar achteren en deed ze alsof ze Nora nu pas voor het eerst opmerkte.

Ik stelde hen aan elkaar voor. 'Nora, dit is Celia, de vrouw van Marcus. Celia, dit is Nora.'

Nora stak haar hand weer uit, maar Celia keek ernaar alsof ze niet goed wist wat ze ermee aan moest. Ten slotte raakte ze Nora's vingers even in een halfhartig handenschuddend gebaar aan.

Ik zag dat Nora's wenkbrauwen een klein stukje omhoog kropen.

'Zo, Nora,' zei Celia lijzig. 'Hoe vind je het in New York?'

Het was dezelfde vraag die Marcus haar had gesteld, maar die van Celia droop van neerbuigendheid. Ik zag een gepijnigde uitdrukking op Marcus' gezicht verschijnen.

Nora keek even naar mij alsof ze probeerde te peilen hoe ze met de situatie moest omgaan. Ik knikte haar toe en hoopte dat ze begreep dat ze mijn toestemming had om zichzelf te verdedigen tegen de aanval.

Ze gaf het antwoord dat Celia's vraag verdiende – wat amper een antwoord was.

'Wel goed, hoor,' zei Nora.

'Wel goed?' echode Celia. 'Is dat alles wat je te zeggen hebt over een van de geweldigste steden ter wereld? Wel goed?'

Nora deed alsof ze even diep nadacht. Toen zei ze: 'Ja, dat is het wel zo ongeveer.'

'Mensen uit Kansas zijn niet bepaald welbespraakt, hè?' zei Celia met een lachje, alsof dat haar woorden moest verzachten. Op dat moment drong het tot me door dat Celia precies hetzelfde deed als wat ik vroeger ook altijd deed: ze balanceerde op het scherp van de snede en was nog net niet onbeschoft. Meestal raakten mensen daardoor van hun stuk.

Nora leek er echter totaal niet van onder de indruk. Ze haalde slechts haar schouders op en zei: 'In Kansas besteden we niet zoveel tijd aan het praten over ons eten. We eten het gewoon op.'

Marcus en ik lachten.

Ik moet zeggen dat Celia's reactie haar tot eer strekte. Ze keek van Marcus naar mij en weer terug naar Nora. Ze besefte dat ze het niet zou winnen en gaf zich sierlijk gewonnen.

'Laten we even opnieuw beginnen. Ik ben Celia,' en ze stak haar hand uit. Toen Nora hem vastpakte schudde Celia die stevig. Toen boog ze zich naar voren en fluisterde ze iets in Nora's oor.

Nora haalde haar schouders op en knikte.

Celia keek ons aan en zei: 'We zijn zo terug.'

Ze pakte Nora's hand en trok haar mee.

'Hé, waar gaan jullie naartoe?' riep ik haar na.

Marcus was er ook niet blij mee. 'Kom, Celia, laten we een tafeltje zoeken en wat te eten bestellen.'

'Zoeken jullie maar een tafeltje. We zijn echt zo terug.' Ze draaide zich niet eens om toen ze dit zei.

Marcus en ik keken elkaar aan. Ik haalde mijn schouders op en we pakten ons drankje en lieten ons naar een tafeltje brengen.

Zodra we zaten vroeg Marcus: 'Denk je dat Nora zich wel redt?'

'Volgens mij staat Nora haar mannetje wel,' zei ik.

'Dat lijkt mij ook, ja. Waar heb je haar in vredesnaam gevonden?'

'Tja, in Kansas.'

'Zijn daar nog meer vrouwen zoals zij?' vroeg hij bijna weemoedig.

'Jij hebt er al een,' merkte ik op.

Marcus keek me aan. Na een seconde of wat zei hij: 'Niet echt. Volgens mij heeft ze een verhouding.'

Ik geloof dat ik mijn reactie goed wist te verbergen.

'Waarom denk je dat?' zei ik.

'Gewoon een gevoel. Dat is nog niet het ergste.' Hij zweeg even om een flinke teug van zijn bier te nemen, alsof hij zich moed moest indrinken om te zeggen wat hij wilde zeggen. Hij zette het bier weer zorgvuldig midden op het servetje neer. Toen zei hij: 'Nee, het ergste is dat het me helemaal niets doet. Ik hoop eigenlijk zelfs bijna dat het inderdaad zo is en dat ze bij me weggaat. Ze is niet... Het is niet zoals ik had gedacht dat het zou zijn.'

'Hoe had je dan gedacht dat het zou zijn?'

'O, mijn god. Wat zal ik daar eens op zeggen.' Hij legde een hand op zijn voorhoofd en liet hem daar even liggen alsof zijn hoofd pijn deed. 'Ik wilde... ik wilde meer. Meer dan saaie sleur. Ik wilde dat het leven...'

'Magisch werd?' zei ik.

Hij vertrok zijn gezicht bij het horen van dat woord. 'Ik zou al tevreden zijn geweest met af en toe een brokje geluk. Voelt het voor jou nu zo aan?'

Ik haalde mijn schouders op. Ik wilde het hem niet inwrijven.

'Waar heb jij dat 's hemelsnaam aan verdiend? Zelfs toen ik waanzinnig verliefd was op Celia had ik nooit het gevoel dat het leven magisch was. Het klinkt misschien afschuwelijk, maar ik kreeg er echt een kick van wanneer we samen uitgingen en ik zag dat iedereen naar haar keek. Nou ja, dat heb jij met Nora natuurlijk ook.'

'Meestal ziet ze er niet zo uit,' zei ik. 'Meestal draagt ze een wijde trui, wandelschoenen en een ontzettend dik jack. Dan is ze net een heel gewoon meisje.'

'Hoe kan zij nu ooit een heel gewoon meisje zijn?' Marcus wierp een blik op de bar. Celia en Nora stonden in afwachting van hun drankjes met elkaar te praten. Wat betreft lichamelijke schoonheid kon Nora niet tegen haar op. Zij had echter iets heel anders.

Nora keek toevallig op en zag dat ik naar haar zat te kijken. Zonder de uitdrukking op haar gezicht te veranderen herhaalde ze het trucje met haar wenkbrauwen en trok ze hen een heel klein stukje op. Ook zag ik een kleine spiertrekking bij haar mondhoek. Toen keek ze weer naar Celia.

'Nee, zij zal inderdaad nooit een heel gewoon meisje zijn,' beaamde ik.

'Dat ziet toch iedereen,' zei Marcus.

Bij die opmerking kwam er een bepaald gevoel in me naar boven. Een lichte paniek. Als iedereen dat kon zien hield dat in dat iedereen zou proberen haar van me af te pakken. Kijk tenslotte maar eens naar wat Marcus met Celia was overkomen. Was dat niet precies wat ik had gedaan? Het lag voor de hand dat een of andere vent dat ook met Nora zou proberen. Wat Marcus daarna zei maakte het er al niet veel beter op.

'Hoe lang zou het duren voordat ze erachter komt dat jij een klootzak bent en ze je verlaat?'

'O, dat weet ze allang.'

Marcus keek me aan. 'Dat betwijfel ik.'

Er was iets in de manier waarop hij dat zei en ik vroeg me voor het eerst af of Marcus het wist van Celia en mij. Die gedachte was nog niet eerder bij me opgekomen. Ik was er echt van overtuigd dat ik degene was die over alle informatie beschikte en dat hij degene was die volkomen in het duister tastte. Vanuit dat standpunt gezien was hij de goeierik, maar daarnaast ook een onnozele hals. Als hij op de hoogte was van de affaire... ik wist niet eens hoe ik die mogelijkheid moest verwerken. Dan zou ik mijn mening over wie Marcus was volledig moeten herzien. Ik bedacht dat ik in dat geval geen flauw idee zou hebben wie hij werkelijk was. Dan zou hij net een groot zwart gat zijn. Een plek waarin informatie verdween. Waar de gebruikelijke regels niet golden.

Het was de bedoeling dat we zouden blijven eten, maar het zal niemand verbazen dat ik een smoes bedacht en Nora mee naar buiten troonde. Ik wist dat Nora graag buiten de deur wilde eten, maar ik liet ons toch door de chauffeur thuis afzetten en ik zei tegen haar dat ik behoefte had een aan rustig avondje thuis en dat we alles konden laten bezorgen waar ze trek in had. Ik wilde gewoon niet met haar uit terwijl ze er zo uitzag. Ik wilde dat ze weer een wijde spijkerbroek en dikke trui aantrok.

Toen we in mijn appartement waren stelde ik voor: 'Als jij je nu eens omkleed en een ochtendjas aantrekt of zoiets?'

'Je vond mijn jurk niet mooi,' zei ze. Het was geen vraag.

'Waar heb je hem gekocht?'

'Barney's.'

'Ik vind je in je eigen kleren leuker.'

'Ik zie er in mijn eigen kleren uit als een toerist.'

'Tja, maar dat ben je toch ook?' zei ik misschien een beetje ruw.

'O.' Ze zweeg heel lang. 'Wanneer loopt mijn logeerpartij dan af?'

'Zo bedoelde ik het niet.'

'Je kunt me anders wel terugsturen wanneer jou dat uitkomt.'

'Ben je daar bang voor?' vroeg ik haar. Dat idee was zelfs nooit bij me opgekomen.

Haar stem klonk heel zacht toen ze zei: 'Ja, natuurlijk. Ik zal het altijd afleggen tegen vrouwen als Celia. Ik snap niet waarom jij genoegen neemt met mij als je ook iemand zoals zij kunt krijgen.'

Ze had totaal niets in de gaten. Hoe lang zou ze nog zo blijven? Hoe lang zou dat aanhouden?

Ik stak een arm uit en trok haar tegen me aan. Met mijn armen om haar heen zei ik: 'Ik wil Celia helemaal niet. Ik wil jou. Weet je wat ik nog meer wil?'

'Wat dan?' vroeg ze terwijl ze haar hoofd schuin naar achteren liet zakken. Normaal gesproken kwam ze net tot aan mijn kin, maar ze was nu langer dan anders vanwege haar hoge hakken en kon me daardoor iets gemakkelijker recht in de ogen kijken.

'Ik wil dat je die jurk uittrekt en een pyjama of ochtendjas aantrekt.'

'Ik wist het wel,' zei ze. 'Ik wist wel dat je de jurk niet mooi vond. Ik was er echt van overtuigd dat je hem wel mooi zou vinden. Ik dacht echt dat hij me goed stond.'

Ik wilde haar niet vertellen dat dát nu juist het probleem was.

'Dat is het niet. Ik vind je truien gewoon leuk.'

'Als je wilt mag je de volgende keer dat ik ga winkelen wel mee, dan kun je me laten zien wat je nog meer leuk vindt.'

Ze kon het antwoord van mijn gezicht aflezen.

'In dat geval heeft Celia aangeboden om met me mee te gaan.'

'Nee,' zei ik waarschijnlijk net iets te snel. 'Ik wil niet dat je een kopie van Celia wordt. Ik vond de jurk heel mooi. Echt waar. Je hebt een fantastische smaak.'

Terwijl ik dat zei hoopte ik stiekem dat ik die fantastische smaak van haar met een beetje geluk schromelijk had overschat en dat ze straks met nog meer truien zou thuiskomen. Mijn hoop werd echter meteen de bodem ingeslagen want ze zei: 'Het is echt verbazingwekkend dat je dat denkt als je de kleren ziet waarin ik hier aankwam. Dat zijn voornamelijk afdankertjes van mijn zus uit haar plattelandsfase. Ik heb ze nooit mooi gevonden, maar heb gewoon nooit nieuwe gekocht. Ik zag het nut er niet van in.'

'En nu wel?'

'Ja, natuurlijk,' zei ze. 'Nu heb ik jou.'

Timothy | Weer een familiediner

De volgende dag was het wekelijkse familiediner.

Ik zei tegen Nora dat ik die avond alleen weg moest – naar het familiediner. Nora was helemaal op de hoogte van de familiediners. Ze grijnsde, rolde met haar ogen en wenste me succes.

Ik was al ruim een maand niet naar de familiediners geweest. Toen ik aankwam bleek de tafel goudgeel te zijn gedekt. Gele bloemen, een geel tafellaken en servies met een ingelegd gouden randje. Ik vroeg me af of dit was om te vieren dat ons fortuin intact was gebleven omdat ik het aan de markt had onttrokken. Als gevolg van de verschrikkelijk slechte economische cijfers en het onafwendbare vooruitzicht dat we op de ergste recessie in decennia afkoersten, waren de aandelen een week eerder nog verder gekelderd.

Ik was laat, dus iedereen zat al. Ik liep om de tafel heen om mijn moeder met een kus te begroeten en werd opmerkelijk kil ontvangen. Dat kwam niet als een verrassing. Het was mijn straf omdat ik zo lang was weggebleven.

Voorheen bespraken we tijdens het diner altijd eerst de portefeuille, wat ik ook had gedaan om haar kwaad te maken. Hoewel ik haar sinds mijn zus bij me op kantoor was langsgekomen en me stevig had toegesproken tegenwoordig elke vrijdag een rapport stuurde, had ik niet verwacht dat het nu anders zou zijn.

Ik had het helemaal mis.

Mijn moeder negeerde me en deed alsof ik er niet was. Ze sloeg me gewoon over en richtte het woord tot Andrew. Kennelijk had ze besloten dat Andrews zoontjes thuis les moesten krijgen nu ze niet waren toegelaten op de enige school die zij goed genoeg voor hen achtte. Ze stond erop de vakken door te nemen die de jongens zouden volgen. Blijkbaar hielp ze mee om hun vakkenpakket samen te stellen en had ze zich voorgenomen hen in één jaar tijd door de lesstof van minstens drie klassen te loodsen.

Toen mijn moeder ervan overtuigd was dat de route naar Harvard veilig was gesteld, ook al waren de jongens pas vier en zes, keek ze naar Edward. Blijkbaar was in mijn afwezigheid een van zijn verhalen ergens geaccepteerd. Het was een of ander tijdschrift waarvan ik nog nooit had gehoord, maar ik neem aan dat het prestigieus genoeg was om mijn moeders goedkeuring te krijgen. Ik dacht aan de boeken die hij volgens Emily had geschreven. Ik vroeg me af of het waar was. Er waren zo veel mensen die deden alsof ze succes hadden terwijl dat niet zo was. Het zou een leuke draai zijn als mijn broer deed alsof hij een mislukking was. Ik had nog overwogen of ik zou proberen om uit te zoeken of het waar was wat mijn zus me had verteld. Ik had het echter niet gedaan. Ik wist niet zeker of ik het wel wilde weten. De fundamenten van mijn bestaan waren aan het wankelen gebracht. Ik wilde niet dat ze compleet zouden instorten.

Zo te horen had ik daar echter misschien zelf geen controle over, want op dat moment deed mijn moeder iets wat een enorme schok voor me was. Ze keek mijn zus aan en zei: 'Hoe gaat het met Alejandro? Komt hij straks nog koffiedrinken?'

Ik kon mijn oren niet geloven. Niet alleen sprak mijn moeder uit eigen beweging hardop zijn naam uit, maar ook bleek hij wonder boven wonder te zijn uitgenodigd voor de koffie. Er was nog nooit iemand uitgenodigd voor de koffie.

Het werd zelfs nog een graadje erger. Ik wist zeker dat ze met mij zou doorgaan zodra ze klaar was met mijn zus en me zou uitfoeteren vanwege mijn verdwijning, maar op een of andere manier kwam er maar geen eind aan haar gesprek met mijn zus. Ze bespraken de details van de bruiloft, waarover ik die avond voor het eerst hoorde. Hij zou pas over ruim een jaar plaatsvinden, maar ze kletsten over de trouwceremonie, de kerk, de receptie en het eten tot Alejandro arriveerde.

Je had het toneelstukje moeten zien. Hij was schitterend gekleed: een colbertje met een prachtige snit, een keurige vouw in de broek, glanzend gepoetste schoenen, en hij droeg alles op zo'n manier dat het volkomen natuurlijk leek – alsof hij de perfectie in hoogsteigen persoon was.

Toen hij binnenkwam liep hij regelrecht naar de stoel van mijn moeder toe en hij boog zich over haar hand zoals alleen een buitenlander dat kan zonder er ontzettend mal uit te zien. Daarna liep hij naar Emily, die hij op de wang kuste. Vervolgens schudde hij mijn vader, Andrew en Edward de hand. Het was duidelijk dat hij hen allemaal al eens eerder had ontmoet.

Ten slotte kwam hij naar mij toe. Ik zag dat mijn zus me over zijn schouder fronsend aankeek. Hij schudde echter beleefd mijn hand en zei met een heel licht accent: 'Timothy, ik vind het bijzonder prettig om eindelijk kennis met je te maken.'

Ik had de indruk dat hij best zonder accent kon spreken als hij dat wilde, maar dat hij heel goed wist dat het accent zijn verschijning extra cachet gaf.

Hij nam plaats op de stoel die voor hem werd binnengebracht, pal naast mijn moeder. Het drong opeens tot me door dat ik daar eigenlijk meestal zat en dat ik naar een plek verderop aan de tafel was verplaatst. Het was me tot dan toe niet eens opgevallen.

Toen keek mijn moeder eindelijk naar mij en ze glimlachte. Dat is altijd een veeg teken. Mijn straf omdat ik haar telefoontjes had genegeerd en niet direct naar New York was teruggekeerd zat er nog niet op.

'Timothy, wist je dat Alejandro eveneens geld beheert?' Ze zweeg even om mijn reactie af te wachten.

Ik trok slechts mijn wenkbrauwen op.

Ze vervolgde: 'Hij is gespecialiseerd in internationale investeringen en zijn resultaten zijn werkelijk buitengewoon. Nu had ik bedacht dat we misschien wel wat van ons geld naar Alejandro's fonds kunnen overhevelen, aangezien jij er op dit moment toch niet zoveel mee doet.'

Ik wierp een blik op Alejandro. Hij roerde zeer geconcentreerd suiker door zijn koffie.

Ik keek naar mijn vader, die zijn schouders ophaalde. 'De resultaten die Alejandro in het verleden heeft geboekt zijn echt uitstekend,' zei hij.

Ik beheerde hun geld nu al ruim vijftien jaar en had maar twee slechte jaren gehad, en het was me onlangs nog gelukt om het fortuin te vrijwaren van verliezen op de slechtste financiële markt in een paar decennia, en dan nu dit. Zelfs als je goed presteerde zochten mensen altijd iemand anders die het misschien nog beter zou doen – blijkbaar zelfs je eigen familie. Als Alejandro's resultaten echt zo veel beter waren dan de mijne, dan kwam dat doordat hij zijn geld met meer risico belegde – tenzij hij natuurlijk als insider informatie had, want in dat geval kon je veilig op hem wedden. Dat was bij valsspelers nu eenmaal altijd zo.

'Hoeveel?' vroeg ik.

'Tja,' zei mijn moeder achteloos: 'ik zat te denken aan al het geld dat momenteel liquide is.'

Ze wist heel goed dat ik een groot deel van het fonds van de hand had gedaan zodra we de verliezen hadden goedgemaakt en dat hield dus in dat ze voorstelde om Alejandro vrijwel het hele familiefortuin in beheer te geven.

Ik werd opeens zo woedend dat ik amper iets kon zeggen. Ze wilde me dus met vrijwel lege handen achterlaten en me laten wachten totdat ze weer wat geld mijn kant op stuurden.

Mijn moeder haalde altijd van die belachelijke streken uit en ik had me er altijd op laten voorstaan dat ik me niet door haar liet kleinkrijgen. Wat was er aan de hand? Wanneer was ik mijn zelfbeheersing kwijtgeraakt?

Ik haalde diep adem voordat ik iets zei om er zeker van te zijn dat ik niets deed waarvan ik later spijt zou krijgen. Als zij het geld echt naar zijn fonds wilde overhevelen, wilde ik het niet meer terug. Op drieënveertigjarige leeftijd besefte ik opeens dat het tijd werd dat ik op eigen benen stond.

Ik zei: 'Als ik nu eens becijfer welk deel van het fonds precies van mij is en de rest aan jou overdraag? Ik vind wel dat we iemand van buitenaf moeten inhuren om de opdeling te overzien. Pap, weet jij misschien iemand die hiervoor geschikt is?'

'Wacht eens even, het is niet onze bedoeling dat jij het beheer over al het geld opgeeft,' zei mijn vader haastig.

'Nee, dat wil ik niet.' Mijn moeder klonk boos. 'We willen alleen maar het geld overhevelen dat liquide is en waarmee nu niets wordt gedaan,' zei ze nogmaals omdat ze de verleiding niet kon weerstaan om nog een stoot onder de gordel uit te delen met betrekking tot mijn beslissingen als investeerder.

Ik keek haar aan. 'Zoals je weet is het overgrote deel van de portefeuille momenteel liquide. Bovendien zou je door het over te hevelen ook mijn geld meenemen, want een bepaald percentage en een deel van het beginkapitaal is van mij, en hoewel Alejandro ongetwijfeld bijzonder getalenteerd is, houd ik het beheer van mijn eigen kapitaal toch liever in eigen hand. Het lijkt me dus het beste om onze financiën los te koppelen en als jullie in de toekomst een andere aanpak wensen, kunnen we dat tegen die tijd wel bekijken,' zei ik zo rustig mogelijk.

'Ik snap niet waarom we het geld waar jij nu toch niets mee doet niet gewoon aan Alejandro kunnen geven. Waarom moet jij het nu weer zo ingewikkeld maken?' herhaalde mijn moeder koppig.

Nu kwam Alejandro tussenbeide. Hij keek naar mijn moeder en zei: 'Wat Timothy zegt over het loskoppelen van de financiën is alleen maar verstandig. Er komen allerlei boekhoudkundige en juridische zaken bij kijken, en dit lijkt me echt de eenvoudigste manier. Jullie kunnen in de toekomst altijd weer via hem investeren, maar als jullie het grootste deel van het geld aan de portefeuille onttrekken, is het niet meer dan logisch dat jullie de huidige regeling ontbinden.'

Zijn stem had zo te zien een kalmerend effect op mijn moeder. Net een wild dier dat rustig wordt van muziek. Hoewel die hufter natuurlijk wel mijn levensonderhoud onder mijn neus vandaan kaapte, moest ik toegeven dat ik inderdaad zelf de stad was uitgegaan en geen contact had gehouden. Daar was mijn moeder niet blij mee geweest en hij was intussen wel aanwezig met zijn mooie cijfers en zijn gedrag dat bijna bedacht leek om in de smaak te vallen. Dat moest ik hem nageven.

Blijkbaar vond mijn moeder dat ook, want ze wekte de indruk dat ze bereid was naar hem te luisteren.

'Denk je echt dat dit de beste oplossing is?' vroeg ze.

'Absoluut,' zei Alejandro.

'Zou jij bereid zijn om dat samen met Timothy af te handelen?' vroeg ze. 'Ik vertrouw erop dat jij er wel voor zorgt dat het juist verloopt.'

'Ik weet niet of...' begon Alejandro. Hij was tenminste nog wel zo fatsoenlijk om gegeneerd te kijken.

Wat mij betreft was Alejandro net zo geschikt als ieder ander.

'Nee, dat is wel goed,' zei ik. 'Kom op maandag maar langs. Weet je waar mijn kantoor is?'

Emily antwoordde. 'Ik geef hem het adres wel.'

Ik keek mijn zus aan en wist dat ze terugdacht aan de laatste keer dat ze mij daar had gesproken. In plaats van berooid achter te blijven kreeg ze nu op een bepaalde manier het hele fortuin in handen. Aan haar gezicht te zien zat ze zich enorm te verkneukelen.

Ik liet mijn blik langs de tafel glijden en kwam daar niet één vriendelijk gezicht tegen. Ik wist dat Emily het heerlijk vond en Andrew probeerde niet eens om zijn zelfvoldane grijns te verbergen. Edward weigerde me aan te kijken en mijn vader – die keek blij noch gegeneerd. Hij had waarschijnlijk niet eens in de gaten dat er iets mis was.

Het was wel duidelijk dat ik geen bondgenoten had.

Als je denkt dat geld je veiligheid en zekerheid biedt, zou je eens moeten bedenken hoe het is om een flink bedrag te bezitten en tegelijkertijd het gevoel te hebben dat er op de hele wereld niet één persoon is die er voor jou is.

Alleen ging dat in mijn geval natuurlijk niet op. Ik had immers Nora.

Die gedachte stelde me net een fractie van een seconde gerust –

totdat ik het gevaar onderkende daar daarin school. De macht om mij een prettig gevoel te geven gaf haar meteen ook de macht om me pijn te doen. Liefde en angst gingen hand in hand. Net als zon en schaduw. Hoe kun je die ooit van elkaar scheiden?

Het politieonderzoek
Geweld in huiselijke kring

In het boek *Homicide* worden Richard Gelles en Murray Straus omschreven als 'vermoedelijk de bekendste onderzoekers op het gebied van geweld in huiselijke kring in hedendaags Amerika.' Gelles en Straus stellen:

De huiselijke kring is de plek waar alle soorten geweld het meest voorkomen, variërend van een klap en een pak slaag tot marteling en moord. Mensen die zich beroepshalve bezighouden met het onderzoeken van moordzaken zijn zich er terdege van bewust dat het vaker voorkomt dat moordslachtoffers en hun moordenaar leden van hetzelfde gezin zijn dan welke andere mogelijk denkbare relatie tussen moordenaar en slachtoffer dan ook... In wezen is geweld in huiselijke kring zo gewoon dat wel wordt gezegd dat het op zijn minst net zo kenmerkend is voor een familieband als liefde.

Timothy | Wat er
na het familiediner gebeurde

De enige die afscheid nam toen ik opstond en van tafel wegliep was Alejandro. Hij stond ook op, liep met me mee naar de deur, zei dat hij me maandag zou bellen en schudde me de hand. Geen verontschuldigingen, geen stroopsmeerderij – heel nuchter en zakelijk.

De anderen zaten er als een stel sufferds bij. Met uitzondering van mijn moeder. Zij zei: 'Dag, Timothy. Fijn dat je weer terug bent.' Ze kon het zich nu veroorloven om hoffelijk te zijn; ze wist dat ze deze ronde had gewonnen. Misschien had ze zelfs wel de hele strijd gewonnen. Ik was er echt van overtuigd geweest dat ze van mij afhankelijk was. Nu was ik met een schok tot de ontdekking gekomen dat het al die tijd kennelijk precies andersom was geweest.

Godzijdank was Nora in de buurt. Ze zat op me te wachten in Daniel. We hadden afgesproken dat we elkaar daar na het familiediner zouden ontmoeten. Ik ging ervan uit dat we daar samen iets zouden eten, aangezien ik altijd trek had wanneer ik het huis van mijn ouders verliet.

Het was maar een paar zijstraten verderop, maar zodra ik een taxi zag sprong ik erin, want ik wilde zo snel mogelijk bij haar zijn. Ik wist zeker dat ik me beter zou voelen zodra ik haar zag.

Dat was dus niet zo.

Ik zag haar meteen zitten toen ik binnenkwam. Ze was onmogelijk over het hoofd te zien. Ze zat aan de bar in weer een andere nieuwe jurk – deze keer een rode en door de combinatie met haar lange rode haar gloeide ze bijna.

Ze zag me pas toen ik al naast haar stond – waarschijnlijk omdat ze niet alleen was. Aan weerszijden van haar stond een man.

Een van hen zei iets en ze lachte. Een gemeende lach. Toen ze haar hoofd in haar nek wierp golfden haar haren over haar rug omlaag en ik durf te zweren dat ik nog nooit iets heb gezien wat zo vrij was. Of zo mooi.

Ik kan niet uitleggen wat ik voelde toen ik haar zo met andere mannen zag lachen. Ik moest me echt inhouden om te voorkomen dat ik naar hen allebei uithaalde. Ik zei niets, maar de twee mannen kregen me in het oog en toen Nora hen achter haar zag kijken draaide ze zich om. 'O, daar is hij,' zei ze. 'Timothy, dit zijn Alex en Stephen. Dit is Timothy.'

Ik denk dat ik hen een knikje gaf, maar zeker weten doe ik het niet. Ik voelde er totaal niets voor om vriendelijk te zijn tegen die twee in een pak gestoken lefgozers – aan hun uiterlijk te zien waren ze buy side analist of werkten ze bij een beleggingsbank.

Na één blik op mijn gezicht deden ze een stapje terug. Letterlijk.

Een van hen, ik weet niet of het Alex was of Stephen, zei tegen Nora: 'Het was erg leuk om je te ontmoeten.'

Ze wierp een blik op mij maar keek toen naar degene die dit had gezegd, schonk hem een extra brede glimlach en zei: 'Bedankt voor het drankje en het gezelschap tijdens het wachten.'

Ik werd woest. Op dat moment kon ik haar wel iets aandoen.

Ze trokken zich snel terug, en zij draaide zich weer om en keek mij aan. De glimlach verdween en ze staarde recht in mijn ogen alsof ze iets tegen elkaar afwoog. Toen zei ze: 'Laten we maar gaan. Laten we ergens anders naartoe gaan. Ik ben zo-even ergens langsgekomen dat er leuk uitzag.'

Ze wachtte niet eens om te zien of ik het ermee eens was. Ze stond op van haar stoel en liep naar de garderobe. Ze overhandigde het meisje achter de balie haar kaartje en stopte wat geld in de fooienpot.

Het meisje draaide zich om en verdween in de garderobe. We bleven zwijgend en gespannen naast elkaar wachten – totdat het meisje terugkwam met Nora's parka.

'Zou je me even met mijn jas willen helpen?' vroeg Nora me.

Ik lachte. Ik kon het niet helpen. Ze was dus met die afschuwelijke parka over haar jurk heen naar buiten gegaan. Ik wist dat ze dat voor mij had gedaan.

'Nou ja, je zei dat je mijn parka leuk vond,' zei ze glimlachend.

'Ik ben gek op jouw parka,' zei ik tegen haar. Ik nam de jas aan en hield hem voor haar op zodat ze haar armen in de mouwen kon steken.

We liepen in oostelijke richting over Third Avenue naar een kroeg waar we kipnuggets aten en Budweiser van de tap dronken. Waarschijnlijk dronk ik te veel bier. Toen we vertrokken had ik het gevoel dat ik me echt moest concentreren om recht te lopen. We hielden een taxi aan en ik trok haar in haar enorme, met watten en lucht gevulde parka stevig tegen me aan.

Ik wachtte tot de deur van het appartement achter ons was dichtgevallen. Toen besprong ik haar min of meer. Ze probeerde me weg te duwen en haar jas uit te trekken, maar ik gaf haar geen kans. 'Hou maar aan,' fluisterde ik.

Ik liet haar op de bank plaatsnemen. Ik trok haar schoenen uit. Ik rolde haar panty voorzichtig naar beneden en trok haar ondergoed uit. Ik bedreef de liefde met haar in dat dwaze jack en die oogverblindende jurk van haar. Halverwege liet ik haar het jack uittrekken. Daarna de jurk. Toen bleef alleen haar lichaam nog over, dat wit afstak tegen het leer van de bank, en haar haren. Het haar hing als een waaier over haar schouders. Het was niet alleen lang; het was ook zwaar en dik, en voelde aan als stroken zijde wanneer het over mijn huid gleed.

Ik kamde er mijn vingers doorheen en ze keek naar me op.

'Ik hou van je,' zei ik tegen haar.

'Ik hou ook van jou.'

Ik zocht in haar ogen. Ik zag het niet.

'Ik wil graag dat je dat bewijst,' zei ik tegen haar.

'Wat bedoel je daarmee?'

Ik stond op en stak een hand uit. Ze legde de hare erin, en ik trok haar omhoog en voerde haar door de gang mee naar de badkamer. Ik trok de onderste lade open, haalde mijn elektrische scheerapparaat eruit en gaf het aan haar.

Ze hield het even omhoog, alsof ze niet goed wist wat ik wilde.

Ik pakte de stekker en stopte hem in het stopcontact.

Ze staarde me met een lege blik aan.

Ik strekte een hand uit, tilde een lok haar van haar schouder op en zei: 'Ik wil dat je het bewijst. Ik wil dat je je haar afscheert.'

De uitdrukking op haar gezicht veranderde niet, maar haar ogen waren groot en donker. Het was alsof haar pupillen zich zo hadden verwijd dat ze de hele iris in beslag namen, waardoor het net zwarte poelen waren. Ze keek even naar zichzelf in de spiegel. Toen keek ze weer naar mij.

'Wil je echt dat ik dat doe?' zei ze.

'Ja.'

Ik weet niet of je het kunt begrijpen, maar de kick die ik op dat moment voelde was iets wat ik echt nog nooit eerder had gevoeld. Dit was het – dit was wat ik wilde. Dit was wat ik nodig had. Ik had bewijs nodig en dit was het. Dit zou me geven wat ik zocht. Zo zou ik zeker weten wat ze voelde.

'Hoeveel?' vroeg ze.

'Alles,' antwoordde ik.

Ik weet niet precies wat ik had verwacht. Tranen, denk ik. Of tegenwerpingen. Of vragen. Die kwamen echter niet. Ze staarde me volkomen uitdrukkingloos aan. Die indruk had ik tenminste.

Ze zei: 'Ik doe het liever alleen, als je dat niet erg vindt.'

Dat vond ik wel erg. Ik wilde toekijken, maar ik kon mezelf er niet toe zetten om dat ook te zeggen. Ik knikte dus, draaide me om en verliet de badkamer.

Ze deed de deur achter me dicht en het bleef een hele tijd stil.

Ik ging op het bed liggen wachten. Uiteindelijk ving ik het gebrom op van het scheerapparaat dat werd aangezet, gevolgd door de hogere klank toen het zijn werk deed. Ik lag naar het gejank te luisteren.

Ik deed mijn ogen dicht en stelde me voor dat de zware lokken haar op de grond vielen. Ik beschouwde het als iets droevigs en moois, net als bomen die in de herfst hun bladeren laten vallen en de grond met een kleurentapijt bedekken.

Het duurde veel langer dan ik had verwacht. Eindelijk hield het geluid op. De stilte die erop volgde was bijna tastbaar.

Ik deed mijn ogen open. Er gebeurde een tijdlang niets. Toen bewoog eindelijk de kruk van de deur en kwam ze naar buiten.

Nora | Hoe Nora het vond om in New York te zijn

Ik geef het toe. Ik dacht dat New York de oplossing zou zijn voor al mijn problemen. Ik dacht dat het een geweldig avontuur zou zijn. Ik dacht dat ik daar het gevoel zou krijgen dat ik voor het eerst echt leefde.

Zodra ik uit de taxi stapte wist ik echter al dat ik er niet thuishoorde. Het vliegveld ging nog wel – misschien omdat ik op het vliegveld werd omringd door mensen die niet uit New York kwamen. Zodra ik echter buiten kwam wist ik dat ik er niet thuishoorde. Het leek wel alsof iedereen een soort handboek had voor hoe je je moest kleden, hoe je moest lopen, hoe je mondain en gereserveerd moest overkomen.

In Kansas lette ik nooit zo op mijn kleren. Nou ja, je kleedde je natuurlijk wel leuk aan wanneer je 's avonds uitging, maar overdag ging het er voornamelijk om of alles prettig zat. Door de manier waarop iedereen zich hier kleedde voelde ik me net een houthakker. Ik keek om me heen en zag talloze mooie vrouwen in New York. Ik had geen flauw idee waarom Timothy me had gevraagd om te komen. Wat moest hij nu met mij? Die vraag kon ik niet beantwoorden. Hij had me gevraagd om bij hem in te trekken, maar waar we het niet over hadden gehad, wat onbesproken was gebleven, was wat er zou gebeuren als het geen succes was.

In bepaalde opzichten was dat eerste weekend dus een kwelling. Raar, hè? Ik had alles gekregen wat ik wilde hebben, alles waarop ik had gewacht, en toch voelde ik me ellendig. Al mijn geldzorgen – opgelost. Ik had een fantastische man ontmoet. Ik was aan het huis van mijn moeder en een uitzichtloos baantje ontsnapt. Ik was naar New York gegaan. En toch voelde ik me ellendig.

De eerste twee dagen werd ik achtervolgd door de gedachte dat ik naar huis terug wilde. Tegelijkertijd was dat ook mijn grootste angst – dat Timothy me zou terugsturen.

Wat ik wilde en wat ik vreesde waren een en hetzelfde. Het lijkt zo voor de hand te liggen, maar toch duurde het twee dagen voordat ik dat besefte. Toen ik het eindelijk doorkreeg moest ik erom lachen. Daarna werd alles beter.

Dat was ook het moment dat ik daadwerkelijk iets deed aan datgene wat dat onbehaaglijke gevoel had veroorzaakt. Tijdens die week in mijn eentje in New York kwam ik een paar dingen over mezelf te weten. Ik ontdekte dat ik altijd de verkeerde kant uit ging wanneer ik uit de metro kwam. Ik ontdekte dat ik het heerlijk vond om door de stad te slenteren, ook als het bitterkoud was. Ik ontdekte dat ik winkelen leuk vond. Ik was er altijd van uitgegaan dat ik er een hekel aan had, maar het was heel anders wanneer je geld op de bank had staan en in New York was. Ik ontdekte dat ik van mening was veranderd – ik vond het niet langer erg dat ik me er niet thuis voelde en moest alleen maar lachen om de blikken die mensen me toewierpen wanneer ik met Timothy op stap was.

Zodra ik me iets zekerder van mezelf begon te voelen zag ik zijn onzekerheden ook steeds duidelijker. Zitten relaties niet zo in elkaar? Het is alsof je op een wip zit. Er zijn fantastische momenten wanneer je samen helemaal in balans bent, maar dan ga je verder en als de een beneden in de put zit houdt dat per definitie in dat de ander boven in de zevende hemel is. Ik wist dat hij van me hield en ik wist dat hij bang was. Ik kwam erachter dat je, als je goed kijkt, echt alles kunt zien. Het enige wat je daarvoor hoeft te doen is je eigen angst verjagen. De dingen waarvan je denkt dat ze goed verborgen zijn: we kunnen ze allemaal zien. Dat is het grote geheim. Iedereen kan alles zien. Hoewel ik dus kon zien wat hij voelde, zag ik niet wat er ging komen. Dus stond ik op een gegeven moment met een elektrisch scheerapparaat in mijn hand in de badkamer.

Wat moet ik zeggen over het moment dat tot me doordrong wat hij van me wilde? Hij wilde dat ik mijn haar afschoor om te bewijzen dat ik van hem hield.

Dat was geen eerlijke test.

De waarheid was dat ik mijn haar al zo lang ik me kon herinneren wilde afknippen. Ik zou het ook echt hebben gedaan, maar ik was bang dat niemand me zonder mijn haar zou willen hebben. Mijn moeder had me verteld dat mijn schoonheid in mijn haar zat. Zonder mijn haar zou ik niets zijn. Ik had er een hekel aan, ik wilde ervan af, maar ik dacht dat ik het nodig had. En nu zei iemand dat hij me zonder mijn haar wilde hebben. Daar stond hij dan en hij dacht dat hij een waanzinnig offer van me vroeg, terwijl hij me met dat verzoek juist een enorm geschenk gaf.

Ik wist dat hij niet het gewenste bewijs zou hebben als hij niet geloofde dat het echt een offer was. Ik wist ook niet of ik hem daarvan kon overtuigen als hij toekeek. Ik vroeg hem dus niet om de badkamer te verlaten zodat hij niet zou zien hoe overstuur ik was; ik vroeg hem om weg te gaan omdat ik niet wist of ik in staat was om het tegenovergestelde voor hem verborgen te houden.

Nadat hij was weggegaan bleef ik een hele tijd voor de spiegel staan om naar mezelf te kijken. Ten slotte pakte ik het scheerapparaat en zette ik het aan. Ik bleef nog een hele tijd roerloos met het brommende apparaat in mijn hand staan, maar uiteindelijk hief ik mijn hand op en ging ik ermee aan de slag. Het had me drieëndertig jaar gekost om mijn haar te laten groeien en ik had ongeveer drie minuten nodig om het af te scheren. Zo snel gaat dat.

Wat geeft jou je gevoel van eigenwaarde? Waardoor voel jij je het meest jezelf? Waar identificeer jij jezelf het meest mee? Wat maakt jou volgens jezelf jou? Zoek uit wat dat is en geef het op. Dan pas kun je zien wat er overblijft. Je zult niet langer dezelfde zijn. Je zult onherroepelijk en onherstelbaar zijn veranderd. Ik weet dat dit voor mij zo gold. Toen ik de badkamer uitliep was ik niet langer het meisje dat er naar binnen was gegaan.

Hij lag op het bed en toen ik naar buiten kwam ging hij rechtop zitten en staarde hij me aan. Ik vroeg me af wat hij zag. Ik had een paar centimeter haar laten zitten. Het was korter dan dat van de meeste jongens. De enige mensen die minder haar hadden waren kale mannen en militairen. Het was een rauw kapsel. Hard. Ik kon me nergens meer achter verstoppen, maar voor het eerst in mijn leven had ik daar ook geen behoefte aan. Ik wist dat ik mooi was.

'Kom hier,' zei hij – maar zoals hij het zei klonk het eerder als een vraag dan een bevel.

Ik liep naar de rand van het bed en bleef daar staan. Hij trok me naast zich en sloeg zijn armen in een stevige omhelzing om me heen. Hij hield me langer vast dan anders, maar uiteindelijk liet hij me toch los en leunde hij naar achteren om me aan te kijken.

Hij zocht iets in mijn gezicht. Ik weet niet wat hij daar vond.

Toen zei hij: 'Nora, wil je met me trouwen?'

Ik zei ja.

Twee maanden later

Timothy | De dag voor de bruiloft

Het was de dag voor onze bruiloft en alles was geregeld. We hadden voor een heel eenvoudige aanpak gekozen – dat wil zeggen, ik dan, want Nora hield vol dat ze alles wat ik wilde prima vond. Ik koos dus voor een intieme ceremonie en een diner in het huis van mijn ouders in de Hamptons, vooral omdat dit me het snelst en gemakkelijkst leek – hierbij was de snelheid de belangrijkste factor.

Ik wilde zo snel mogelijk met Nora getrouwd zijn. Nou ja, dat is niet helemaal waar. Zij zou zo op elke willekeurige dag van de week met me naar het stadhuis zijn gegaan, maar dat wilde ik niet. Ik wilde niet dat het onopgemerkt voorbij zou gaan. Ik wilde dat het belangrijk was. Ik wilde dat anderen er getuige van waren – niet heel veel anderen, maar wel de belangrijkste.

Het huis van mijn ouders stond aan het strand en we waren van plan de ceremonie daar vlak voor zonsondergang te laten plaatsvinden. We zouden het diner buiten houden op de veranda met uitzicht op de oceaan, als het tenminste warm genoeg was, of anders binnen als het fris was of regende. Op dat tijdstip in de lente kon het namelijk nog alle kanten opgaan. We namen een cateringbedrijf in de arm om het diner te komen verzorgen.

Het stadje waar we bij in de buurt zaten was klein en schilderachtig, en omdat het geen zomer was, was het er ook betrekkelijk rustig. Voor de gasten huurden we vrijwel alle kamers in een grote Bed & Breakfast – een enorm, ruim oud huis met een veranda eromheen en in elke kamer een hemelbed – en we nodigden onze naaste familie en een handvol vrienden uit. Nora's moeder en zus (die ik geen van beiden had ontmoet) waren die ochtend van het vliegveld opgehaald en er per auto naartoe gebracht. Tammy en Neil waren de enige vrienden die Nora had uitgenodigd en zij zouden vlak voor het oefendiner aankomen.

Van mijn familie kwam ook iedereen: Andrew, zijn vrouw en hun twee kinderen zouden in het huis van mijn ouders overnachten. Edward, Emily en Alejandro hadden ervoor gekozen om in de B & B te logeren. De enige vrienden die ik had uitgenodigd waren Marcus en Celia. Ik had graag een excuus gehad om hen niet te hoeven uitnodigen, maar ik was getuige geweest bij hun huwelijk en kon niets bedenken om eronderuit te komen.

Ik vroeg me af hoe andere mensen zich op de dag voor hun bruiloft voelden – ook al betwijfelde ik of meer dan een op de honderd daar een eerlijk antwoord op zou geven. Mensen beweren nu eenmaal graag dat ze zich voelen zoals ze denken dat ze zich horen te voelen. Ze zeggen dat ze opgewonden zijn of blij – de meesten zouden waarschijnlijk nog wel toegeven dat ze zenuwachtig waren, omdat dat begrijpelijk is – maar zou een bruid die haar hele leven naar deze dag heeft uitgekeken, toegeven dat het tegenviel? Zou een bruidegom bekennen dat hij zo'n voorgevoel had dat het allemaal één grote vergissing was? Dat dacht ik toch niet.

Ik mag eigenlijk niet zo hard over anderen oordelen – misschien zijn ze domweg niet in staat om de waarheid te vertellen. Wetenschappers hebben onderzoek gedaan naar het vermogen van mensen om te voorspellen hoe ze zich zullen voelen als ze iets krijgen wat ze willen – en ook naar hun vermogen om zich te herinneren hoe het in werkelijkheid was. Kennelijk verwachten mensen dat ze in de wolken zullen zijn als ze datgene krijgen wat ze het liefst willen hebben, maar voelt het bijna nooit zo fijn aan als ze hadden gehoopt wanneer dat ook echt gebeurt. Het bizarre is echter dat ze, als er geruime tijd na de gebeurtenis naar wordt gevraagd, zich juist herinneren dat ze zich precies zo voelden als ze hadden verwacht dat ze zich zouden voelen in plaats van hoe ze zich daadwerkelijk voelden.

Je blijft dus achter dingen die je wilt hebben aanjagen omdat je denkt dat ze je tevreden zullen stemmen – en je gelooft ook echt dat ze je in het verleden tevreden hebben gestemd. Het tevreden gevoel zelf, de daadwerkelijke ervaring, glipt op een of andere manier door de mazen van het net weg. Het wordt verwacht en onthouden, maar bijna nooit echt ervaren.

Ik was ervan overtuigd dat het met Nora anders zou zijn. Mijn trouwdag zou alles zijn wat ik ervan verwachtte. Dat wist ik heel zeker.

Ik weet niet goed hoe ik moet omschrijven wat ik voor haar voelde. 'Liefde' is niet het juiste woord. Het klinkt veel te vredig. Wat ik voelde had meer weg van een orkaan. Ik voelde me bont en blauw gebeukt, omvergeworpen. Ik wilde naar het oog van de storm toe – die stille plek in het hart, de plek die veiligheid bood. Zodra ik dat voelde wist ik dat ik zou krijgen wat ik hebben wilde.

Ik wist zeker dat onze trouwdag me dat zou geven.

Ik had verwacht dat het afscheren van haar haren voldoende zou zijn. Ik dacht dat het me zou geven wat ik zocht. Dat gebeurde helaas niet.

Dit is wat er wel gebeurde.

Ze kwam de badkamer uit. Ik kon haar niet meteen zien. Ze werd van achteren verlicht en omlijst door het deurkozijn. Het leek net alsof er een totaal ander iemand uit de badkamer was gekomen en dat kwam niet doordat ze er anders uitzag, want ik kon haar niet echt zien. Het was eerder iets wat zich veel lastiger liet omschrijven. Haar houding was anders. Toen ik haar vroeg om bij me te komen liep ze ook anders. Toen ik haar gezicht zag was ook dat veranderd.

Ik had in gedachten al voor me gezien hoe ze eruit zou zien. Ik dacht dat ze kaal en kwetsbaar zou zijn. Als ik eraan denk stel ik me altijd voor dat het kaalscheren van iemands hoofd iets vernederends heeft – dat er iets wordt weggenomen.

Om te beginnen had ze niet alles afgeschoren. Het kwam er wel heel dichtbij, maar ze had zichzelf een superkort en, ik zweer het bij alles wat me lief is, bijna chique kapsel gegeven. De kwetsbaarheid was totaal afwezig. Eigenlijk was zelfs eerder het tegendeel het geval. Alle verlangens die ik bij haar had vermoed, alle verlegenheid, alle onzekerheden – ze waren allemaal verdwenen.

Het allergrootste probleem? Toen ze de badkamer uitkwam zag

ze er nog mooier uit dan toen ze naar binnen ging. Daarvoor dacht ik dat haar haren haar schoonheid naar boven haalden. Misschien kwam het inderdaad door haar haren, maar ik ontdekte dat ze niet lang hoefden te zijn. Haar haar had nog steeds dezelfde schitterende kleur en nu het zo kort was benadrukte het haar gezicht. Ze had adembenemende jukbeenderen – dat was me nog niet eerder opgevallen. Haar ogen, die hiervoor vrij gewoon hadden geleken, waren nu enorm. Haar kin liep taps toe in een fraaie punt. Ze leek nu alleen nog maar meer op een wezen uit een sprookje. Ik dacht dat het door het haar kwam. Blijkbaar kwam het door haarzelf.

Ik had een offer gevraagd en kreeg een complete metamorfose. Het zou grappig zijn geweest als ik erom had kunnen lachen.

Ik vond het echter helemaal niet grappig. Ik bevond me nog steeds in de akelige positie dat ik haar liefde niet voelde. Ik moest nog steeds bewijs hebben.

Ik hield mezelf voor dat ik het heus wel zou voelen wanneer we onze huwelijksgelofte aflegden. Dat op dat moment de rust zou komen.

Inmiddels was het de dag ervoor. Het was bijna zover.

Ik zal je eerlijk vertellen hoe ik me op de dag voor mijn bruiloft voelde. Ik kon bijna niet wachten.

Nora | De dag voor de bruiloft

Ik ging mijn moeder en zus met de auto van het vliegveld ophalen. Niet omdat ik dat wilde. God weet dat ik er als een berg tegenop zag om met hen tweeën in een auto opgesloten te zitten. Als vergelijkingen mensen een beter gevoel geven, kon ik mezelf in elk geval nog troosten met de gedachte dat het altijd beter was dan met Timothy's moeder in een auto opgesloten zitten.

Ik had zijn moeder welgeteld één keer ontmoet. Ze nodigde me uit om thee te komen drinken. Ik werd bij de deur binnengelaten door een butler. Aanvankelijk dacht ik dat de butler zijn vader was. Als je niet aan butlers bent gewend en een man de deur opendoet, neem je als vanzelfsprekend aan dat hij daar woont. Als hij de juiste leeftijd heeft is hij de man des huizes.

Ik stak mijn hand uit en zei: 'Ik ben Nora,' maar hij staarde me alleen maar aan en keek daarna naar mijn hand alsof ik hem een dode vis aanbood. Toen zei hij: 'Mevrouw Whitting wacht op u in de ontvangkamer.'

Hij draaide zich om, liep naar de andere kant van de hal en deed een deur open.

Toen ik door de deur de ontvangkamer betrad, stond ik in een kamer die zo formeel was dat het net iets uit een museum leek. Alle stoelen hadden een kaarsrechte rugleuning en waren met brokaat bekleed, en stonden langs de muren – niet direct een opstelling die doet denken aan mensen die zitten te praten.

Op een van de stoelen naast een tafel met daarop twee theekopjes en een theepot zat een vrouw. Ze zag er heel strak uit. Niet alleen de strakheid van te veel plastische chirurgie, hoewel dat er beslist ook een onderdeel van was. Ze had een strakheid die dieper ging. Ik herkende die strakheid wel. Ze kwam voort uit een ongelukkig gevoel.

Ze deed haar best dit onder een masker van afkeuring te verbergen. Ze volgde me met haar ogen terwijl ik door de kamer naar haar toe liep en ik zag dat ze haar neus een beetje optrok.

Normaal gesproken had ik me misschien een beetje onbehaaglijk gevoeld, maar Timothy had me het een en ander over zijn moeder verteld, ook al had hij me niet voor de butler gewaarschuwd. Hij had me voorbereid op wat ik van dit bezoek kon verwachten en was zelfs met me gaan winkelen om kleding voor me uit te kiezen, en hij had me ook gezegd dat ik nergens bang voor hoefde te zijn omdat alles wat ik deed, ongeacht wat het was, toch fout zou zijn. Ik lachte, want ik dacht dat hij een grapje maakte. Hij maakte me echter heel snel duidelijk dat hij het serieus meende.

Ondanks alles wat hij me over zijn moeder had verteld, begreep ik het nog steeds niet helemaal. Toen ik daar bij haar was snapte ik het opeens wel. Op dat moment besefte ik dat zijn verhalen het nooit helemaal hadden weten te vangen. Het was waarschijnlijk vrijwel hetzelfde met mijn gruwelverhalen over mijn jeugd bij mijn moeder: een ander kon ze aanhoren en verwerken, en toch nog steeds niet begrijpen hoe het werkelijk was – hoe akelig het werkelijk was.

Toen ik daar voor haar stond zag ik dat je het bij deze vrouw echt nooit 'goed kon doen'. Ik moet zeggen dat ik me daardoor heerlijk ontspannen voelde. Als je echt gelooft dat je het toch nooit goed kunt doen, maak je je daar ook niet meer druk over. Na één blik op Timothy's moeder wist ik dat hij gelijk had.

Ik wilde mijn hand uitsteken maar herinnerde me de reactie van de butler en ook die van die vrouw, Celia, de echtgenote van zijn beste vriend, en ik bedacht me. Ik vroeg me af of ik moest blijven wachten tot ze me vroeg om te gaan zitten. Toen besefte ik dat ze me misschien wel nooit zou vragen om te gaan zitten en ik zag mezelf al schutterig voor haar staan terwijl ze tegen me praatte. Ik keek dus om me heen naar een plek om te gaan zitten. Het was onmogelijk om tegenover haar plaats te nemen, aangezien daar geen stoel stond. Er stond zelfs niet één stoel bij haar in de buurt. Ik koos er een uit aan de andere kant van de tafel waar de thee op stond, maar die keek dezelfde kant op als die van haar en was zo ver weg dat ik zou moeten opstaan om een kop thee te halen.

Toch leek dit me de beste keus, dus ik ging zitten.

'Jij gaat dus met mijn zoon trouwen,' zei ze.

Het was duidelijk geen vraag.

Ik gaf toch antwoord.

'Ja.'

Ze pakte het theekopje op dat naast haar stond en nam een slokje. Ik wachtte tot ze mij ook thee aanbood, maar dat deed ze niet.

'Ik heb je gevraagd om hier te komen omdat ik wilde weten hoe je hem hebt weten te strikken. Ben je zwanger? Ook al vind ik Timothy niet het type dat met iemand trouwt vanwege een zwangerschap.'

Ik lachte. Ik kon het niet helpen.

Ze staarde me aan alsof ik net als een ezel had gebalkt.

'Heb ik misschien iets grappigs gezegd?' vroeg ze.

Daar gaf ik niet eens antwoord op. 'Nee, ik ben niet zwanger,' zei ik tegen haar.

'Hoe heb je het dan klaargespeeld om hem zover te krijgen dat hij je heeft gevraagd om met hem te trouwen? Ik was ervan overtuigd dat Timothy zich nooit in de val zou laten lokken.'

Ik hoorde de woorden die ze gebruikte – 'strikken', 'in de val lokken' – en bedacht dat mijn moeder en zij blijkbaar dezelfde ideeën hadden over het huwelijk.

'Ik heb helemaal niets gedaan,' zei ik.

'Hoe heb je hem dan zover gekregen dat hij je heeft gevraagd?'

'Dat heb ik niet gedaan. Hij heeft me gewoon gevraagd.'

'Aha.' Ze knikte. 'Ik denk dat ik het al begrijp.'

Ik had geen flauw idee wat ze dan precies 'begreep'.

'Een bijzonder subtiele valstrik,' zei ze.

'Pardon?' Ik snapte er werkelijk niets van.

'De vrouw die om niemand geeft.'

'Ik geef wel degelijk om hem,' zei ik.

'Ach ja, natuurlijk,' zei ze alsof de zaak daarmee was afgehandeld – in haar voordeel.

Ik voelde me een beetje licht in het hoofd. Deze vrouw doorboorde je met haar vragen die ze als een speer op je afschoot en bleef vervolgens in een kringetje ronddraaien.

De volgende vraag werd eveneens als een speer op me afgevuurd.

'Wat vind je ervan dat je op het punt staat om heel erg rijk te worden?' vroeg ze.

'Ik zou het niet weten. Daar heb ik nog niet over nagedacht.'

Dat was ook zo. Ik had er totaal niet over nagedacht. Er waren in de afgelopen maanden zelfs momenten geweest dat ik puur uit gewoonte dacht: ik moet de rekeningen nog betalen. Een fractie van een seconde later schoot me dan weer te binnen dat Timothy al mijn schulden had afbetaald. Ik kan niet beschrijven hoe opgelucht ik me daardoor voelde. Dat ik heel veel geld zou hebben door met Timothy te trouwen was niet bij me opgekomen. Ik beschouwde het als zijn geld.

Blijkbaar was die gedachte ook bij zijn moeder opgekomen, want ze zei: 'Je begrijpt toch zeker wel dat je een overeenkomst van huwelijkse voorwaarden zult moeten ondertekenen, hè?'

'Daar had ik nog niet aan gedacht.'

'Er valt ook niet over te denken. Je hebt geen keus,' zei ze.

Ik wilde met haar in discussie gaan, puur en alleen omdat ik haar niet de voldoening gunde dat ik het met haar eens was, totdat ik opeens doorkreeg dat ze uit die discussie juist nog meer voldoening zou putten. Dus zei ik eerlijk: 'Daar heb ik echt helemaal niets op tegen.'

'Dat je mijn zoon in de luren hebt weten te leggen met dat onschuldige middenwesterse uiterlijk van je wil nog niet zeggen dat ik er ook in trap,' merkte ze vinnig op.

'Oké,' zei ik. Ik wist niet wat ik anders moest zeggen.

'Ik vond dat je dat moest weten,' zei ze.

'Prima.'

'En ook dat ik weet dat dit niet langer dan een halfjaar standhoudt. Ik ken mijn zoon. Zodra hij je heeft hoeft hij je niet meer.'

'Dat is best mogelijk,' zei ik.

'Je weet dat ik gelijk heb, hè?'

'Dat zou best kunnen, maar mocht dat echt zo zijn dan is dat precies waar echtscheidingsadvocaten voor zijn.'

'Waag je het nu om brutaal tegen me te zijn?' vroeg ze fel.

'Een beetje,' zei ik.

'Ik vind het niet prettig dat mensen in mijn eigen huis brutaal tegen me zijn. Ik denk dat wij wel klaar zijn.'

Dat was dus dat.

Ik vertrok zonder thee te hebben gehad.

Timothy's moeder belde hem al voordat ik goed en wel in een taxi zat, dus toen ik binnenkwam was hij volledig op de hoogte – van haar versie in elk geval. Hij liet mij het hele verhaal nog een keer vanuit mijn standpunt vertellen en volgens mij genoot hij van elke seconde.

Hij kuste me en zei: 'Ik zou me pas echt zorgen hebben gemaakt als ze je wel had gemogen. Nu ik weet dat ze je niet mocht ben ik helemaal gerustgesteld.'

Nu was ik dus op weg naar het vliegveld om mijn moeder op te halen en ik zag er als een berg tegenop. Ik wist al wat ze als eerste zou zeggen zodra ze uit het vliegtuig stapte en mijn haar zag. Ik herinnerde me haar reactie toen ik op mijn achtste besloot een pony bij mezelf te knippen nog al te goed. Ik was waanzinnig trots op mijn nieuwe kapsel en ging het haar meteen laten zien, maar zij gaf me na één blik op mij een klap in mijn gezicht, sleurde me mee naar een spiegel en zei: 'Moet je kijken wat je hebt gedaan. Ik schaam me ervoor om me zo met jou in het openbaar te vertonen.' Zo herinner ik me het voorval tenminste. Mijn herinnering van toen ik acht was, was misschien een tikje onbetrouwbaar, maar ik wist waartoe mijn moeder in staat was. Ik moet er trouwens wel eerlijk bij zeggen dat ik er ook als een berg tegenop zou hebben gezien als ik mijn haar niet had afgeknipt.

En ja hoor, mijn moeder stapte uit het vliegtuig, wierp één blik op mij en zei: 'O, Nora. O, wat heb je nu toch gedaan? Hoe haal je het in je hoofd?'

Ik weet zeker dat ze nog een tijdje zou zijn doorgegaan en dat het veel erger zou zijn geworden als mijn zus me niet te hulp was geschoten – precies zoals ze ook deed toen ik klein was.

'Ik vind dat het je geweldig staat,' zei ze. 'Je ziet er echt fantastisch uit.'

Ik had haar vijftienduizend van de vijftigduizend dollar gestuurd die Timothy me had gegeven, dus wellicht was dat een van de redenen dat ze zo lief was. Maar ik zag dat ze het ook echt meende. Ze keek naar me alsof ze me nog nooit eerder had gezien. Plotseling drong het tot me door dat ze me nog nooit met zulke make-up op had gezien of in de nieuwe kleding die ik in New York had gekocht. Ik moest lachen toen ik bedacht dat ik er in haar ogen vast net zo uitzag als alle andere New Yorkers er in mijn ogen hadden uitgezien toen ik net was aangekomen.

'Dank je,' zei ik.

'Allemachtig, ik moet ook maar eens ergens een rijke bankier zien op te snorren,' zei ze. 'Blijkbaar is dat pas echt de juiste aanpak. Jij zit de rest van je leven op rozen.'

'Hoezo?' zei mijn moeder. 'Denk je nu echt dat het leven een sprookje is? Rijke mannen doen waar ze zin in hebben. Hij zal binnen een jaar genoeg van haar krijgen en haar dumpen.'

Mijn eigen moeder gaf me tenminste nog een halfjaar langer dan Timothy's moeder, dacht ik wrang bij mezelf.

'Nou ja, maar dan houdt ze er in elk geval wat geld aan over,' zei mijn zus.

'Zouden we op de dag voor mijn bruiloft misschien over iets anders kunnen praten dan mijn echtscheiding?' vroeg ik. 'Ik zal toch eerst moeten trouwen voordat ik kan scheiden.'

'Twijfelt hij nu al?' zei mijn moeder fel. 'Zijn we helemaal voor niets helemaal hiernaartoe komen vliegen?'

'Nee, hij twijfelt helemaal niet, bij mijn weten niet tenminste. Vertel eens, mam, hoe voel je je nu? Hoe gaat het met je? Je bent toch niet erg moe, hè?' Ik bekeek haar iets aandachtiger en moest bij mezelf toegeven dat ze er niet goed uitzag. Ze was al een hele tijd ziek, maar had er nooit echt ziek uitgezien. Nu leek de ziekte haar er echter eindelijk onder te krijgen. Ze had donkere kringen onder haar ogen en was zo te zien ook afgevallen.

'O, met mij gaat het...' Ik zag dat mijn moeder een blik op mijn zus wierp en dat mijn zus zacht haar hoofd schudde. 'Met mij gaat het uitstekend. Echt waar.'

Ik keek naar Deirdre.

'Het gaat uitstekend met haar,' zei Deirdre. 'Heus.'

Hoe harder ze probeerden me te overtuigen, des te minder ik hen geloofde.

Mijn zus veranderde bewust van onderwerp. 'En, is het huis van zijn ouders mooi? Hoe is zijn familie?'

'Ik ken hen niet zo goed,' zei ik.

Tijdens de terugrit vertelde ik hun welke leden van zijn familie zouden komen, zodat ze tijdens het oefendiner zouden weten wie iedereen was. Daarna kreeg ik het een en ander te horen over de tweeling en dat Boyd de kinderen de afgelopen maanden maar één keer had gezien. De rit van het vliegveld ging op een of andere manier voorbij en ten slotte arriveerden we bij de B & B.

We verdwenen allemaal naar onze kamer om ons om te kleden. Ik douchte (ik vond het heerlijk dat ik mijn haar nu alleen maar met een handdoek hoefde droog te wrijven en er hooguit wat gel in moest doen). Ik kleedde me aan en stond voor de spiegel mijn make-up aan te brengen toen ik in de gang een stem hoorde roepen: 'Hallo, ik ben er. Verdorie, waar zit je, Nora?'

'Hier,' riep ik.

Een tel later kwam Tammy mijn kamer binnenwaaien.

Ze had haar jas nog aan en zeulde haar tas met zich mee – ze was nog niet eens op haar kamer geweest.

'Je gelooft nooit wat...' begon ze, maar toen zag ze mij. 'Allejezus! Je haar!'

'Wat is daarmee?' zei ik.

'Het is toch niet te geloven dat je me niet eens hebt verteld dat je dat hebt gedaan!' Ze zweeg even en keek nog eens goed. 'Het staat je goed. Het staat je echt heel goed. Heeft je moeder het al gezien? O, mijn god, ze is vast door het lint gegaan.'

'Het viel eigenlijk best mee.'

'Fuck, ik begin toch een beetje in wonderen te geloven. Jij knipt ja haar af, je moeder gedraagt zich niet gestoord en je gaat morgen trouwen. Volgens mij is het eind van de wereld nabij.'

'Ach, klets toch niet,' zei ik, maar ik moest ondanks mezelf toch lachen. 'Hoe gaat het thuis?'

Ik voelde me een beetje schuldig toen ik dit vroeg. Ik had na mijn vertrek erg weinig van me laten horen. We hadden elkaar een paar keer gemaild, maar de berichten van Tammy luidden meestal ongeveer als volgt: 'Moet je iets heel grappigs vertellen. Moet er nu als een speer vandoor. Schrijf later meer.' Dat later kwam natuurlijk nooit. Ik kan echter niet zeggen dat mijn e-mails veel meer vertelden.

'Je gelooft het nooit.' Tammy trok haar jas uit, gooide hem op het bed en liet zich er bovenop vallen. 'Ik heb een waanzinnige roddel voor je.'

'Wat dan?'

'Jeanette heeft een man aan de haak geslagen.'

Ik moet eerlijk bekennen dat ik een tikje teleurgesteld was. 'Noem je dat een waanzinnige roddel?'

'Wacht nou even, dame. Je weet nog niet wie de man is.' Ze grijnsde als de spreekwoordelijke kat die een muis heeft gevangen.

Ik zocht in mijn geheugen naar een man die zo'n grijns op haar gezicht kon oproepen. Ik noemde degene die mij het onwaarschijnlijkst van iedereen leek. 'Neil?' gokte ik.

'Welnee. Neil is stapelverliefd op mij. Wist je dat niet?'

'Jawel, maar ik dacht dat hij er misschien achter was gekomen dat je hem nooit zult zien staan.'

'Je weet maar nooit.' Ze haalde haar schouders op.

'Is er soms nog iets wat je me moet vertellen?' vroeg ik.

'Nee. Zover komt het alleen als ik echt geen andere mogelijkheid meer zie. Doe nog eens een gok.'

'Ik zou het echt niet weten. Ik geef het op. Vertel het me maar.'

Dat deed ze dus.

'Dan.'

'Nee,' zei ik. 'Echt niet.'

'Echt wel. Dan verlaat Stacey voor haar beste vriendin.'

Ik begon te lachen. Ik kon het niet helpen. 'Dan en Jeanette,' zei ik.

'Blijkbaar hebben Jeanette en jij dezelfde smaak wat mannen betreft.'

'Moge de Heer me bijstaan,' beaamde ik. 'Nou, ik wens hun echt het allerbeste.'

'Lieg niet. Je vindt het prachtig om te weten dat hij aan iets begint wat nog rampzaliger is dan het vorige.'

'Misschien wel een beetje. Ik ben alleen bang dat het ongeluk brengt als ik me nu ga verkneukelen over hun ellende.'

'Dat is verdomme toch menselijk,' zei Tammy. 'Een klein beetje gerechtigheid op de wereld.'

'Ik dacht dat jij anarchist was.'

'Och, houd toch je kop en laat me nou even genieten.'

'Oké. Je hebt vijf seconden want dan is het tijd om naar het oefendiner te gaan.'

'Shit, ik ben nog helemaal niet klaar.' Ze sprong van het bed. 'Ik wist wel dat we niet zo laat hadden moeten vliegen, maar Neil wilde per se samen met de auto naar het vliegveld en dit was de goedkoopste vlucht. Die klojo van een Neil ook.' Maar ze zei het vol genegenheid. 'Ik heb nog meer nieuws, maar dat vertel ik je straks wel. Na het diner misschien.'

'Als ik het diner tenminste overleef,' zei ik. 'Ik hoop maar dat iedereen zich vanavond op zijn best gedraagt.'

'O, ik hoop juist van niet. Een bruiloft die soepel verloopt is eigenlijk helemaal geen bruiloft. Familieproblemen zijn zo ongeveer een vereiste.'

'Roep alsjeblieft geen ongeluk over me af,' zei ik.

Het politieonderzoek
Motieven

Afgezien van zaken waarbij het motief onbekend is, is de kans groot dat het slachtoffer een man is wanneer het motief wraak, geld of ruzie onder invloed van alcohol betreft.

Vrouwelijke slachtoffers worden meestal vermoord als gevolg van ruzie in huiselijke kring en/of het beëindigen van een relatie.

Timothy | Het oefendiner

In de weken voorafgaand aan de bruiloft werd Nora erg zenuwachtig bij het idee dat onze familie bij elkaar zou komen voor het oefendiner. Dat was niets voor haar.

Toen ik haar vroeg waarom ze zo zenuwachtig was, zei ze dat het door haar moeder kwam. Ik begreep precies hoe dat voelde; ik zat met mijn eigen moeder in mijn maag. Ik was ervan overtuigd dat haar moeder onmogelijk net zo erg kon zijn als de mijne. Ik had gelijk. Toen ik met haar moeder en zus kennismaakte vond ik haar zus gereserveerd, bijna achterdochtig, maar haar moeder was bijzonder charmant. Ze glimlachte, pakte mijn hand en vertelde me hoe lang ze er al naar had uitgekeken om kennis met me te maken en hoe fantastisch ze het vond.

Ik geef toe dat ik Nora na afloop uitlachte omdat ze zo zenuwachtig was geweest. Ik begreep echt niet wat er tijdens het diner fout kon gaan – dat wil zeggen, met haar familie dan.

We hadden een klein Italiaans restaurantje in de hoofdstraat in het centrum uitgekozen met een privézaal achterin en een terras. Het was een oud pand met veel donker hout en lage plafonds. Zodra mijn moeder binnen was maakte ze het uit voor 'benauwd en somber', maar aangezien haar voorkeur uitging naar gebloemd chintz kwam dat niet echt als een verrassing. Het was de bedoeling dat Nora en ik aan het hoofd van de tafel zouden zitten, maar toen we aankwamen en iedereen ging zitten, negeerde mijn moeder de naamkaartjes en eigende ze zich het ene uiteinde toe met Alejandro naast haar, en nam mijn vader plaats aan het andere uiteinde, hoewel hij tenminste wel zo beleefd was om Nora's moeder uit te nodigen om bij hem te komen zitten. (Maar misschien was dat niet uit beleefdheid. Nora's moeder was bijzonder aantrekkelijk en mijn vader was een geile oude bok.) Nora en ik gingen halverwege naast elkaar zitten en voor de rest moest iedereen het maar uitzoeken.

De verwarring over de zitplaatsen was slechts de eerste aanwijzing van de chaos die nog zou volgen. Vrijwel direct nadat de eerste gang was opgediend stond mijn moeder met haar wijnglas in haar hand op.

Ik wierp een blik op Nora en zij keek mij met opgetrokken wenkbrauwen aan.

Mijn moeder schraapte haar keel en stak van wal: 'Ik weet dat we hier bij elkaar zijn om Timothy's aanstaande huwelijk te vieren, maar ik wil graag ook iets zeggen over het begin van een nieuw tijdperk. Ik krijg er namelijk ook een nieuwe schoonzoon bij,' ze keek glimlachend naar Alejandro: 'en hij neemt tevens zorg op zich voor de financiële gezondheid van ons gezin. Ik vind dat we dat nieuwe begin ook wel mogen vieren.' Ze hief haar glas op.

Het was leuk geprobeerd, maar ze had niet in de gaten dat ze dat specifieke magazijn al van alle munitie had ontdaan toen ze me vertelde dat ze al het geld bij me zou weghalen. Het liet me volkomen koud. Ik hoorde die belachelijke toast van haar dus kalm glimlachend aan. Mijn familie had wel in de gaten wat er gebeurde, maar ik zag dat Tammy zich omdraaide en iets tegen Neil fluisterde.

Nadat mijn moeder weer was gaan zitten stond Nora's moeder eveneens met een glas in haar hand op.

'Ik heb niets voorbereid,' zei ze: 'maar aangezien mevrouw Whitting zo welwillend was om te beginnen, zou ik graag willen proosten op nieuwe schoonzoons, want vanaf morgen heb ik er ook één bij. Verder graag een toast op gezondheid in al haar vormen en gedaanten, niet alleen financiële. Gezondheid is een zegen waaraan we vaak alleen maar denken wanneer hij ons is afgenomen.'

Iedereen hief het glas en mijn vader zei: 'Bravo! Bravo!' Nou ja, bijna iedereen hief het glas. Het viel me op dat Deirdre, Nora's zus, niet meedeed. Ze zat met een nors gezicht toe te kijken.

Ik had de indruk dat we ons op gevaarlijk terrein begaven, maar wist niet goed wat er aan de hand was. Ik vond dat ik moest proberen de dreiging af te wenden en stond op.

'Ik wil jullie allemaal graag van harte bedanken dat jullie zijn gekomen om dit met ons te vieren. Ik hoop dat jullie genieten van het diner en het gezelschap.'

Het was mijn bedoeling om verdere toespraken af te kappen. Het werkte helaas niet.

De volgende die opstond was mijn broer Andrew, maar ik zou met de beste wil van de wereld niet kunnen vertellen wat hij zei – iets in de geest van dat hij hoopte dat ik net zo gelukkig zou worden als hij, net zulke fantastische kinderen zou krijgen als hij en dat mijn huwelijk net zo soepel zou verlopen als het zijne. Hij ging een hele tijd door. Hij was iemand bij wie het volledig naar het hoofd stijgt als hij een kamer vol mensen in zijn macht heeft.

Toen de bediening de borden van het voorgerecht kwam afruimen, was hij nog steeds aan het woord. Ik besloot even een frisse neus te gaan halen op het terras. Na een paar minuten kwam Alejandro bij me staan.

Ik had Alejandro de afgelopen paar maanden iets beter leren kennen omdat mijn moeder erop stond dat hij toezicht hield op het opsplitsen van het familiefortuin. Hij had bewezen zeer verstandig en rationeel te zijn, maar het belangrijkste was nog wel dat hij mijn moeder op een afstand hield. Ik had onwillekeurig respect voor hem gekregen.

Ik wist dat hij een bepaalde reden had om me naar het terras te volgen. Dat was iets wat ik in hem respecteerde – achter alles wat hij deed zat een zekere logica. Hij wond er geen doekjes om; hij ging altijd recht door zee.

Hij haalde zo'n lange, dunne sigaar tevoorschijn die meer weg heeft van een sigaret. Hij bood mij er zwijgend ook een aan, maar ik schudde mijn hoofd.

Hij stak de zijne op, inhaleerde diep en ademde uit alsof hij zijn adem heel lang had ingehouden.

'Ik ga het geld van jouw familie niet beheren,' zei hij.

Ik draaide me om en keek hem aan. Hij tuurde in het donker.

'Ik ben een zakenman. Ik moet de kosten en baten tegen elkaar afzetten,' zei hij. 'Ik ben tot de conclusie gekomen dat de hoeveelheid tijd, aandacht en zorg die in deze opzet noodzakelijk is... meer is dan ik bereid ben erin te steken. Het spijt me, Timothy. Ik weet het al een tijdje. Ik was van plan om tot na jullie bruiloft te wachten, maar het leek me niet correct om het jou niet te laten weten. Het spijt me dat ik ervan afzie nadat ik jou eerst heb opgezadeld met al het werk dat jij hebt gestopt in het opsplitsen van de portefeuille.'

Hij besefte het niet, maar hij had me zojuist het mooiste huwelijkscadeau gegeven dat ik kon bedenken. Mijn moeder zou helemaal buiten zichzelf zijn.

'Alejandro,' zei ik. 'Ik begrijp het heel goed. Je bent echt geweldig geweest. Als je ooit iets nodig hebt, laat me dat dan weten. Een nier bijvoorbeeld.'

Hij lachte. 'Ik mag jou wel, Timothy. Ik had het niet verwacht, maar het is toch zo.'

'Hoe moet het nu verder met Emily en jou?'

Hij nam weer een flinke trek van zijn sigaar en blies de rook met samengeknepen ogen uit. 'Dat weet ik niet.'

Ik knikte. 'Dat vind ik heel erg voor je.'

'Ach, we zien wel wat er gebeurt. Hoe dan ook, ik vond dat ik je dit moest vertellen.'

'Nogmaals bedankt,' zei ik. Ik draaide me om en stak mijn hand uit. Hij deed hetzelfde.

'Als je ooit nog eens in teamverband wilt werken, bel me dan. Om het goed te maken neem ik de zorg voor je moeder vanavond en morgen op me. Ik zou echt heel graag met je samenwerken. Ik zou je een eigen portefeuille geven om te beheren.'

'Ik zal erover nadenken,' zei ik.

'Mooi.' Hij knikte, drukte zijn sigaar uit en ging terug naar binnen.

Ik bleef nog even buiten staan, ademde de avondlucht in en luisterde naar het geroezemoes van de stemmen door de glazen deuren. Na een tijdje draaide ik me om en keek ik naar binnen. Andrew voerde nog steeds het woord en had kennelijk niet in de gaten dat niemand naar hem luisterde. De andere aanwezigen zaten allemaal in kleine groepjes te kletsen. De meest verontrustende ontwikkeling was dat Tammy en Edward op een of andere manier van plaats waren verwisseld en nu schaamteloos met elkaar zaten te flirten. Ik had wel verwacht dat dit zou gebeuren en had gehoopt dat ik het kon voorkomen, maar ik had beter moeten weten.

Ik liet mijn blik langs de tafel glijden. Marcus had zich over mijn zuur kijkende zus ontfermd. Mijn lievelingskoppel werd echter gevormd door Neil en Celia. Ik zag dat Celia haar trucjes op Neil losliet, maar dat Neil weigerde toe te happen.

Ik haalde diep adem en liep naar binnen.

Zoals dat bij oefendiners gebruikelijk is dronk iedereen ook bij deze gelegenheid te veel, aten ze te weinig en bleven ze veel te laat op. We verlieten het restaurant pas na elven. Andrew, zijn vrouw en mijn ouders, die allemaal in het huis zouden overnachten, waren de enigen die een stukje moesten rijden en ik had een auto voor hen gehuurd. Voor de anderen was de B & B maar een paar straten verderop, dus we gingen lopen – ook al waren sommigen van ons niet al te vast meer ter been.

Ik had een arm om Nora heen geslagen. Ze was de hele avond erg stil geweest. Ze was altijd al stil, maar nu was ze nog stiller dan anders.

'Gaat het?' vroeg ik.

'Ja hoor,' zei ze zonder me aan te kijken.

'Maak je je zorgen over morgen?'

'Ik maakte me zorgen over vandaag.'

Het ontging me niet dat ze mijn vraag niet beantwoordde – en dat beviel me helemaal niet. Ervaring had me echter geleerd dat ze meestal dichtklapte als ik aandrong. Dus ik zei alleen maar: 'Je maakt niet echt een opgetogen indruk.'

'Het komt doordat al onze familie hier is. Dat levert nogal wat stress op.'

'Het is vanavond toch goed gegaan?'

'Het ging wel,' zei ze.

'Het ging wel? Het ging hartstikke goed.'

Ze gaf geen antwoord, want precies op dat moment kreeg Edward een kroeg in het vizier en hij zei: 'Zeg, wie heeft er zin om nog wat te gaan drinken?'

'Ik wel,' zei Tammy vrijwel meteen, wat niet helemaal als een verrassing kwam.

De anderen sloegen het aanbod zacht mompelend af totdat Celia onverwacht opmerkte: 'Ik lust ook nog wel wat.'

Je had de blik eens moeten zien die Tammy haar toewierp. Ik kon zien dat Tammy op de middelbare school beslist een van de meisjes was geweest voor wie iedereen bang was. Ze was weliswaar tenger, maar met haar arsenaal aan blikken moest ze wel angstaanjagend zijn geweest. Celia deed alsof ze het niet zag.

Ik zag in gedachten al voor me dat Celia en Tammy de strijd met elkaar aangingen. Wie zou er winnen? In de ring had ik mijn geld meteen op Tammy gezet, maar in deze situatie had ze weinig in te brengen. Tammy, Edward en Celia vertrokken in de richting van de kroeg, en de rest liep verder naar de B & B.

In de hal namen we afscheid. Ik begeleidde Nora's moeder en zus galant naar hun kamer, en bracht Nora daarna naar de hare. Ik had gekozen voor de traditionele aanpak en voor de nacht vóór het huwelijk afzonderlijke kamers gereserveerd.

Nora bleef met haar rug tegen het deurkozijn staan en keek me aan.

'Ik houd van je,' zei ik tegen haar.

'Ik houd ook van jou,' zei ze.

Ik kuste haar en haar lippen waren zachter dan ooit.

'Zal ik je eens wat zeggen?' zei ik.

'Wat dan?'

'We gaan morgen trouwen,' fluisterde ik.

Het was echter net als bij zoveel dingen in het leven die we denken zeker te weten – ze zijn helemaal niet zeker.

Timothy | Terwijl Timothy zich opmaakt om naar bed te gaan, krijgt hij bezoek

Ik ging terug naar mijn kamer, poetste mijn tanden, waste mijn gezicht en was net bezig om me uit te kleden toen er zacht op mijn deur werd geklopt.

Ik was ervan overtuigd dat het Nora was en vond het geweldig dat ze niet weg kon blijven.

'Kom binnen, de deur is open,' riep ik.

De deur ging open en ik zag dat het Nora niet was. Het was Celia.

Ze deed de deur achter zich dicht en leunde er met een glimlach die ik maar al te goed kende tegenaan.

Opeens begreep ik waarom ze had gezegd dat ze iets ging drinken met Tammy en Edward. Het was een smoes om niet met Marcus naar hun kamer terug te gaan, zodat ze kon wegglippen en hiernaartoe komen.

'Celia, wat doe jij hier?' vroeg ik.

Nadat Nora in de stad was aangekomen had ik Celia's telefoontjes een paar weken lang genegeerd, totdat ik besefte dat ze niet zou ophouden met bellen. Ik nam dus ten slotte op om haar te vertellen dat het voorbij was tussen ons tweeën. Ze vatte het ogenschijnlijk goed op. Ze zei slechts: 'Jammer. Laat het me maar weten als je nog van gedachten verandert.' Dat was dat. Tot nu dan.

Bij wijze van antwoord op mijn vraag zei ze: 'Wat denk je zelf dat ik hier doe?'

'Celia, in godsnaam, ik ga morgen trouwen en jouw man zit maar twee deuren verderop.'

'Dat weet ik,' zei ze en haar glimlach verbreedde zich.

Ik kon de verleiding niet weerstaan.

Het ging niet om Celia. Ik gaf eigenlijk niets om Celia. Het ging om de kick die je kreeg wanneer je iets deed wat je niet hoorde te doen – iets wat andere mensen zou choqueren en met afschuw vervullen. Dat had ik nooit kunnen weerstaan.

'Kom hier,' zei ik.

Ze gehoorzaamde.

Toen ik dat besluit nam speelde Nora geen enkele rol in mijn gedachten. Ik weet dat het vreemd klinkt, maar ik hield van Nora. Voor mezelf stond vast dat wat ik met Celia deed totaal geen invloed had op mijn gevoelens voor Nora. Als het al invloed op me had, dan was het dat ik alleen nog maar meer van Nora ging houden.

Celia was een luidruchtige minnares. Dat was een van de redenen dat het zo opwindend was. Die nacht was ze zelfs nog luidruchtiger dan anders.

Ik legde mijn hand op haar mond, maar dat dempte het geluid maar een beetje. Ze maakte zo veel lawaai dat ik niet hoorde dat de deur (die nog steeds niet op slot zat) openging.

Celia had haar hoofd achterover gegooid en haar ogen gesloten. Plotseling deed ze hen open om naar mij te kijken, maar haar blik gleed langs me heen en haar ogen verwijdden zich van schrik.

Het gebeurde instinctief – ik dacht er niet over na. Ik draaide gewoon mijn hoofd om en keek.

Nora | Het oefendiner

Timothy was heel tevreden over het verloop van het oefendiner – hij was dan ook niet op de hoogte van alles wat zich daar had afgespeeld. Voor mij verliep het allemaal niet zo prettig. Vlak voordat de tiramisu werd geserveerd, werd mijn hele wereld zelfs aan flarden gereten.

De bediening was druk bezig om de borden van het hoofdgerecht weg te halen en nog wat wijn in te schenken, en de kamer werd gevuld met op luide toon gevoerde gesprekken – niet eens met geschreeuw. Het ging allemaal voorspoedig en ik begon me eindelijk een beetje te ontspannen omdat ik dacht dat er een wonder geschiedde.

Ik glipte weg naar de damestoiletten. Terwijl ik in een wc-hokje zat hoorde ik de deur opengaan en iemand anders binnenkomen. Toen ik tevoorschijn kwam stond mijn moeder me bij de wasbakken op te wachten.

'En, hoe vind je het diner?' vroeg ik en ik spande me in om zo opgewekt mogelijk te klinken. Dat mislukte.

Ze schonk totaal geen aandacht aan mijn vraag. Ze zei: 'Nora, ik moet je iets vertellen.'

Ik had net de kraan opengedraaid om mijn handen te wassen. 'Wat dan?'

'Ik ben opgegeven.'

Ik draaide de kraan dicht, keerde me om en keek haar aan. 'Wat?'

Nu ze eenmaal mijn volle aandacht had zocht ze opeens heel aandachtig naar iets in haar handtas. Ze haalde er een lippenstift uit, draaide deze open, boog zich naar de spiegel toe, zweeg nog even en zei toen: 'Ik ben gestopt met de chemotherapie. Het heeft geen zin meer om ermee door te gaan.'

'Heeft de arts dat gezegd?'

Ze bracht wat lippenstift aan en drukte haar lippen op elkaar. Toen ze weer verderging gaf ze geen antwoord op mijn vraag. In plaats daarvan zei ze: 'Lieverd, je wist dat dit zou gebeuren.'

'Nee,' zei ik. 'Nee. Je hebt tegen mij gezegd dat je beter werd.'

'Tja, ik wilde niet dat jij zou gaan piekeren.'

'Hoe lang heb je nog?' vroeg ik.

'Dat weet ik niet,' zei ze. Ik hoorde dat haar stem verstikt klonk. Ze borg de lippenstift zorgvuldig weg, alsof ze al haar aandacht nodig had voor die eenvoudige handeling.

'We gaan een andere arts zoeken. Timothy en ik helpen je wel. Maak je maar geen zorgen. Oké? We zullen er voor je zijn.'

Ze keek op – ze tuurde ingespannen naar mijn gezicht en zei: 'Als je me echt wilt helpen kom je naar huis.'

Ik voelde dat mijn maag zich omdraaide.

'Natuurlijk kom ik je thuis opzoeken en jij kunt ook naar New York komen als je je goed genoeg voelt,' zei ik tegen haar.

'Nee, ik bedoel dat je weer thuis komt wonen.'

Dit was waarop ik had zitten wachten. Dit was de nachtmerrie waar ik zonder het te weten met angst en beven op voorbereid was geweest. Ik had gedacht dat ik bang was voor ruzie of een akelige sfeer, maar nee dus, het bleek dit te zijn. Deze vloedgolf van schuldgevoel. Wat moet je in vredesnaam doen in zo'n situatie? Ik voelde dat het juist zou zijn om terug te gaan naar huis en er voor mijn moeder te zijn. Dat was toch het juiste om te doen, of niet soms? Toch kon ik het niet. Ik hoefde er niet eens over na te denken om te weten dat ik dat niet kon.

'Ik zal altijd voor je klaarstaan, maar ik kan onmogelijk weer bij je komen wonen.'

Ze rommelde wat in haar handtas en haalde er een papieren zakdoekje uit. Ze keek me niet aan.

Ik zei bijna wanhopig: 'Mama, ik ga trouwen.' Het was een smeekbede. Dat besefte ik meteen zodra ik het zei. Ik hoopte dat ze me vrij zou laten. Ik hoopte dat ze zou zeggen dat het goed was.

Dat deed ze niet. Ze hield het zakdoekje stevig vast en zei: 'Nora, ik wil niet alleen zijn wanneer ik doodga.'

'En Deirdre dan? Kan Deirdre niet bij je komen wonen? Dan heb je meteen ook de kinderen om je heen. Dan zou je niet alleen zijn.'

'Ik zou ook geen moment rust hebben. Die kinderen van haar gillen de hele tijd en bovendien wil Deirdre dat niet. Het kan haar niets schelen. Dat weet je toch.'

'Jullie leken het de laatste tijd anders prima met elkaar te kunnen vinden.'

'Deirdre is aardig zolang je haar maar geeft wat ze wil, maar als je iets van haar wilt kun je dat mooi vergeten.' Mijn moeder gebruikte het zakdoekje om haar lippen mee te deppen.

'Heb je het haar wel gevraagd?'

'Ja, natuurlijk heb ik het haar gevraagd,' snauwde mijn moeder. Ze gooide het zakdoekje boos in de prullenmand. 'Ik hoop dat je het in elk geval kunt opbrengen om dit niet met haar te bespreken. Zij vond dat ik het je niet moest vertellen en een preek van haar kan ik er nu echt niet bij hebben.'

Dat was dus de reden van de blik die mijn moeder en Deirdre met elkaar uitwisselden toen ik hen van het vliegveld ophaalde.

Het is misschien verschrikkelijk om te denken, maar ik wilde maar dat mijn moeder me het niet had verteld. In de jaren dat ik thuis woonde wilde ik ontzettend graag weten wat er aan de hand was. Nu wilde ik juist niets liever dan het niet weten.

Mijn moeder herstelde zich razendsnel van haar korte woede-uitbarsting. Ze keek me aan met een blik die ik niet kon verdragen.

'Ik heb je nodig, lieverd. Ik heb je thuis nodig.'

'Mam, ik...' Maar ik kon de zin niet afmaken.

Ze wist het echter al zonder dat ik het hoefde te zeggen.

Haar stemming veranderde in een fractie van een seconde van smekend in kwaadaardig. 'Je denkt zeker dat je het hebt gevonden, hè? Je denkt zeker dat je nog lang en gelukkig zal leven?' zei mijn moeder. 'Dat je jouw knappe, rijke, charmante prins op het witte paard hebt gevonden en dat je nu met hem een heerlijk nieuw leven kunt beginnen?'

'Ik wil gewoon leven.'

'Sorry, ik wist niet dat het leven bij mij als de dood aanvoelde. Dat is toch wat je bedoelde?'

'Nee...'

Mijn moeder liet echter niet toe dat ik nog meer zei. 'Dat hoef je me heus niet te vertellen. Ik weet ook wel dat mijn leven aanvoelt als de dood. Dat is al zo sinds ik jullie kreeg en jullie me aan handen en voeten gebonden hielden en me alles afnamen. Jij was de reden dat je vader ervandoor ging. Toen jij werd geboren huilde je de hele tijd en daar kon hij niet tegen. Jij hebt me mijn leven afgenomen en nu weiger je zelfs om er aan het eind voor me te zijn. Vergeet maar dat ik het heb gevraagd.'

De laatste keer dat ik had moeten aanhoren dat ik de reden was dat mijn vader was weggegaan, was alweer een hele tijd geleden. In mijn jeugd had ze me dat regelmatig voorgehouden – dat ik de reden was dat mijn vader was vertrokken en dat zij helemaal alleen was. Vroeger raakte ik er altijd erg overstuur van. Ik merkte dat dit nog steeds zo was, maar niet zo erg dat ik van gedachten veranderde.

Mijn moeder ging verder: 'Vergeet alles wat ik heb gezegd maar. En zeg in godsnaam niets tegen je zus.'

Het was net alsof ze het had gehoord want precies op dat moment vloog de deur van de toiletten open en we draaiden ons allebei betrapt om. Deirdre zag de uitdrukking op mijn gezicht en had het meteen door. Ze keek naar mijn moeder.

'Zeg maar niets,' zei Deirdre tegen onze moeder. 'Het is niet geloven dat je dit hebt gedaan. Op deze avond nota bene.'

Ik probeerde de gemoederen te bedaren. 'Het geeft niet. Het is wel goed. Echt waar.'

'Nee, het is niet goed. Het is helemaal niet goed,' zei Deirdre.

'Houd je erbuiten, Deirdre,' zei mijn moeder. 'Houd je er in godsnaam buiten.'

'Echt niet. Ik ben het spuugzat.' Deirdre was duidelijk woest. 'Ik heb je gezegd dat ik mijn mond zou houden, maar alleen op voorwaarde dat je geen geintjes zou uithalen. Je bent gestoord, weet je dat? Hartstikke gestoord.'

Ik kwam tussenbeide: 'Deirdre, het geeft niet. Ik weet dat je probeert mij te beschermen, maar misschien is het juist wel beter dat het eens hardop wordt uitgesproken.'

'Je weet nog niet eens de helft van wat hier gaande is,' zei mijn zus.

Op dat moment zwaaide de wc-deur weer open en Emily, Timothy's zus, kwam naar binnen.

'Wauw, wat een drukte,' zei Emily op dat toontje van haar; de woorden waren vrij gewoon, maar er ging een vijandige ondertoon onder schuil.

Zelfs mijn moeder hoorde het. 'We wilden net weggaan,' zei ze. Ze keek nadrukkelijk naar mij. 'Ja, dat klopt,' zei ik. Ik wilde al achter haar aan naar buiten lopen, maar Deirdre greep me vast bij mijn pols.

'Ik moet met je praten,' fluisterde ze.

'Goed. Straks dan maar even,' zei ik, maar intussen dacht ik bij mezelf dat dit wel het laatste was waaraan ik behoefte had. Waarschijnlijk kregen mijn zus en ik er toch alleen maar laaiende ruzie over. Ik hoopte dat het me zou lukken om haar tot na de bruiloft te ontlopen.

'Waar heb jij gezeten?' vroeg Timothy me toen ik weer aan de tafel aanschoof. 'Je bent een eeuwigheid weggeweest. Ik wil eigenlijk iets toevoegen aan de huwelijksgeloften van morgen – ik wil vastleggen dat je me tijdens etentjes die wij organiseren hooguit vijf minuten alleen mag laten.'

Hij wist natuurlijk niet dat mijn moeder had geprobeerd me over te halen om hem veel langer dan vijf minuten alleen te laten. Ik besloot dat ik hem dat ook niet zou vertellen.

'Ik heb je tiramisu voor je bewaard,' zei hij. 'Nou ja, grotendeels dan.'

Ik keek naar mijn bord. Iemand had de helft opgegeten.

'Nu snap ik waarom jij per se tiramisu wilde hebben,' zei ik. 'Heb je zelf soms niets gehad?'

'Ik heb je toch verteld dat het mijn lievelingsnagerecht is.'

'Je mag de rest ook wel hebben.' Ik schoof mijn bord naar hem toe.

'Nee, die moet jij opeten. Het is echt de lekkerste tiramisu die ik ooit heb geproefd.'

Op een of andere manier at hij vervolgens toch de rest helemaal op. Hij was dronken, net als alle anderen die op dat moment aan de dinertafel zaten. Ik geloof dat ik voor mijn tochtje naar de wc zelf ook hard op weg was geweest om prettig aangeschoten te worden. Dat tochtje had echter een heel ontnuchterende uitwerking gehad en daarna voelde ik me buitengesloten, zoals altijd het geval is wanneer je als enige nuchter bent in een kamer vol dronken mensen. Het was dan ook een grote opluchting toen het feestje kort daarna was afgelopen.

De meesten wandelden samen terug naar de B & B, maar onderweg besloten Tammy, Edward en Celia om nog ergens een slaapmutsje te gaan drinken. Timothy mompelde tegen me dat hij zich een beetje zorgen maakte om Tammy en Edward, maar ik maakte me echt totaal geen zorgen. Als er al iemand gevaar liep, dan was dat Edward. Het verbaasde me wel dat Celia met hen mee wilde om iets te gaan drinken, maar ik stond er verder niet al te lang bij stil.

We wensten elkaar allemaal welterusten. Ik zag dat mijn zus probeerde mijn aandacht te trekken, maar ik ontweek haar, en Timothy fungeerde als mijn bodyguard en bracht me naar mijn kamer. We bleven buiten voor de deur staan. Ik draaide me om en keek hem aan.

Hij raakte voorzichtig mijn gezicht aan. 'Ik hou van je,' zei hij tegen me.

'Ik hou ook van jou,' zei ik.

Hij kuste me en zei: 'Zal ik je eens wat zeggen?'

'Wat dan?'

'We gaan morgen trouwen.'

Ik glimlachte.

Toen liep ik mijn kamer in en ik deed de deur achter me dicht. Ik ging met mijn jurk, schoenen en jas nog aan op het bed liggen. Ik deed mijn ogen dicht. Ik viel niet in slaap. Ik lag daar gewoon een tijdje.

Ik weet niet precies hoe lang, maar ik had niet de indruk dat ik daar al heel lang lag toen er op mijn deur werd geklopt. Het laatste wat ik op dat tijdstip wilde was met iemand praten, maar ik stond toch op en liep naar de deur om open te doen. Ik was ervan overtuigd dat het mijn zus was. Of mijn moeder. De laatste die ik had verwacht daar aan te treffen was Celia.

'Celia, is er iets? Is alles goed met Tammy en Edward?' Ik kon geen enkele andere reden verzinnen dat ze zo laat op de avond bij mij aanklopte. We waren niet bepaald goede vriendinnen of zo. Ik had haar alleen die ene keer maar ontmoet toen Timothy en ik iets met Marcus en haar zouden drinken.

Ze keek me met een vreemde glimlach op haar gezicht aan. Toen zei ze: 'Kom over een kwartiertje naar Timothy's kamer. Je hoeft niet te kloppen. De deur is open. Kom maar gewoon naar binnen.'

Ze draaide zich om en liep weg.

Het had geheimzinnig en cryptisch kunnen klinken, maar dat was niet zo. Zodra ze het zei wist ik het.

Ik deed de deur dicht en ging op de rand van het bed zitten. Ik keek op de klok. Het was drie minuten na middernacht.

Mijn trouwdag was aangebroken.

Ik wachtte tot de klok achttien over aangaf, stond op en liep naar de bovenste verdieping.

Ik liep door de gang langs de deur van Timothy's kamer en klopte op een andere deur. Het duurde een paar minuten, maar uiteindelijk deed Marcus in een ochtendjas open.

Ik zei tegen hem: 'Ik denk dat je maar beter naar Timothy's kamer verderop in de gang kunt gaan om je vrouw op te halen. Je hoeft niet te kloppen. De deur is open.'

Hij staarde me alleen maar aan. Ik dacht even dat hij het misschien niet had begrepen en wilde het al herhalen, maar opeens vroeg hij: 'Welke kamer?'

Ik wees.

Hij drong langs me heen en liep naar de deur die ik had aangewezen. Hij aarzelde even voordat hij zijn hand op de deurknop legde, en ik besefte dat hij naar iets stond te luisteren. Even later klonk het geluid nog harder en kon ik het ook horen. Hij draaide de knop om, ging naar binnen en deed de deur achter zich dicht.

Er viel een diepe stilte. Een ademloze, alles omvattende stilte.

Celia kwam als eerste naar buiten. Ze had slechts een laken om zich heen geslagen en klemde haar kleren tegen zich aan. Ze zag me pas toen ze al bijna bij me was. Ze bleef abrupt staan.

'Waarom heb je hem gestuurd?'

Ik zei niets.

'Ik wilde dat jij het zag,' zei ze. 'Als je het zelf zag, zou je het begrijpen. Hij houdt niet van je. Als hij echt van jou hield zou hij dat nooit met mij kunnen doen.'

Ze wachtte even om te zien of ik iets zou zeggen, maar ik staarde haar alleen maar aan. Ze draaide zich uiteindelijk om, deed nog een paar stappen naar de deur van haar kamer en glipte naar binnen.

Het duurde veel langer voordat ook Marcus weer naar buiten kwam. Ten slotte kwam hij toch de kamer uit. Hij liep door de gang naar me toe en bleef ook staan. Hij zei: 'Het spijt me, Nora.'

Ik weet niet waarom hij dat zei. Hij hoefde zich nergens voor te verontschuldigen. Ik neem aan dat mensen dit zeggen wanneer ze niet weten wat ze anders moeten zeggen. Daarna verdween ook hij in hun kamer.

Ik liep door de gang naar Timothy's kamer. De deur stond op een kier, dus ik stak een hand uit en duwde hem open.

Timothy zat in zijn boxershort op de rand van het bed. Zijn hoofd was gebogen, maar hij keek op toen ik binnenkwam en staarde me aan.

Hij zei niet dat het hem speet. Hij zei alleen maar: 'Nora.'

Mijn naam. Verder niets.

Ik deed de deur achter me dicht. Bij het raam stond een stoel. Ik liep ernaartoe en ging zitten.

Hij volgde me met zijn ogen. Toen ik eenmaal zat zei hij: 'Nu wil je zeker niet meer met me trouwen, hè?' Hij zag er helemaal uitgeput uit.

'Dat weet ik niet,' zei ik tegen hem.

'Je weet het niet...' herhaalde hij. 'Er is dus nog steeds een kans?'

'Ik weet het niet,' zei ik opnieuw. Dat was de waarheid.

Er viel een lange stilte.

Toen vroeg hij zacht, heel zacht: 'Hou je van me?'

Terwijl hij me dat vroeg stelde ik mezelf die vraag ook. Het antwoord dat ik in mezelf vond verraste me.

'Ja,' zei ik. 'Ik hou van je.'

Het was heel bizar. Ik snapte er niets van. Toch hield ik meer van hem dan ooit tevoren.

Ik sloeg hem gade terwijl ik het zei. Zouden mijn woorden effect hebben? Het waren tenslotte maar woorden. Hoe kun je iemand anders met woorden een gevoel geven? Het is alsof je probeert een symfonie te vangen door haar te omschrijven.

'Nora...' zei hij.

Ik wachtte tot hij verder zou gaan.

Hij zweeg heel lang en zei toen: 'Alsjeblieft. Alsjeblieft.'

Alsjeblieft wat? Dat zei hij niet. Ik vroeg er ook niet naar. Ik wist dat er op sommige vragen gewoon geen antwoord was.

Ik stond op, liep naar hem toe en kuste hem op zijn voorhoofd. Daarna verliet ik zijn kamer.

Timothy | Nadat Marcus was binnengekomen

Het klinkt als een afschuwelijke ervaring – je beste vriend die je betrapt terwijl je seks hebt met zijn vrouw. Ik zal ook niet beweren dat het prettig was, maar omdat het Marcus was, was het minder erg dan je misschien zou denken.

Marcus reageerde precies zoals van hem te verwachten viel. Hij was niet iemand die zich een groot deel van zijn leven op een bepaalde manier gedroeg en zich vervolgens tijdens een crisis heel anders ging gedragen. Ik kende Marcus alleen maar als beheerst en weet nu dat dit ook nooit zal veranderen.

Hij kwam door de deur naar binnen en Celia zag hem als eerste. Toen zag ik hem ook.

We lagen allebei naakt vanaf het bed naar hem te staren. Hij bleef gewoon staan.

Ik liet me van haar afrollen en tastte op de vloer naar mijn boxershort.

Heel even zei niemand iets. Ik wachtte op iets – beschuldigingen. Je kent die dingen vast wel die je mensen in gedachten hoort zeggen, zoals: 'Hoe kon je dat nou doen?' of 'Ik vertrouwde je,' of 'Ik had nooit gedacht dat jij zoiets zou doen.' Misschien wat gevloek en zelfs dat Marcus me sloeg. God weet dat ik het had verdiend.

Het eerste wat hij zei was aan Celia gericht. 'Pak je kleren en ga terug naar de kamer.'

Zijn stem klonk griezelig kalm.

Ze sputterde niet tegen. Ze wikkelde het laken zo snel ze kon om zich heen, graaide haar spullen in een bundel tegen zich aan en bleef bij de deur nog even staan.

'Ga maar vast, ik kom zo,' zei hij.

Ze deed zonder iets te zeggen de deur open en liep naar buiten.

Hij keek naar mij. Toen zei hij: 'Nora staat buiten in de gang. Zij heeft me gevraagd om hierheen te komen en Celia op te halen.'

Nadat hij dat had gezegd wenste ik dat hij me in plaats daarvan had geslagen.

'We vertrekken vanavond nog en rijden terug naar de stad,' voegde hij eraan toe.

Er waren zo veel dingen die hij had kunnen zeggen. Dat deed hij echter niet. Ik had nog nooit zo veel respect voor iemand gehad als ik op dat moment voor Marcus had. Het woord 'karakter' kwam bij me op. Ik wist dat Marcus dat had – en ik niet. Ik besefte dat ik Marcus in gedachten altijd als een sukkel had gezien. Een watje. Nu begreep ik dat dit mijn manier was om mezelf niet als slechterik te hoeven zien. Om hem op een of andere manier als schuldige te kunnen aanwijzen. Plotseling zag ik in dat dit volkomen belachelijk was. Als hij ook maar iets tegen me had gezegd zou ik het volgens mij nog zo hebben kunnen verdraaien dat hij er op een of andere manier ook bij betrokken werd. Zijn zwakte stelde mij in staat hem dat aan te doen. Ik zou een of andere smoes bij elkaar hebben verzonnen. Door helemaal niets te zeggen liet hij alles echter liggen waar het thuishoorde – op mijn bord.

Hij keek me even aan; toen draaide hij zich om en verliet hij de kamer. Nadat hij was vertrokken, voelde ik iets wat ik niet meer had gevoeld sinds ik een kind was. Schaamte.

Ik ging op de rand van het bed zitten en wachtte.

Toen Nora binnenkwam dwong ik mezelf om naar haar te kijken en ik zei haar naam: 'Nora.' Dat is het enige wat ik eruit kreeg.

Ze liep naar de stoel en ging zitten. Ze zei niets. Ten slotte kon ik er niet meer tegen.

Ik zei: 'Nu wil je zeker niet meer met me trouwen, hè?'

Het leek wel een eeuwigheid te duren voordat ze antwoord gaf.

'Dat weet ik niet,' zei ze.

'Je weet het niet... Er is dus nog steeds een kans?'

'Ik weet het niet,' zei ze nog een keer.

Er viel weer een lange stilte.

Uiteindelijk stelde ik haar de vraag waarop ik maar geen antwoord leek te kunnen krijgen, hoe vaak ik hem ook stelde. Ik zei: 'Hou je van me?'

Er viel geen stilte. Ze weifelde geen seconde. Ze keek me alleen maar aan en zei: 'Ja. Ik houd van je.'

Ik kan niet uitleggen hoe het kwam, maar eindelijk geloofde ik haar. Ze had het al zo vaak gezegd en ik had haar nooit geloofd, maar nu geloofde ik haar wel. Waarom nu dan wel? Misschien wel omdat ze geen enkele reden had om het te zeggen. Misschien wel omdat ik wist dat ik het niet verdiende. Misschien wel omdat het voor het eerst ook echt waar was. Hoe kom ik daar ooit achter?

'Nora,' zei ik. 'Alsjeblieft...' Alsjeblieft wat? Ik wist het niet. 'Alsjeblieft...'

Ik denk dat ik wilde zeggen: alsjeblieft, trouw met me. Alsjeblieft, ga niet bij me weg. Alsjeblieft, vergeef het me. Ik besefte echter dat ik alles had wat ik wilde. Ze hield van me. Wat viel er verder nog te vragen?

Ze stond op, kuste me op mijn voorhoofd en vertrok.

Ik bleef nog even zo zitten. Er daalde een overweldigend vredig gevoel op me neer. Dit was het. Dit was waarnaar ik had gezocht. Het kwam op een manier die ik het minst had verwacht.

Ik ging liggen. Ik had eigenlijk verwacht dat ik nog urenlang met wijd opengesperde ogen zou blijven liggen, maar tot mijn verbazing dommelde ik bijna meteen in slaap. Opeens haalde een gedachte me terug van het begin van een diepe slaap. Ik dacht aan Celia. Stel nu eens dat ze niet was vertrokken? Stel nu eens dat ze probeerde om nog een keer bij me te komen? Zodra zij eenmaal iets in haar hoofd had, liet ze zich door niets of niemand tegenhouden. Ze had zich langs de portier van mijn flatgebouw weten te kletsen. Ze had me een week lang tien keer per dag gebeld totdat ik eindelijk opnam. Ik had geen flauw idee wat ze zou doen.

Ik stond op, deed de deur op slot en kroop weer in bed. Ik viel binnen een paar tellen in slaap – zo'n diepe, droomloze slaap waarin alles kwijt is, maar niets wordt vermist.

Het politieonderzoek
Moord

Socrates zei het volgende over de dood: 'Bang zijn
voor de dood is niets anders dan denken dat je wijs
bent, terwijl je dat niet bent. Want het staat gelijk aan denken dat je weet wat je juist niet weet.
Niemand weet of de dood uiteindelijk misschien wel
de grootste zegen zal blijken voor de mens. Toch
vrezen mensen de dood alsof ze zeker weten dat hij
het allergrootste kwaad is.'

Timothy | De volgende ochtend

Ik ging de volgende ochtend naar beneden om te ontbijten. Er stond een uitgebreid ontbijtbuffet klaar in de eetzaal: koffie, thee, verse sinaasappelsap, muffins, cornflakes, allemaal bij elkaar op een tafel.

De eetkamer kwam uit op een soort zitkamer aan de achterkant van het huis met leunstoelen en banken – en alle leden van het feestgezelschap hadden daar een plaatsje gezocht. Ik nam de groep snel in me op. Zo te zien was vrijwel iedereen er (behalve Marcus en Celia natuurlijk). Maar degene die ik echt zocht was er niet. Nora was nog niet beneden. Ik vroeg me af wat dat betekende.

De zitkamer werd ook wel de ochtendkamer genoemd, een toepasselijke naam want de ochtendzon stroomde naar binnen en het was net alsof iedereen een beetje gloeide. Afgezien van Tammy en Edward dan – die zagen er beroerd uit. Ze zagen eruit zoals ik er eigenlijk uit hoorde te zien. Ik was echter met een heerlijk gevoel wakker geworden. De rampzalige gebeurtenissen van de vorige avond leken een droom. Was het wel echt gebeurd? Ik was wakker geworden met het gevoel dat alles mogelijk was. (Dat gevoel bleek later inderdaad te kloppen – alleen niet op de manier die ik voor me had gezien.)

Ik wilde naar Nora's moeder en zus lopen om hun een goedemorgen te wensen, maar Edward sneed me in de deuropening de pas af.

'Shit man, Timothy, dat kleine meisje...' Hij keek naar Tammy, die aan de andere kant van de kamer zat.

'Zo klein is ze anders niet,' hielp ik hem herinneren. 'Ze is van Nora's leeftijd. Ze is drieëndertig.'

'Dat kan best zijn. Ik kan je wel vertellen dat gisteravond...'

'Zeg, bespaar me alsjeblieft de details, oké, Eddie?'

Hij hoorde niet eens dat ik hem Eddie noemde.

'Goed, mij best. Ik wil alleen maar weten wat ze voor type is?'

'Zet haar nu maar uit je hoofd, oké? Ze is Nora's beste vriendin. Wat er gisteravond tussen jullie is gebeurd, is gebeurd, maar vanaf nu is ze verboden terrein.'

'Wil je echt beweren dat ze verboden terrein is nadat ik de beste seks van mijn leven heb gehad? Dat meen je niet,' protesteerde hij.

'Toe, zeg. Ik weet hoeveel seks jij hebt gehad, Edward. Je overdrijft schromelijk.'

'Echt niet. Ik zweer het. Je wilde de details niet horen, maar...'

'Dat meende ik ook echt. Luister, ik ga dit gesprek afkappen en iets te eten voor mezelf halen, oké?'

Ik ontkwam aan Edward door achterwaarts de eetzaal weer in te lopen. Terwijl ik koffie voor mezelf stond in te schenken kwam Neil binnen om zijn kopje bij te vullen.

'Ik neem aan dat jullie het formeel houden,' zei hij. 'Dat we Nora voor de ceremonie niet te zien krijgen.'

'Nee hoor, we krijgen elkaar wel te zien,' zei ik. 'Ik denk dat ze uitslaapt.' Ik hoopte tenminste maar dat het dat was en dat ze me niet ontliep.

Tammy kwam bij ons naast het buffet staan. 'Wil je nu soms zeggen dat ik me uit bed heb gesleept, terwijl zij nog ligt te slapen?' vroeg ze toen ze mijn opmerking tegen Neil opving.

'O ja,' onderbrak Neil haar. 'Heb je trouwens al gehoord wie mijn nieuwe bedrijfsleider is?'

Ik keek naar Tammy. 'Dat geloof ik niet.'

Tammy schokschouderde. 'Hij heeft het me gesmeekt. Ik heb hem al gezegd dat ik waarschijnlijk na twee weken alweer opstap.'

'Je stapt nu dus over van de Box naar de Starbox?' zei ik. 'Van de ene "box" naar de andere?'

'Eerlijk gezegd,' zei Neil: 'ga ik ook de naam veranderen.'

'Hoe gaat het heten dan?'

'Neil's,' zei hij met een gegeneerd lachje.

'Ja, natuurlijk,' knikte ik en ik dacht terug aan Joe's en Mike's.

'Volgens mij wordt het hoog tijd dat we de luie bruid gaan wekken,' zei Tammy. 'Zal ik haar gaan halen of wil jij dat doen?'

'Laten we allebei gaan,' stelde ik voor. Ik wilde Nora graag zien om te peilen hoe het er tussen ons voorstond, maar ik wilde niet in mijn eentje naar boven gaan en haar voor het blok zetten. Ik was me er heel goed van bewust dat ik na wat er de vorige avond was voorgevallen niet het recht had ook maar iets van haar te vragen.

We liepen de trap op en wandelden door de gang naar Nora's kamer. Tammy klopte op de deur.

Geen antwoord.

Tammy klopte nog een keer, iets harder nu. 'Vooruit, Nora. Iedereen zit op je te wachten.'

Ze wachtte nog even en voelde toen aan de deurknop. Ik zag dat hij meegaf in haar hand, maar ze deed de deur niet meteen open. In plaats daarvan riep ze nog een keer: 'Nora? Als je nu niet meteen de deur komt opendoen kom ik naar binnen, hoor.'

Nog steeds geen antwoord.

Ze keek me aan, rolde met haar ogen en zei: 'Geef me heel even.' Toen glipte ze snel naar binnen.

Ik bleef buiten op de gang wachten. Ik was met een heel vredig gevoel wakker geworden, maar op dat moment was dat gevoel al weer mijlenver van me verwijderd. Ik voelde me helemaal niet vredig. Ik kon mijn hart in mijn borstkas voelen bonzen.

Het voelde aan alsof ik een eeuwigheid buiten bij die deur stond te wachten, maar waarschijnlijk kwam Tammy al binnen een minuut weer naar buiten. Zodra ik haar gezicht zag wist ik opeens wat mensen bedoelen wanneer ze zeggen dat iemands gezicht net een masker is. Alles was verstard, behalve haar ogen, en die kan ik onmogelijk beschrijven. Het waren de ogen van iemand die net iets akeligs heeft gezien, iets afschuwelijks, en door in die ogen te kijken is het net of je kunt zien wat de ander heeft gezien – niet het daadwerkelijke beeld, maar het gevoel. Het gevoel scheen als een laserstraal naar buiten.

Ze zei alleen maar: 'O, mijn god,' en haar stem trilde zo hevig dat ik hem nauwelijks herkende.

Ik wachtte de rest van haar zin niet af. Ik drong langs haar heen de kamer binnen. Ik hoorde haar zeggen: 'Timothy, niet doen.' Dat zeggen mensen in zulke situaties altijd en niemand laat zich daar ooit door tegenhouden.

Ik weet niet wat ik verwachtte. Mijn eerste gedachte was: welke Bed & Breakfast doet er nu bruine lakens op een bed? Wat een stompzinnige, nutteloze gedachte. Dat is echter wat ik dacht.

Uiteraard waren ze niet bruin. Het was Nora's bloed dat de lakens had doorweekt en toen was opgedroogd. Later kreeg ik het weerzinwekkende detail te horen dat de donkere kleur van het bloed het gevolg was van de plek waar ze was gestoken: in de rechterkant van haar borst, in de hartkamer waar het bloed net was teruggekeerd naar het hart.

Dergelijke details bleven me later kwellen. Ik kon ze maar niet uit mijn hoofd zetten. Het ergste van alles was echter de aanblik van haar gezicht. Ik zou niets liever willen dan dat ik toen was weggegaan zonder naar haar gezicht te kijken. Na afloop duurde het een hele tijd voordat ik me haar gezicht voor de geest kon halen zoals dat was toen ze nog leefde. Als ik probeerde me te herinneren hoe ze er had uitgezien, zag ik haar steeds voor me zoals ze er die ochtend uitzag. Het zag er niet uit alsof ze sliep. Het zag er zelfs helemaal niet uit als haar. We weten dat tegenwoordig niet meer omdat de dood voor ons verborgen wordt gehouden, maar de dood heeft een gezicht. Een heel eigen gezicht.

Het politieonderzoek
Fragmenten uit het politieverhoor van Timothy's familie en vrienden

Fragment uit het verhoor van Timothy's moeder:

'Ze had hem in haar macht. Dat moet haast wel, want anders had ze hem nooit zover gekregen dat hij met haar trouwde. Timothy is net als ik: niet sentimenteel. Als hij iets heeft gedaan, dan is dat omdat zij hem ertoe heeft gedreven, neemt u dat maar van mij aan.'

Fragment uit het verhoor van Timothy's broer Edward Whitting:

'Wat wilt u dat ik zeg? Ik heb niets gezien; ik heb niets gehoord. Iedereen kan het hebben gedaan. Nou ja, ik weet natuurlijk dat ik het niet heb gedaan. En haar beste vriendin was de hele nacht bij mij, dus zij kan het ook niet hebben gedaan. Kan Timothy het hebben gedaan? Zoals ik net al zei kan iedereen het volgens mij hebben gedaan.'

Fragment uit het verhoor van Timothy's zus Emily Whitting:

'Het verbaast me niet. Het verbaast me helemaal niet.'

Fragment uit het verhoor van Marcus Franklin:

'Ik dacht dat ik wist wie Timothy was. Allemachtig, hij was nota bene getuige bij ons huwelijk. Blijkbaar kende ik hem totaal niet. Ik weet niet wat ik verder nog moet zeggen. Ik weet niet waartoe hij allemaal in staat is. Ik weet helemaal niets meer.'

Fragment uit het verhoor van Celia Franklin:

'Ik hield van hem. Nee, ik denk niet dat hij dat wist. Ik gedroeg me meestal afstandelijk - dat had hij het liefst. Het is echter een paar keer voorgekomen dat ik dat niet volhield.
Ja, ik besef heel goed dat deze bekentenis me een motief geeft. Het laat me koud. Ik heb besloten eindelijk de waarheid te vertellen.'

Fragment uit het verhoor van Alejandro Cordoba, de verloofde van Emily Whitting:

'Ik geloof niet dat Timothy tot zoiets in staat is... Ik geef toe dat ik hem niet zo goed ken, maar dat is de indruk die ik heb. Denkt zijn familie dat hij het heeft gedaan? Daar kijk ik helemaal niet van op. Waarom niet? Tja, daarvoor moet u zijn familie kennen.'

Timothy | Nadat Nora was gevonden

Ik kan me niet herinneren dat ik de kamer ben uitgegaan. Dat was het eerste van een reeks gaten in mijn geheugen waarmee ik de dagen daarop te maken kreeg. Ik herinner me dat ik het ene moment naast Nora's bed stond; het volgende dat ik me herinner is dat ik buiten in de gang stond.

Een fractie van een seconde was het alsof ik ontwaakte uit een droom en ik vroeg me af of ik me wat ik zojuist had gezien alleen maar had ingebeeld. Misschien kon ik elk moment wakker worden in mijn eigen bed, en was het gewoon de ochtend van mijn trouwdag en bleek het allemaal een nachtmerrie te zijn. Dat was de enige logische verklaring die ik kon vinden. Toen draaide ik me om en zag ik het bewijs dat de nachtmerrie werkelijkheid was; daar stond Tammy te huilen – met heftige, trillende snikken.

Ik wist niet wat ik moest doen. Ik wist niet wat ik moest zeggen. Ik bedacht dat ik de situatie onder controle moest zien te krijgen, ook al had ik tegelijkertijd het idee dat ik nooit meer het gevoel zou hebben dat ik iets onder controle had. Toch nam ik die rol op me. Ik zei: 'Tammy, je kunt maar beter even gaan zitten. Is jouw kamer hier vlakbij?'

Ze knikte en wees. Ik liep ernaartoe en deed de deur open. Ze liep naar binnen en ging op het bed zitten. Ik bleef even in de deuropening staan. Mijn hersenen waren als bevroren en ik zag niet voor me wat ik nu moest doen. Ik besefte dat zich meestal een reeks gebeurtenissen in mijn hoofd afspeelde die tot in de toekomst reikte, zodat ik bijna altijd wist wat ik moest doen. Op dat moment was mijn hoofd echter volkomen leeg. Ik had geen flauw idee welke kant ik nu op moest. Mijn blik viel op de telefoon op het nachtkastje.

'Ik ga de politie bellen,' zei ik. Ik liep naar het nachtkastje en draaide het alarmnummer. Ze vroegen me naar de aard van het noodgeval. Ik weet niet meer wat ik daarop heb geantwoord. Ik weet wel dat ik het adres gaf. Ze probeerden me over te halen om aan de lijn te blijven maar ik hing op. Volgens mij heb ik gezegd: 'Ik kan u nu niet te woord staan,' maar zeker weten doe ik het niet.

Nadat ik had opgehangen keek ik weer naar Tammy. Ze zat nog steeds op het bed te huilen. 'Ga maar even liggen,' zei ik tegen haar. 'Ik ga naar beneden om... Ik ga naar beneden. Ik denk dat we moeten proberen te voorkomen dat de anderen het ontdekken totdat de politie er is, dus het lijkt me het beste dat jij hier blijft. Red je het zo wel?'

Een domme vraag. Natuurlijk redde ze het niet, maar ze knikte toch.

Toen zei ze: 'Ik had Nora verteld dat dit zou gebeuren. Ik heb het haar verteld. Waarom heeft ze niet naar me geluisterd?'

Ik wist niet waarover ze het had. Ik dacht heel even dat ze bedoelde dat ze Nora had bedreigd. Hield dat dan in – had Tammy het gedaan? Ik begreep vrijwel meteen dat dit belachelijk was. De vraag was echter bij me opgekomen en ik kreeg hem niet meer uit mijn hoofd: misschien had Tammy het dan niet gedaan, maar iemand anders wel.

Ik had gedacht dat dit in zo'n situatie de eerste vraag was die bij iemand zou opkomen. De werkelijkheid komt echter nooit overeen met de verbeelding, zeker niet in extreme situaties. Het was zo'n ontzettende schok om Nora zo te zien, dat geen enkele gedachte in mijn hoofd wilde blijven hangen, met uitzondering van die ene die ik domweg weigerde te geloven: de gedachte dat ze voorgoed weg was. Ik verliet Tammy's kamer, trok de deur voorzichtig achter me dicht en ging naar beneden. Ik wist dat ik onmogelijk kon teruggaan naar de ochtendkamer. Ik kon het niet aan, maar ik wierp wel een blik naar binnen toen ik er langskwam.

Het tafereel zag er nog precies hetzelfde uit. Iedereen zat koffie te drinken en muffins te eten. Het was onwerkelijk. Hoe konden ze daar nu zo rustig zitten terwijl boven – mijn gedachtegang omzeilde het beeld van de bruine lakens en het gezicht dat niet langer dat van Nora was. Stel nu eens dat een van de mensen die daar zaten het had gedaan? Ik merkte dat ik hun gezichten in me opnam. Opeens schoot het me te binnen dat er een paar mensen ontbraken. Marcus en Celia. Celia. Celia had het natuurlijk gedaan.

Gek genoeg bracht dat besef geen opluchting met zich mee. Het bracht wel de eerste emotie met zich mee die ik me herinnerde te voelen – woede.

Kennelijk was van mijn gezicht af te lezen wat er door me heen ging, want op dat moment keek Neil net mijn kant op. Hij zag me staan en wat hij zag zette hem ertoe aan om op te staan en achter me aan te lopen. Dat was echt het enige wat meezat op die verder afschuwelijke dag.

Neil volgde me naar de hal. 'Wat is er gebeurd?' vroeg hij ronduit. Niet is er misschien iets aan de hand? Niet zit iets je dwars? Hij wist het na één blik op mijn gezicht al, zoals ik het had geweten door naar dat van Tammy te kijken.

Ik zei: 'Nora is dood.'

Zijn gezicht verstijfde en hij knipperde razendsnel met zijn ogen, maar hij vroeg me godzijdank niet om het te herhalen. Hij vroeg me ook niet of ik een geintje maakte en hij probeerde me evenmin wijs te maken dat het onmogelijk was. Hij stak een hand uit en greep me vast bij mijn elleboog, maar hij zei niets. Toen vroeg hij: 'Is ze...?'

'Nee. Neil, er was een mes... Er was een mes...' Ik kon de zin niet afmaken. 'Ik heb de politie gebeld.'

Hij zei: 'Timothy, ik denk dat jij moet gaan zitten. Wil je misschien even naar je kamer?'

Dat was precies hetzelfde dat ik ook tegen Tammy had gezegd.

'Ja, maar de politie...'

'Ik blijf hier wel wachten tot de politie er is.'

'Ik dacht dat we het beste konden wachten met het iedereen te vertellen tot de politie er is,' zei ik.

'Akkoord. Ik zal doen wat ik kan.'

'Oké. Dan ga ik nu maar naar mijn kamer.' Het viel me erg zwaar om te praten. Woorden waren zo nietszeggend.

Zo te zien begreep Neil dat wel, want hij zei verder niets meer. Hij legde alleen even een hand op mijn schouder toen ik langs hem liep.

Ik ging de trap weer op, liep naar mijn kamer, deed de deur open en deed hem achter me weer dicht. Ik liep naar het bed en ging liggen. Hoe had ik in vredesnaam ooit kunnen denken dat ik beneden op de politie kon wachten? Zodra ik lag besefte ik dat ik geen seconde langer meer had kunnen blijven staan. Ik vroeg me af of ik zou gaan huilen. Ik kon me de laatste keer dat ik had gehuild niet eens meer herinneren. Ik lag daar alleen maar. Het bleef een paar minuten stil. Toen hoorde ik rennende voetstappen op de trap naar de tweede verdieping waar Nora's kamer was. Iemand gilde. Eigenlijk was het eerder een soort gejammer dat als een sirene steeds harder ging klinken. Het gejammer hield ik weet niet hoe lang aan. Neil was er blijkbaar niet in geslaagd het geheim te houden en ik vroeg me heel even af wie erop had aangedrongen om even te gaan kijken.

Het was ontzettend licht in mijn kamer. Ik stond op en liet het rolgordijn zakken. Ik merkte dat ik klappertandde. Ik kroop weer in bed en dook diep weg tussen de lakens. Ik trok niet eens mijn schoenen uit. Binnen een paar minuten lag ik te zweten, maar mijn tanden klapperden nog steeds.

Ik lag zwetend en rillend in bed. Ik hoorde de politie arriveren. Hun voetstappen dreunden als mokerslagen op de trap. Ik kon niet horen wat ze zeiden, maar ving wel hun stemmen in de gang boven me op.

Een paar minuten later werd er op mijn deur geklopt.

Ik stond niet op. Ik voelde er niets voor om me te verroeren.

Neils stem klonk door de deur heen: 'Timothy, ik ben het, Neil.'

Ik stond op en deed de deur voor hem open. Hij kwam binnen en deed hem achter zich dicht.

Neil zei: 'Het spijt me, maar ik moest iedereen beneden wel vertellen wat er was gebeurd. Nora's moeder vroeg waarom het zo lang duurde en wilde naar boven gaan om Nora te halen. Ik heb het haar verteld om te voorkomen dat ze zou gaan, maar ze rende toch naar boven voordat ik haar kon tegenhouden...'

Nora's moeder was dus degene die had gegild.

'Het geeft niet,' zei ik. Daarna vroeg ik, omdat dat iets was wat je in zo'n situatie nu eenmaal behoorde te doen: 'Hoe gaat het met Nora's moeder?'

Neil schudde zijn hoofd. 'Dat kun je maar beter niet vragen. Deirdre is nu bij haar. Hopelijk lukt het haar om haar moeder een beetje te kalmeren. De politie is ook gearriveerd. Ze hebben de kamer afgezet en volgens mij kan de recherche elk moment aankomen.'

'Waar zijn de anderen allemaal?'

'Ze hebben iedereen gevraagd om naar hun eigen kamer te gaan en daar te wachten tot het hun beurt is om een verklaring af te leggen.'

Ik knikte.

'Ik wilde weten hoe het met jou ging. Ik bedacht dat ik hier wel bij de deur kon gaan zitten. Niet om te praten. De politie wil niet dat we de gebeurtenissen met elkaar bespreken. Maar volgens mij kunnen ze er geen bezwaar tegen maken dat ik daar alleen maar zit.'

'Dat hoef je echt niet te doen,' zei ik tegen hem.

'Dat weet ik wel,' zei hij.

Hij ging toch op een stoel bij de deur zitten.

Ik liep terug naar het bed en ging weer liggen.

Ik besefte later pas dat hij moet hebben aangevoeld dat ik er slechter aan toe was dan alle anderen, ook al gilde of huilde ik niet.

In het uur daarop werd er een paar keer op de deur geklopt, maar dan glipte Neil telkens naar buiten om de bezoekers af te wimpelen en kwam hij steeds in zijn eentje weer naar binnen. Op een bepaald moment kwam hij naar me toe en zei hij: 'Nora's zus wil graag met je praten. Wil jij met haar praten?'

Ik zei nee en Neil keerde terug naar de gang en kwam alleen weer binnen.

Een tijdje later werd er weer op de deur geklopt, maar deze keer kon Neil hen niet wegsturen. Hij kwam naar me toe en vertelde me dat het een politieman was die met me wilde praten. Hij zweeg even en vroeg me toen: 'Timothy, wil je dat er een advocaat bij aanwezig is?'

Het duurde even voordat tot me doordrong wat hij eigenlijk vroeg.

'Nee, Neil,' zei ik.

'Toch is het misschien niet onverstandig.'

'Nee, echt niet. Het is wel goed. Ik praat wel met hem.'

Hij knikte en liet de politieman binnen. De agent was ongeveer van mijn leeftijd en vond het zo te zien nogal gênant om mijn verklaring af te nemen terwijl ik in bed lag, maar dat kon me niet schelen. Hij vroeg of ik wilde opstaan en ik zei nee. Toen stelde hij me een paar vragen, schreef alles op wat ik zei en ging weer weg. Maar niet voor lang.

Timothy | De dag

Hoe verliep die eerste dag? Ik moet eerlijk toegeven dat ik me in mijn fantasie terugtrok. Ik kon liggend in mijn bed de geluiden in de Bed & Breakfast horen. Ik hoorde de stemmen van de politiemensen en de experts die ze erbij hadden gehaald om de plaats delict te onderzoeken, en de recherche, en god mag weten wie nog meer. Het was voortdurend een drukte van jewelste, maar toch lukte het me op een of andere manier om het allemaal voor redelijk lange aaneengesloten perioden uit mijn geest te bannen.

In mijn hoofd creëerde ik een andere werkelijkheid. Ik beeldde me in dat Nora en ik waren getrouwd, dat ik in bed lag en dat zij naast me lag te slapen. Hoe moest ik het verschil merken als ik mijn ogen dichthield?

De ellende begon zodra ik mijn ogen opendeed.

Ik moest nog meer vragen beantwoorden. Er kwam een vrouw de kamer binnen – ik denk dat ze een rechercheur was, want ze droeg een broekpak in plaats van een uniform – en ze stelde me een reeks vragen die vrijwel identiek was aan de eerste reeks vragen die de politieman me had gesteld. Een paar uur later kwam er een andere man in een pak binnen die precies hetzelfde deed.

Neil bleef niet in mijn kamer. De vrouwelijke rechercheur stond erop dat Neil vertrok. Ze zei dat het van groot belang was dat de aanwezigen niet met elkaar spraken om een zo helder mogelijk beeld te krijgen van wat er was gebeurd. Ze vertelde ons dat mensen vaak onbewust hun verklaring aanpassen aan wat iemand anders zegt wanneer ze met elkaar spreken. Soms haalden ze iets wat echt was gebeurd en iets wat ze alleen maar hadden gehoord door elkaar. Daarom was het belangrijk om iedereen van elkaar gescheiden te houden. Ze konden het weliswaar niet echt eisen, maar... Ze liet het aan ons over om de zin zelf af te maken.

Het kon me niet schelen. Het was fijn dat Neil er was, maar toch vooral omdat hij niet probeerde met me te praten en de anderen allemaal op afstand hield.

Nadat Neil was vertrokken deed ik de deur op slot en ging weer liggen. Korte tijd later klopte er iemand op de deur. Ik reageerde niet. Ik stond zelfs niet eens op. Mijn moeders stem drong door de deur heen.

'Timothy. Ik moet met je praten.'

Ik gaf geen antwoord.

Vervolgens deed mijn vader een poging.

'Timothy. Timothy, we moeten het met je hebben over het in de arm nemen van een advocaat. En ook over hoe je dit verder gaat aanpakken. Timothy?'

Ik gaf ook hem geen antwoord.

Het bleef een tijdlang stil.

Toen werd er weer op de deur geklopt. Ik wachtte, maar niemand zei iets. Er werd nogmaals geklopt, deze keer aarzelend. Ik vroeg me af wie het was – maar ik was niet nieuwsgierig genoeg om op te staan en te gaan kijken. De bezoeker ging waarschijnlijk weer weg, want daarna hoorde ik niets meer.

De tijd verstreek; ik weet niet hoeveel. Het is best mogelijk dat ik heb geslapen. Toen ik mijn ogen weer opendeed was het donker in de kamer. Ik was wakker geworden van iets. Ik hoorde een tikje op de deur en toen Neils stem.

'Timothy?'

Ik stond op en deed de deur een stukje open voor Neil. Hij zei: 'We hebben wat te eten besteld. Ik dacht dat je misschien wel even naar beneden zou willen komen om iets te eten.'

'Hoe kom je daar nou in vredesnaam bij?'

Hij grimaste verontschuldigend. 'Laat ik het anders zeggen. Je zult iedereen op een gegeven ogenblik toch onder ogen moeten komen en ik dacht dat je dat misschien zo snel mogelijk achter de rug wilde hebben.'

Dat was goed bedacht van hem. 'We mogen toch niet met elkaar praten?' vroeg ik.

'Iedereen heeft een verklaring afgelegd. Ze hebben ons gevraagd om nog een of twee nachten te blijven als dat mogelijk is, maar ze hebben het verbod om met elkaar te praten opgeheven. Ik kan ook wat eten voor je naar boven laten brengen. Tenzij je natuurlijk toch beneden wilt komen...'

'Nee, dat wil ik helemaal niet, maar ik doe het wel.'

'Ben je er klaar voor?'

'Ja hoor. Laten we dit maar zo snel mogelijk afhandelen.'

Neil ging voorop en ik liep achter hem aan. Het was erg vreemd. Toen we de trap afliepen had ik het gevoel dat het dagen geleden was dat ik voor het laatst beneden was geweest. Weken zelfs. Ik had het gevoel dat ik in een tijdmachine had vastgezeten en eeuwenlang in die kamer had gezeten.

De aanblik was hetzelfde als die ochtend: eten dat op de eettafel stond uitgestald en mensen die op de banken en stoelen in de ochtendkamer bij elkaar zaten. Toen ik de kamer binnenging zag ik dat mijn vader en moeder er ook waren. Als ik dat had geweten had ik er waarschijnlijk voor gekozen om boven te blijven. Daar was het nu te laat voor.

Mijn moeder zag me vanaf de andere kant van de kamer en kwam regelrecht op me af.

'Moet ik bij je blijven?' vroeg Neil.

'Nee hoor,' zei ik tegen hem. 'Er zijn dingen die je niet van anderen kunt verlangen.'

'Je maakt alweer grapjes,' merkte Neil op. 'Dan voel je je zeker al iets beter.'

'Het was geen grapje,' zei ik.

Ik hoorde dat hij zich lachend omdraaide en naar de tafel liep om wat te eten te pakken.

Mijn moeder kwam naar me toe en bleef pal voor me staan. Ze was uiteraard keurig gekleed in een zwarte rok, een zwart jasje en zwarte pumps. Ik bedacht opeens dat ik bijna nooit naast mijn moeder stond. Ze zat altijd aan het hoofd van de tafel, waar ze enorm veel ruimte leek in te nemen. Nu ik naast haar stond zag ik pas hoe klein ze eigenlijk was. Nora was tenminste nog tot mijn neus gekomen. Mijn moeder reikte amper tot aan mijn kin. Ze moest haar hoofd een beetje achterover tillen om me aan te kunnen kijken.

Ik zette me schrap voor wat nu ongetwijfeld ging komen.

Het kwam echter niet.

Ze vroeg heel rustig: 'Gaat het een beetje, Timothy?'

'Nee. Niet echt.'

Ze knikte. 'Je vader en ik zullen alles doen wat we kunnen om je te helpen. Dat weet je toch, hè?'

'Ja. Tuurlijk.'

'De politie heeft ons verteld dat jouw verhoor morgen op het programma staat. Je vader en ik hebben ervoor gezorgd dat daar een advocaat bij aanwezig is. Als jij liever iets anders regelt of dat al hebt gedaan, laat ons dat dan weten, dan veranderen we de plannen.'

Ik vond het niet prettig dat mijn moeder mijn advocaat had uitgekozen, maar ik had er zelf helemaal niets aan gedaan en wist dat het dwaasheid was om er geen advocaat bij aanwezig te hebben.

'Nee, lijkt me uitstekend,' zei ik.

'Er zullen nog meer dingen moeten worden geregeld, maar één ding tegelijk,' zei ze. 'Nu moet je eigenlijk proberen om iets te eten. We zitten daar, mocht je ons nodig hebben.'

'Ehm, bedankt.'

Ze draaide zich om en wilde al weglopen. Toen bedacht ze zich en ze keek me aan. Ze zei: 'Soms doen we dingen die we niet willen, maar waarover we geen controle hebben. Dat begrijp ik wel.'

Ik snapte niet meteen wat ze bedoelde. Toen begreep ik opeens dat ze dacht dat ik het had gedaan – ze dacht dat ik Nora had vermoord. Ik wist niet of ik boos moest worden omdat ze van het allerergste uitging of geroerd omdat ze me kennelijk duidelijk wilde maken dat het haar niet kon schelen.

Ik hoefde geen antwoord te bedenken, want ze bleef niet wachten. Ze liep terug naar de plek waar mijn vader zat.

Ik zag dat Tammy en Edward op een bank vlak bij mijn ouders zaten. Edward had zijn arm om Tammy's schouders geslagen en probeerde haar zo te zien te troosten.

Nadat ik mijn moeder had aangehoord en nu Edward zo zag, wist ik zeker dat het eind van de wereld naderde. De wereld veranderde in iets onherkenbaars. Alles gaat gewoon verder, maar het is niet meer hetzelfde. De wereld is ondersteboven gekeerd.

Ik ging wat te eten halen en terwijl ik aardappelpuree op een papieren bordje schepte kwam Edward bij me staan.

'Tim, ik wilde alleen maar zeggen... Ik vind het echt vreselijk,' perste Edward er moeizaam uit. 'Als er ook maar iets is wat ik kan doen...'

Ik keek hem aan. 'Ja, ik weet inderdaad wel iets. Zeg me eens eerlijk, heb jij onder een pseudoniem boeken gepubliceerd?'

Hij knipperde met zijn ogen. Die vraag had hij niet zien aankomen, maar hij antwoordde wel.

'Ja,' zei hij alleen maar. 'Dat klopt.'

Ik knikte. 'Gefeliciteerd. Als je het niet erg vindt wil ik er graag eens eentje lezen.'

'Natuurlijk. Dat zou ik fijn vinden.'

Ik keek de kamer rond. 'Weet je waar Nora's zus en moeder zijn?' vroeg ik hem.

'Nee. Ze zijn nog niet beneden geweest,' zei hij.

'En Andrew en Emily?'

'Volgens mij zijn ze naar de stad teruggegaan. De politie heeft tegen Andrew en zijn gezin gezegd dat ze hier niet hoeven te blijven, omdat ze niet in de B & B waren. Ze hebben Emily en Alejandro wel gevraagd om te blijven, maar... nou ja, je weet hoe Emily is.'

'Nee, volgens mij weet ik dat helemaal niet,' bekende ik. 'Maar als ze wilde vertrekken is dat waarschijnlijk wel het beste. Wanneer ga jij terug?'

'Ik blijf hier zo lang jij me nodig hebt,' zei hij.

'Dank je. Ik weet zeker dat het helemaal niets te maken heeft met het feit dat Tammy hier ook nog altijd is,' zei ik.

Hij glimlachte en het was een glimlach die ik volgens mij nog niet eerder op zijn gezicht had gezien. Er ging iets verlegens van uit. Opeens voelde ik pijn in mijn hart. Ik zag op Edwards gezicht een gevoel opdoemen dat ik voor het eerst bij Nora had gehad. Ik voelde iets opstijgen in mijn keel. Tot mijn grote afschuw besefte ik dat ik op het punt stond om te gaan huilen. Ik zette mijn bord neer.

'Ik kan niet...' zei ik.

Meer kreeg ik er niet uit. Ik draaide me om en vluchtte weg uit de kamer. Gelukkig kwam er niemand achter me aan. Op de trap kon ik me niet langer goed houden en zodra ik de deur van mijn kamer eenmaal achter me had dichtgedaan stortte ik echt helemaal in.

Die nacht – ik wil eigenlijk niet al te veel zeggen over die nacht. Het had mijn huwelijksnacht moeten zijn. Het had de mooiste nacht van mijn leven moeten zijn – maar in plaats daarvan was het een verschrikkelijke nacht en ik hoop bij God maar dat ik nooit meer zo'n nacht zal meemaken. Verder kan ik er niets over zeggen. Zulke dingen zijn gewoon niet te beschrijven. Ik stond de volgende dag op in de wetenschap dat ik niet langer dezelfde was en ook nooit meer zou zijn.

Het brein verzet zich tegen het zoeken naar redenen voor zo'n immens verdriet, maar ze zijn er wel degelijk. Bij Nora wilde ik alleen maar voelen dat ze echt van me hield. Ik had er heel even aan mogen proeven nadat Nora me met Celia had betrapt en toch zei dat ze van me hield. Ik dacht dat dit het was; ik dacht dat dit was waarnaar ik al mijn hele leven op zoek was. Na die afschuwelijke nacht – de eerste nacht van een levenlang zonder Nora – besefte ik dat ik me zo druk had gemaakt over de vraag of er wel van mij gehouden werd, dat ik mezelf nooit had afgevraagd of ik wel wist hoe ik van iemand moest houden. Ik ging er automatisch van uit dat het zo was. Die nacht ontdekte ik de waarheid – dat een hart dat nooit gebroken is niet weet hoe het moet liefhebben.

Nadat ze was verdwenen begreep ik pas hoe ik van haar moest houden.

Het politieonderzoek
Hartwonden

Hartwonden veroorzaken onmiddellijk schrikbarende symptomen: pijn; bloedingen, vaak overvloedig, soms licht; hartkloppingen; ademnood; bewusteloosheid. De symptomen zijn afhankelijk van de plek en omvang van de hartwond. Als een hartkamer is opengereten, de kern van het hart is beschadigd of de hartboezem is aangetast, treedt de dood direct in. Gelukkig worden de hartkamers over het algemeen het vaakst geraakt – de linkerkamer vaker dan de rechter. Een kogel of mes kan de hartwand raken zonder de kamer te doorboren. Een dergelijke oppervlakkige wond kan heftig bloeden en het onmogelijk maken om de juiste diagnose te stellen. Het is mogelijk dat een diepere wond, indien klein van omvang, amper bloedt, omdat hij bij elke samentrekking van de hartspier wordt afgesloten door de hartspieren die nauw met elkaar verbonden zijn. Vaak is er aan de buitenkant slechts een geringe hoeveelheid bloed zichtbaar.

Uit *The Practice of Surgery* door James Gregory

Timothy | De volgende dag

Toen ik de volgende dag eindelijk uit mijn hotelkamer tevoorschijn kwam, kwam het hele procedurele apparaat voor mij pas echt goed op gang.

's Ochtends vroeg kwam een politieagent naar mijn kamer om me naar het politiebureau te brengen waar ik verder zou worden verhoord. Ze brachten me naar een kamer waar mijn advocaat (degene die mijn moeder voor me had geregeld) al samen met drie rechercheurs zat te wachten. Twee van hen herkende ik van de vorige dag – de vrouw en man in pak die me hadden ondervraagd – en iemand van het Openbaar Ministerie die aanwezig was om toezicht te houden.

Ik weet natuurlijk niet hoe andere rechercheurs zijn, maar de mijne hadden helemaal niets weg van wat je in films of op televisie ziet. Daar zit altijd minstens één achterdochtig, keihard type bij dat zich agressief gedraagt tegen de verdachte: de 'gemene agent'. Bij mij zaten er drie agenten in de kamer, maar niet een van hen nam de rol van 'gemene agent' op zich. Ze praatten allemaal heel normaal tegen me, respectvol zelfs. De vrouwelijke rechercheur vertelde me dat ze ons gesprek zouden opnemen als ik dat goed vond.

Mijn advocaat kwam direct tussenbeide en zei: 'Nee, natuurlijk vinden we dat niet goed. Aangezien we jullie echter niet kunnen tegenhouden zullen we er gewoon voor moeten zorgen dat er niets op de band komt te staan.'

In tegenstelling tot de rechercheurs was mijn advocaat wel een stereotype topadvocaat (voor wie overigens ook een topbedrag moest worden neergelegd): gehaaid en aalglad. Ik mocht hem meteen vanaf het begin al niet en hij deed niets waardoor ik mijn mening over hem moest bijstellen.

De vrouwelijke rechercheur, die kennelijk de leiding over de zaak had, zei alleen maar: 'Natuurlijk.' Toen keek ze naar mij. 'We kunnen u niet dwingen met ons te praten. Dat beseffen we maar al te goed. We hopen echter dat u een paar vragen wilt beantwoorden.'

Ik knikte.

Zij stelde de vragen en ik antwoordde haar. Ze begon met dezelfde algemene vragen die zowel zijzelf als de andere rechercheur een dag eerder ook al had gevraagd – de reeks gebeurtenissen die was begonnen toen ik wakker werd en eindigde met de komst van de politie op de plaats delict. Ik deed mijn best de vragen zo goed mogelijk te beantwoorden. Er waren dingen bij die ik me domweg niet meer herinnerde en dat zei ik ook tegen haar. Ze knikte alleen maar en noteerde het.

Toen vroeg ze me de gebeurtenissen van de avond ervoor voor haar te beschrijven.

Dat deed ik. Ik liet zelfs het gedeelte met Celia en Marcus niet weg. Dat zou alleen maar dwaas zijn geweest. Ik kon trouwens aan haar zien dat ze dat toch al wist. Ik was ervan overtuigd dat ze de vorige dag met Marcus en Celia had gesproken. Een van hen moest het haar hebben verteld.

Ik zag ook dat ze er beetje van opkeek dat ik haar dat uit mezelf vertelde zonder dat ze het uit me hoefde te trekken en mijn advocaat kreeg zo ongeveer een hartverzakking van zijn inspanningen om me zover te krijgen dat ik mijn mond hield. Ik luisterde niet naar hem. Ik beschreef de gebeurtenissen zo eenvoudig mogelijk. Ik vertelde alles als een zo kort mogelijk krantenbericht: ik was de nacht voor mijn bruiloft met Celia naar bed gegaan. Marcus was binnengekomen. Nora had er eveneens vanaf geweten. We hadden er geen ruzie over gemaakt.

Het probleem was alleen dat niemand in de kamer me leek te geloven.

Vervolgens bombardeerden de drie rechercheurs me met een spervuur van vragen. Op dat punt aangekomen had mijn advocaat zijn pogingen om me tot zwijgen te brengen allang gestaakt en hoewel hun stem heel rustig klonk, kwamen de vragen van de rechercheurs in rap tempo op me af.

Nee, ik zei dat ik niet wist of we nog steeds zouden gaan trouwen.

Nee, ik had haar niet vermoord.

Nee, ik was niet in haar kamer geweest.

Toen ze me vroegen wie het volgens mij kon hebben gedaan, zweeg ik even.

Celia, zei ik toen tegen hen. Celia had het gedaan. Het kon onmogelijk iemand anders zijn geweest.

Daarna stelden ze me dezelfde vragen nog een keer.

Ik gaf hun dezelfde antwoorden.

Toen ze voor de derde keer wilden beginnen greep mijn advocaat eindelijk in. 'Zo is het wel genoeg,' zei hij en ik was het voor de verandering met hem eens.

Mijn advocaat verzamelde al zijn papieren bij elkaar en borg ze weg in zijn aktetas, en we stonden allebei op. Ik merkte dat ik er zo lang had gezeten dat mijn benen stijf waren geworden. Ik wilde al vertrekken maar toen zei de vrouwelijke rechercheur: 'Als u haar echt niet hebt vermoord, waarom wilt u dan de ware moordenaar niet vinden?'

Ik geef eerlijk toe dat ik me ergerde. 'Waarom denkt u dan dat ik hier al die vragen heb zitten beantwoorden?'

'Momenteel bent u onze hoofdverdachte,' zei ze. 'U hebt ons niets verteld waardoor dat verandert.'

'En Celia dan? Ik heb toch gezegd dat zij het heeft gedaan?'

Ze aarzelde even. Ik kon aan haar zien dat ze overwoog of ze iets kon prijsgeven.

Toen vertelde ze het me.

'Wij beschouwen mevrouw Franklin niet als mogelijke verdachte,' zei ze. Ze scheurde mijn theorie – en mijn wereld – met een paar woorden aan flarden. 'Meneer Franklin en zijn vrouw hebben allebei verklaard dat ze elkaar die nacht nadat ze uw kamer hadden verlaten geen seconde meer uit het oog zijn verloren. Ze zeggen allebei dat ze nog geen tien minuten na de... confrontatie de Bed & Breakfast hebben verlaten. We hebben foto's gevonden van hun auto die op de snelweg het tolhuisje passeerde en het tijdstip komt overeen met hun verklaring.'

Ik wist dat Marcus Celia echt niet uit het oog was verloren als hij dat zei. Dat hield in dat Celia het niet kon hebben gedaan.

Ik was geschokt, maar deed mijn best om dat niet te laten merken. 'Ik weet niet wat ik daarop moet zeggen,' zei ik tegen de rechercheurs. 'Ik weet echt niet wie het dan kan zijn geweest.'

'Help ons om daar achter te komen,' drong de vrouwelijke rechercheur aan.

'Ik moet u ten strengste adviseren om nu te vertrekken,' onderbrak mijn advocaat ons.

Nu was het mijn beurt om te aarzelen. Ik wist niet wat ik moest doen. Hoewel de rechercheurs bijzonder rustig en vriendelijk waren, wist ik dat ze me waarschijnlijk alleen maar aan de praat wilden houden in de hoop dat ik me zou verspreken en iets belastend over mezelf zou zeggen. Zoals ze zelf al hadden aangegeven was ik hun belangrijkste verdachte. Ik wilde hen graag helpen om de moordenaar te vinden, maar als ze alleen maar de schuld in mijn schoenen wilden schuiven was ik toch echt niet plan hun dat gemakkelijk te maken. Dat was niet omdat het me ook maar iets kon schelen wat er met mij zou gebeuren. Op dat moment had ik met alle liefde mijn leven gegeven als Nora daarmee werd geholpen. Als ze het mij in de schoenen wilden schuiven zou degene die het had gedaan er ongestraft mee wegkomen.

'Dat moeten jullie toch kunnen afleiden aan het bewijsmateriaal?' vroeg ik de rechercheur.

Een dag eerder had ze zich bereid getoond om de gedachte uit te leggen die schuilging achter het scheiden van getuigen voordat ze met hen spraken en nu legde ze me ook uit wat in een situatie als deze het probleem was met het bewijsmateriaal. Ze vertelde me dat de plaats delict ernstig was aangetast door dat er teveel mensen in de kamer waren geweest. Tammy en ik waren binnen geweest. Daarna was Nora's moeder binnen geweest en blijkbaar was Neil ook naar binnen gegaan om Nora's moeder weg te halen. Daarnaast werd het sporenonderzoek ook nog eens bemoeilijkt doordat het een hotelkamer was; er hadden heel veel mensen in gezeten.

Ik liep terug naar de tafel en ging weer zitten. 'Hoe kan ik jullie helpen?' vroeg ik.

Dat vertelde ze me. Ze vertelde me wat victimologie was en dat ze ontzettend veel zouden hebben aan een zo helder en gedetailleerd mogelijk beeld van het leven van het slachtoffer. Alleen op die manier konden ze inzicht krijgen in mogelijke motieven. Daarvoor waren ze volledig afhankelijk van de mensen die een nauwe band hadden gehad met het slachtoffer. Ik kende stukjes van het verhaal die niemand anders wist.

Ik zei dat ik hun al alles had verteld wat ik wist.

De rechercheur merkte op dat ik hun feiten had gegeven en dat ze meer nodig hadden dan alleen feiten. Ze hadden gevoelens nodig, indrukken. Ze zei dat elke gedachte belangrijk was, hoe onbeduidend ze ook leek.

Ik dacht diep na over wat ze had gezegd. Opeens wist ik dat ze gelijk had. Ik stuurde mijn advocaat weg. Toen vertelde ik hun mijn verhaal. Dit verhaal.

Het verhaal dat ik hun vertelde was helaas niet compleet. Om te beginnen ontbrak Nora's kant van het verhaal. Die zou ik dolgraag willen horen. Zonder haar versie was het hooguit een half verhaal.

Aan mijn verhaal ontbrak overigens nog één stukje.

Het politieonderzoek
Fragmenten uit het politieverhoor van Timothy's familie en vrienden

Fragment uit het verhoor van Tammy Phillips:

'Ik wist het. Ik wist dat dit zou gebeuren. Ik heb het haar nog zo gezegd, maar ze luisterde niet naar me. Ze had nooit uit Kansas moeten weggaan. Ik heb haar gewaarschuwd. Waarom heeft ze toch niet naar me geluisterd?'

Fragment uit het verhoor van Neil Robeson, goede vriend en voormalig werkgever:

'Ik snap het niet, wat wilt u nu precies van me weten? Wie Nora zou willen vermoorden? God, dat is echt een ontzettend belachelijke vraag. Waarom? Nou, daarvoor had u Nora moeten kennen. Het is gewoon onmogelijk dat iemand haar zou willen hebben vermoorden. Onmogelijk. Ja, ik weet het, toch heeft iemand het gedaan. Ik weet het niet. Timothy? Nee. [Verhoorde zwijgt even.] Nee. Ik geloof echt dat hij van haar hield. Ik geloof dat wat zij samen hadden ware liefde was.'

Fragment uit het verhoor van de moeder van het slachtoffer:

'Ik heb haar gewaarschuwd. Het was te mooi om waar te zijn. Zo'n snelle jongen uit de stad die met allemaal mooie beloften komt. Allemaal leugens. Hij

heeft het gedaan. Hij heeft me mijn kleine meisje
afgenomen. Hij heeft haar meegenomen.'

Fragment uit het verhoor van de zus van het slachtoffer, Deirdre:

[Na een lange huilbui zegt de verhoorde eindelijk
bijna onverstaanbaar iets.] 'Ik moet iets bekennen...'

Timothy | Na het verhoor

Ik hield tijdens mijn gesprek met de rechercheurs niets achter. Ik vertelde hun de hele waarheid.

Het is een heel machtig gevoel om de waarheid te vertellen. Om werkelijk alles te vertellen. Ik weet niet of ze me geloofden, maar toen het eindelijk tijd was voor mij om te vertrekken, stonden ze allemaal op om me de hand te schudden. De vrouwelijke rechercheur bedankte me voor mijn hulp en vroeg of ze nog iets voor mij konden doen.

Ik zei ja.

Hoewel de ontmoeting met mijn familie de vorige avond goed was verlopen, wilde ik mijn geluk niet al te zwaar op de proef stellen. Ik vroeg hun dus me te helpen om ongezien naar mijn kamer terug te keren. Dat deden ze. Ze namen me mee via de achteruitgang van het bureau en lieten me door een agent in een onopvallende politieauto terugbrengen. Hij ging als eerste de Bed & Breakfast binnen en kwam terug om me te vertellen dat de kust veilig was.

Het lukte me om ongezien naar binnen te sluipen en naar boven te lopen, en ik had net de deur van mijn kamer opengemaakt en stond al op het punt om naar binnen te glippen, toen ik werd betrapt.

Het was Nora's zus. Ze had waarschijnlijk in haar kamer met de deur op een kier naar me zitten uitkijken.

Ze zei dringend: 'Ik moet met je praten.'

'Dat komt nu niet zo gelegen.' Ik ging mijn kamer in en wilde de deur dichtdoen, maar ze zette haar voet er snel voor.

'Timothy, ik moet je iets vertellen.'

Het was me heus wel gelukt om de deur te sluiten, maar iets in haar stem hield me tegen. 'Kom dan maar binnen.'

Ze kwam binnen. Ik deed de deur achter haar dicht en op slot.

Ze liep naar de stoel bij het raam – de stoel waar Nora twee avonden eerder had gezeten toen ze zei dat ze van me hield.

Ik nam plaats op de rand van het bed.

Deirdre keek me heel even aan; toen wendde ze haar gezicht af. Daarna ontweek ze mijn blik.

Ze tuurde naar haar schoot en haar vingers zaten zo strak om elkaar heen geklemd dat de knokkels wit en bloedeloos waren en de vingertoppen knalrood.

'Ik probeer je al een hele tijd te pakken te krijgen. Ik wilde je vertellen... Ik heb nog niets tegen de politie gezegd... Ik moet er morgen naartoe voor een verhoor en ik weet niet wat ik moet doen. Ik heb niemand anders om mee te praten. Tammy heeft altijd een hekel aan me gehad en volgens mij geldt dat ook voor Neil, Nora's baas...'

Ze praatte onsamenhangend en er was geen touw aan vast te knopen. Ik zei: 'Oké, doe maar rustig aan. Wat heb je de politie nog niet verteld?'

'Ik ben bang dat het misschien mijn schuld is. Ik weet het niet helemaal zeker, maar ik denk dat het nooit zou zijn gebeurd als ik Nora de waarheid had verteld.'

Mijn hart begon sneller te kloppen, maar verder leek alles juist te vertragen. Ik hoorde mijn eigen stem heel beheerst zeggen: 'Wat bedoel je daarmee? Welke waarheid?'

Deirdre haalde diep adem en ik zag dat ze haar vingers nog steviger om elkaar vouwde.

Ze zei langzaam en nadrukkelijk: 'Mijn zus heeft haar leven vergooid en ik heb dat toegelaten.'

'Haar leven vergooid? Wat bedoel je daarmee? Hoezo heeft ze haar leven vergooid? Wil je nu soms beweren dat ze niet is vermoord? Dat ze het zelf heeft gedaan?'

'Nee, dat bedoel ik niet. Ik bedoel niet haar léven. Ik heb het over drie jaar geleden... drie jaar geleden, toen ze weer thuis kwam wonen om voor mijn moeder te zorgen.'

'Daar had jij helemaal niets mee te maken,' zei ik. 'Dat was haar eigen keus.'

'Dat zou ik dolgraag willen geloven,' zei Deirdre zacht. 'Maar hoe kun je nu een echte keuze maken als je de waarheid niet kent?'

'Wat hield die waarheid dan in?' vroeg ik.

Deirdres lippen trilden.

'De waarheid is... de waarheid is dat mijn moeder niet ziek is. Mijn moeder is nooit ziek geweest.'

'Dat snap ik niet,' zei ik, ook al spraken haar woorden voor zich.

Ze probeerde het opnieuw. 'Mijn moeder loog dat ze ziek was, zodat mijn zus weer thuis zou komen wonen.'

'Weet je dat zeker? Hoe weet je dat?'

Ze bewoog haar hoofd even. 'Dat wist ik gewoon. Ik begrijp niet waarom Nora dat niet in de gaten had. Voor mij was het zonneklaar.'

'Hoe kan zoiets nu zonneklaar zijn?' vroeg ik. 'Als iemand je vertelt dat hij of zij ziek is, dat hij of zij kanker heeft, dan geloof je hem of haar toch gewoon?'

'Ik weet het. Ik snap best dat je dat denkt. Daarvoor moet je onze moeder echt beter kennen. Ik geloof nooit iets van wat zij zegt. Er waren nog meer dingen. Om te beginnen de timing. Ze werd vlak nadat Dan, Nora's verloofde, het uitmaakte ziek. Voordat ze uit elkaar gingen kwam Nora regelmatig thuis. Het lag ook voor de hand dat ze na haar afstuderen weer in de stad zou komen wonen. Toen Dan de verloving verbrak was de reden om terug te komen weg en had ze juist een heel goede reden om weg te blijven. En precies op dat moment zou onze moeder dus ziek zijn geworden? Het klopte gewoon niet. Nadat Nora naar huis was terugverhuisd stond mijn moeder niet toe dat ze mee het ziekenhuis in ging. Ze eiste dat Nora op de parkeerplaats op haar bleef wachten. Nora heeft haar artsen nooit ontmoet. Dat mocht ze niet. Wie doet er nu zoiets?'

'Dat zijn allemaal vooronderstellingen,' zei ik. 'Hoe kun je dat nu zeker weten?'

'Ik heb het gecontroleerd. Natuurlijk heb ik het gecontroleerd. Ik heb het ziekenhuis gebeld waar mijn moeder zogenaamd chemotherapie kreeg en ze hadden helemaal geen dossier van haar. Ze vertelden me dat er in hun ziekenhuis nooit iemand met die naam was behandeld.'

'Jij wist het dus, maar je hebt het Nora niet verteld?'

Deirdre gaf geen rechtstreeks antwoord op mijn vraag. 'Ik was ervan overtuigd dat ze zelf wel iets zou gaan vermoeden.'

'Dat was dus niet zo,' zei ik.

'Nee. Dat was dus niet zo.'

'En toch vertelde je haar nog steeds niets.'

'Nee.' Deirdre keek nog altijd niet op. Zo te zien staarde ze naar mijn voeten, maar ik zag aan haar gezicht dat ze eigenlijk niets zag – haar blik was naar binnen gekeerd en terwijl ik haar gadesloeg zag ik haar gezicht vertrekken van walging. Wat ze daar aantrof stond haar helemaal niet aan. Ik kreeg heel even medelijden met haar. Ik kende dat inwendige landschap maar al te goed. Ik was er de vorige avond zelf nog doorheen gelopen.

Haar stem klonk nu zo zacht dat ik me echt moest inspannen om te verstaan wat ze zei toen ze verderging: 'Ergens was ik blij dat ze terugverhuisde. Ik was jaloers op haar. Ik was jaloers omdat het zo goed met haar ging. Ik had mijn studie niet eens afgemaakt en zij ging promotieonderzoek doen in Chicago. Ik was blij dat zij het nu eens zwaar had. Eindelijk. In onze jeugd was ik altijd degene die het het zwaarst had. Ik was de oudste. Ik ving alle klappen op. Mijn moeder reageerde altijd alles op mij af. Ik was degene die werd gestraft, ook al was Nora degene die iets verkeerd had gedaan.'

Ik ving een flard op van een herinnering: een verhaal dat Nora me had verteld over haar moeder die Deirdre in de kast opsloot om Nora te straffen.

Deirdre ging verder: 'Het voelde goed dat Nora nu net zo moest lijden als ik had geleden. Ik weet dat het afschuwelijk klinkt, maar zo voelde ik dat nu eenmaal. Ik zag het op een of andere manier als gerechtigheid. Het ging alleen te lang door... en ik wist dat het niet eerlijk was. Ik was van plan er iets van te zeggen. Echt waar... maar toen verliet mijn man me en ik had het niet gemakkelijk met de kinderen. Ik had geld nodig om mijn flat te kunnen aanhouden. Ik zweer je dat ik het echt heel hard nodig had. Zonder geld zouden we op straat komen te staan. Ik vroeg Nora om geld maar zij had het niet omdat ze mama moest onderhouden. Toen sprak ik mijn moeder erop aan. Ik beloofde haar dat ik Nora niets zou vertellen als zij me geld gaf. Dus gaf ze me geld – en nog meer toen ik dat nodig had. Toen kwam jij op de proppen...'

'En Nora ging met me mee naar New York,' zei ik.

'Een tijdlang was er niets aan de hand. Mijn moeder was ervan overtuigd dat je Nora zou laten vallen en dat Nora dan weer terug naar huis zou komen... maar in plaats daarvan vroeg je haar ten huwelijk.'

'Ik zou hebben gedacht dat je moeder blij was voor Nora,' zei ik.

'Hoe kun je nu blij zijn voor iemand anders als je zelf ongelukkig bent? Als je al zo lang ongelukkig bent? Als je zo ongelukkig bent dat dit het enige is wat je hebt? Als je dan ziet dat andere mensen gelukkig zijn... dan neemt jouw eigen ongelukkige gevoel alleen maar toe. Het hoort helemaal niet zo te gaan, maar zo is het nu eenmaal.'

Ze zweeg even en vroeg me toen: 'Heeft Nora je verteld wat er tijdens het oefendiner is gebeurd?'

'Nee, ze heeft me helemaal niets verteld. Is er iets gebeurd?'

'Onze moeder nam Nora apart bij de wc's en vertelde haar dat ze stervende was. Ze zei dat Nora weer naar huis moest komen om voor haar te zorgen. Ik had wel verwacht dat ze zo'n streek zou uithalen, dus ik had haar gewaarschuwd dat ik Nora alles zou vertellen als ze zoiets probeerde. Toch deed ze het. Ik snap niet hoe ze het in haar hoofd haalde. Ik snap niet waarom ze dacht dat het haar wel zou lukken. Blijkbaar had ze er niet goed over nagedacht. Ik had geen flauw idee dat ze zo ver heen was.'

'Wat zei Nora toen je moeder haar dat vertelde?' vroeg ik. Ik hoorde dat de spanning die ik voelde in mijn stem doorklonk.

'Nora weigerde. Nora koos jou.'

Het had me een heel fijn gevoel moeten geven. Het aangename gevoel ging echter gepaard met een intens verdriet. Hoe had ik me anders moeten voelen nu ik opnieuw hoorde hoeveel ik was verloren?

Deirdre ging verder. 'Ik heb geprobeerd met Nora te praten. Ik heb geprobeerd het haar te vertellen... maar ik kreeg er niet echt de kans voor en ik ging ervan uit dat er nog genoeg tijd was. Ik dacht echt dat er meer dan genoeg tijd was...' Ze begon te huilen. 'Ik weet niet wat ik ervan moet denken. Ik weet niet of mijn moeder deze... deze afschuwelijke daad heeft verricht. Ik heb geprobeerd om met haar te praten, maar...' Deirdre veegde haar neus af aan haar mouw, haalde trillend adem en vervolgde: 'Ik weet niet of mijn moeder alleen maar doet alsof ze gek is of dat ze echt gek is. Ze zegt dat het jouw schuld is. Dat jij het hebt gedaan. Ze zegt dat Nora van gedachten was veranderd en tegen jou had gezegd dat ze weer naar Kansas zou verhuizen, en dat jij dat niet kon accepteren. Ik weet niet meer wat ik moet geloven. Ik denk wel dat ik het weet, maar ergens... Ze is wel mijn moeder. Ik weet niet... Ik geloof niet... Ik wilde jou vragen... Heb jij het gedaan?'

'Nee,' zei ik.

Ze hief een hand op naar haar gezicht en bedekte haar ogen, alsof ze door haar ogen te bedekken het beeld en besef kon wegnemen.

'Ik weet het niet. Ik weet niet wie ik moet geloven...' Ze stopte met praten omdat ze heel hard huilde.

Ik wist dat Nora zou hebben geprobeerd om haar te troosten. Maar Nora was er niet.

We bleven een tijdlang zo zitten. Ik hoorde Deirdre huilen, maar kon alleen maar aan mijn eigen verdriet denken. Ik vroeg me af hoe het kwam dat het zo veel pijn deed. Hoe lang kon ik zo blijven zitten?

Het antwoord luidde: niet erg lang. Ik kon daar niet zomaar blijven zitten. Ik moest iets doen.

Ik stond op en vroeg aan Deirdre: 'In welke kamer zit je moeder?'

Ze keek naar me op. 'Wat ga je doen?'

'Ik ga het haar zelf vragen.'

'Ik denk niet...'

'In welke kamer zit ze?' herhaalde ik. Ik was absoluut niet van plan het zomaar op te geven. Ik was bereid om op elke deur te bonzen tot ik haar vond. Ik denk dat Deirdre dat aan mijn stem kon horen.

'Vijf. Ze zit in kamer vijf,' zei Deirdre.

Ik hoorde dat Deirdre achter me aan kwam toen ik opstond, de deur opendeed, door de gang liep en voor de deur van haar moeders kamer bleef staan. Ik roffelde met mijn knokkels op de deur.

'Wie is daar?' vroeg haar moeder.

'Timothy,' zei ik.

Er viel een korte stilte.

'Ik heb jou niets te zeggen,' klonk haar stem door de deur, iets dichterbij nu.

'Ik raad je aan om de deur open te doen. Nu meteen,' zei ik. Ik liet me echt niet tegenhouden door een gammel slot. Ik was in staat om de deur in te trappen als het moest.

Dat was niet nodig.

Ze deed de deur open en trok zich snel terug aan de andere kant van de kamer met het bed tussen ons in.

Ik liep naar binnen, en Deirdre volgde me en deed de deur achter zich dicht.

'Wat wil je van me? Kom je soms afmaken waaraan je bent begonnen?' vroeg Nora's moeder vinnig. 'Ik ben toch al halfdood. Je kunt de klus nu net zo goed afmaken.' Haar stem klonk schel en een beetje hysterisch.

Hoewel ik razend was zag ik wel dat ze er heel slecht uitzag. Ik had geen medelijden met haar. Mijn enige gedachte was dat het gemakkelijker zou zijn om haar klein te krijgen als ze niet sterk was. Ik was op dat moment tot alles bereid om dat voor elkaar te krijgen. Ik was gekomen om antwoord te krijgen op mijn vraag. Toen ik naar haar keek wist ik het al. Ik kan je niet zeggen hoe, maar ik wist het al zonder het te vragen. Op dat moment wist ik hoe het was om zo kwaad te zijn dat je iemand kon vermoorden.

'Je bent echt walgelijk. Weet je dat wel? Welke moeder vermoordt er nu haar eigen kind? Wat ben je voor monster dat je dat hebt gedaan? Hoe kun je in vredesnaam met jezelf leven?'

Terwijl ik dit zei deinsde ze nog verder achteruit totdat ze van top tot teen bevend in een hoekje wegdook. Ze wees met een trillende vinger naar me. 'Jij bent het. Jij hebt het gedaan. Het is jouw schuld. Jij hebt me mijn dochter afgenomen.'

Ik deed een stapje in haar richting. Ik wilde haar pijn doen en gebruikte daarvoor woorden in plaats van mijn vuisten, omdat ik wist dat die het hardst zouden aankomen. 'Je weet best dat ik haar niet van je heb afgenomen,' zei ik. 'Dat is juist wat je niet kon uitstaan. Je wist dat ze niet kon wachten tot ze weg kon. Niets in de wereld zou haar hebben overgehaald om naar jou terug te gaan.'

'Leugens. Allemaal leugens. Nora was van gedachten veranderd. Ze zei dat ze met mij mee terug zou gaan en toen ze jou dat vertelde heb je haar vermoord.'

Ik dook er bovenop. 'Hoe weet je dat ze met jou terug zou gaan? Deirdre was erbij toen je Nora tijdens het oefendiner vertelde dat je stervende was en haar vroeg om met je mee terug te gaan, en ze weigerde. Wanneer was Nora dan van gedachten veranderd? Toen je later die avond naar haar kamer ging?'

Nora's moeder gaf geen antwoord. Ze schudde alleen maar haar hoofd.

Ik ging verder en stak nog wat dieper met het mes van woorden op haar in. 'Je weet dat Nora van me hield. Dat Nora mij had gekozen. Ook toen je haar vertelde dat je stervende was koos ze ervoor om bij mij te blijven.'

Ik had nog nooit eerder iemand zo totaal zien instorten als zij. Ze beefde zo hard dat het net leek alsof iemand haar bij haar schouders vasthield en haar letterlijk door elkaar schudde.

Ik weet niet waarom ik het zei. Het rolde gewoon uit mijn mond. 'Wat ik niet begrijp is dat jij zo afschuwelijk kon zijn dat je haar vermoordde. Het is echt monsterlijk. Waarom heb je mij niet vermoord? Waarom heb je in godsnaam mij niet vermoord?'

Het was alsof ik een knop had ingedrukt.

'Dat was ook mijn bedoeling,' krijste ze. 'Jij had dood moeten zijn. Maar ik kreeg jouw deur niet open. De deur ging niet open. Het is jouw schuld. Jouw schuld. De deur ging niet open.'

Toen ze dit zei wist ik het opeens weer. Vlak voordat ik in slaap viel was het bij me opgekomen dat Celia weleens zou kunnen proberen om terug te komen, dus was ik opgestaan om de deur op slot te doen.

Ik was gekomen om een bekentenis los te krijgen. Hier had ik echter geen rekening mee gehouden. Dit laatste stukje van het verhaal. Deze speling van het lot waardoor haar moeders beschuldigingen werden bewaarheid. Het was waar: het was inderdaad mijn schuld. Ik had dood moeten zijn. Ik zou er alles voor over hebben gehad om nu dood te zijn. Mijn verraad was de reden dat ik de deur op slot had gedaan. Eén kleine handeling, verricht op het randje van de slaap, bleek het verschil te betekenen tussen leven en sterven.

Ik zou nooit van mijn leven meer een deur op slot doen. Zelfs de deur van mijn hart niet. Geloof me, ik heb het heus wel geprobeerd – maar toen bleek dat het slot kapot was.

Het politieonderzoek
De statistieken

Dat ouders hun kinderen vermoorden is iets wat al eeuwenlang voorkomt en in vrijwel elke bekende maatschappij plaatsvindt, van moderne, geïndustrialiseerde landen tot inheemse bevolkingsgroepen.

Uit *Why Mothers Kill: A Forensic Psychologist's Casebook* door Geoffrey R. McKee

Nora | Postmortem

Voor mij is het verhaal afgelopen, zoals het voor iedereen ooit zal aflopen. Ik vind het daarom ergens wel passend dat ik ook het eind van dit verhaal voor mijn rekening neem, ook al heb ik nooit van eindes gehouden – niet van films, niet van boeken, niet van het leven. Mijn favoriete eind is altijd het eind geweest dat me de illusie schonk dat dingen gewoon doorgingen, almaar door, eeuwig. En ze leefden nog lang en gelukkig.

Zelfs nadat alles is verteld blijven er vragen over. Vragen vormen tijdens het leven het hart van het verhaal. We denken dat de antwoorden er echt toe doen. We denken dat de feiten, zodra ze eenmaal bij elkaar zijn opgeteld, echt iets betekenen.

Timothy wilde mijn kant van het verhaal weten, dus heb ik die bij de zijne gevoegd. Ik weet zeker dat hij me kan horen als hij echt luistert. Hier volgt de rest.

Nadat ik Timothy's kamer had verlaten keerde ik direct terug naar mijn kamer. Ik trok mijn kleren uit en mijn nachthemd aan. Ik deed dit op de automatische piloot, mijn hoofd was volkomen leeg. Opeens bedacht ik: Timothy heeft seks gehad met Celia. Deze gedachte ging vergezeld van een pijnlijke, klemmende greep. Het gevoel verdween ook weer en ik liep naar de badkamer om mijn gezicht te wassen. Toen bedacht ik: ik moet beslissen of ik morgen met hem ga trouwen. Deze gedachte ging gepaard met een aanval van paniek. Ook die verdween weer en ik deed tandpasta op mijn tandenborstel, hield hem onder de kraan en poetste mijn tanden. Toen bedacht ik: ik kan niet met hem trouwen na wat hij heeft gedaan. Deze gedachte bracht een golf van woede met zich mee. Ik pakte de nachtcrème en wreef deze op mijn gezicht en handen. Toen bedacht ik: ik houd van hem. Ik kan het gevoel niet beschrijven. Ik denk dat het liefde was. Ik deed het licht uit en kroop in bed.

Toen werd er op mijn deur geklopt.

Ik overwoog om net te doen alsof ik sliep, maar ik had de lamp op het nachtkastje nog niet uitgedaan en ik wist dat de streep licht onder de deur te zien was, en ik wilde niet dat Timothy zou denken dat ik hem negeerde. Ik stond er niet eens bij stil dat het Timothy misschien niet was.

Ik stond op, liep naar de deur en deed hem open. In de gang stond mijn moeder en ze huilde.

'Mam, wat is er?'

Ze gaf geen antwoord. Ik weet ook niet of ze daar wel toe in staat zou zijn geweest, want ze snikte heel hard. Ze maakte van die trillende schokbewegingen die ontstaan wanneer je niet genoeg lucht krijgt.

'Kom binnen, kom binnen,' loodste ik haar mijn kamer in. 'Ga maar even liggen. Ik haal even een nat washandje.'

Ik liep naar de badkamer, pakte een washandje en hield het onder de koude kraan. Ik wrong het uit, legde het op het blad naast de wasbak, vouwde het op en nam het mee naar mijn kamer. Ze lag midden op het bed, maar huilde nog net zo hard als daarvoor.

Ik ging op het bed zitten, boog me over haar heen en wilde het washandje op haar voorhoofd leggen.

Terwijl ik haar gadesloeg verwrong haar gezicht, en ze hief haar hand op en duwde me fel weg – dat dacht ik op dat moment tenminste.

Als ik me ooit had moeten voorstellen hoe het zou zijn om in het hart te worden gestoken, zou het beslist heel anders zijn gegaan. Dan had ik een felle, bijtende pijn voorspeld. Ik voelde echter alleen maar een zekere druk alsof ze met haar vuist op mijn borst had geslagen. Het deed niet eens pijn, het was meer een soort dreun, maar dan wel een dreun die je eerder voelt dan hoort. Ik bedacht dat ik mijn hoofd even op het kussen moest leggen.

Ik zou hebben gegokt dat doodgaan door bloedverlies gepaard ging met duizeligheid en koud zweet, net als die keer dat ik flauwviel bij de dokter toen er wat bloed moest worden afgenomen. Dat was dus helemaal niet zo. Ik lag daar gewoon en er verspreidde zich een soort warmte door mijn hele lichaam alsof ik in warm water werd ondergedompeld, maar dan vanbinnen.

Op dat moment had ik niet in de gaten wat er gebeurde.

Nu weet ik het wel. Ik kan je zelfs vertellen wat mijn moeder dacht. Ik kan haar gedachten hiervandaan zien. Het is alsof je op de top van een hoge berg zit; je kunt heel ver kijken, maar het is allemaal wel heel klein en heel ver weg. Ik kan gedachten zien, bedoelingen, het verleden en de toekomst – hoewel het bij het verleden en de toekomst soms wel moeilijk te zeggen is wat het verschil is en wat de juiste volgorde is. Het is hetzelfde als met dingen die heel ver weg zijn: het valt niet mee om ze in het juiste perspectief te plaatsen en te zien welke verder weg zijn en welke juist dichterbij.

De politie kwam om onderzoek te verrichten. Het forensische team arriveerde om de plaats delict te bekijken. Ze maakten heel veel foto's van het mes dat met het grootste gemak tussen mijn ribben door was gegleden en mijn hart had doorboord. Ze verwijderden mijn lichaam heel zorgvuldig en namen ook de lakens mee.

Uiteraard was dat allemaal voor niets, want mijn moeder was mijn kamer binnengegaan voordat de politie arriveerde. Later zei ze dat ze niet meer wist wat ze allemaal had gedaan of aangeraakt – daardoor waren de vingerafdrukken op het mes (die van haar waren), de haren en de vezels op het bed (eveneens van haar), al die dingen die als basis voor een rechtszaak dienen, totaal nutteloos.

Het bewijs zou misschien minder nutteloos zijn geweest als het allemaal naar Timothy had gewezen. Dat was namelijk wat er meestal gebeurde. Dat was logisch. Mannen vermoorden hun vriendin; echtgenoten vermoorden hun vrouw. Moeders vermoorden hun kind niet. Dat denken we tenminste, ook al is het niet waar. De politie komt telkens weer opnieuw tot de ontdekking dat mensen feiten niet per se geloven. Ze geloven wat ze willen geloven. Zodra de feiten het geloof tegenspreken, wint het geloof het meestal.

De enige reden dat het hen uiteindelijk lukte om haar in staat van beschuldiging te stellen was de bekentenis die mijn moeder tegen

Timothy en mijn zus had afgelegd. Mijn zus was degene die de politie de waarheid vertelde. Ze ging naar het politiebureau en vertelde hun alles wat ze Timothy had verteld, en ze beschreef ook het gesprek dat daarna tussen Timothy en moeder plaatsvond. In het begin geloofden ze haar niet, maar ze vertelde hun dingen die ze konden controleren: bijvoorbeeld dat mijn moeder tegen me had gelogen dat ze kanker had om me zover te krijgen dat ik weer thuis kwam wonen, en over de wekelijkse tochtjes naar het ziekenhuis waar ik in de auto bleef wachten en mijn moeder in de wachtkamer plaatsnam tot het weer tijd was om te vertrekken. Nadat ze de dingen die Deirdre hen had verteld zelf hadden gecontroleerd, durfden ze het pas te geloven.

Ik zie nu dingen die zelfs Deirdre niet wist. Bijvoorbeeld dat mijn moeder bij het verlaten van het ziekenhuis soms een voorbijlopende verpleegkundige aanhield en dan beweerde dat ze duizelig was. Ze haalden altijd een rolstoel voor haar en reden haar dan naar buiten. Of dat mijn moeder internet afstruinde op zoek naar dingetjes die ze mij kon vertellen om ervoor te zorgen dat ik me ongerust maakte en overtuigd bleef van haar ziekte. Zo kwam ze ook het type kanker op het spoor dat ze het beste kon hebben: leukemie, want dan was het logisch dat ze er niet ziek uitzag en niet hoefde te worden geopereerd. De eerlijkheid gebiedt me wel te zeggen dat het zelfs nooit bij me is opgekomen om te betwijfelen of ze wel echt ziek was. Mijn zus zei het al, mijn hersenen werkten gewoon niet zo. Tijdens ons leven wordt wat we zien beperkt door wat we geloven. Het is een gerechtigheid die niet door een wet hoeft te worden bekrachtigd.

Goed, ik heb nu dus verteld wat ik van het verleden zie. De toekomst laat zich iets lastiger duiden, maar er zijn wel een paar dingen die ik kan onthullen – doe ermee wat je wilt.

Mijn moeder zou worden aangeklaagd, maar de zaak zou nooit voor de rechter komen. Het leven heeft soms een zwart gevoel voor humor. In al die tijd dat ze veinsde ziek te zijn bezocht ze niet één keer een dokter. Waarom zou ze ook? Daardoor werd de vorm van kanker die ze uiteindelijk wel bleek te hebben – en die behandelbaar was – niet opgemerkt. Ze stierf de dag voordat haar zaak zou worden behandeld.

Niet lang daarna overleed Timothy's vader op een maandagochtend aan een hartaanval. Hij had het niet zien aankomen en hij had zijn nalatenschap niet geregeld. De overheid nam er een flinke hap uit. De rest ging naar Timothy's moeder, die daardoor eindelijk de kans kreeg om zelf als investeerder aan de slag te gaan. Ze verloor binnen een halfjaar de helft van het hoofdkapitaal en leerde toen pas haar lesje. De familiediners werden gestaakt en toen dat eenmaal gebeurde, werden ze wat ze altijd waren geweest: vreemden.

En Timothy?

Hij hield nog jarenlang een speciale plek in zijn hart voor mij. Hij was ervan overtuigd dat hij nooit zou trouwen. Dat hield hij heel lang vol. Toen ontmoette hij iemand tijdens een liefdadigheidsbijeenkomst voor het voorkomen van geweld in huiselijke kring. Ze was twintig jaar jonger dan hij maar had in haar leven meer ellende gekend. Ze was haar drie kinderen verloren toen haar ex-man hun huis in brand stak en had ernstige brandwonden opgelopen omdat haar nachthemd vlam had gevat. Desondanks glimlachte, lachte en leefde ze gretiger dan de meeste andere mensen die gezond waren en alle reden hadden om gelukkig te zijn maar dat toch niet waren. Het duurde nog eens vijf jaar, maar uiteindelijk trouwde Timothy met haar.

In zijn hart bleef hij mij echter trouw. Hij dacht jarenlang elke dag aan me. Ten slotte werd dat iets minder – en daar voelde hij zich heel schuldig over. Na gelukkige dagen gaf hij zichzelf er flink van langs omdat hij niet aan me had gedacht. Hij vroeg zich af hoe hij in vredesnaam gelukkig kon zijn terwijl ik er niet was. Hij hield zichzelf voor dat ik degene was die hoorde te leven en dat hij eigenlijk dood had moeten zijn. Ik kan je echter vertellen dat elke zin die begint met 'had ik maar' een leugen is.

Timothy droeg de overtuiging dat ik zijn ware liefde was met zich mee. En dat was eigenlijk bijzonder triest. Het was namelijk zo dat hij gelukkiger was met het leven dat hij nu leefde dan hij ooit met mij zou zijn geweest. Het is inderdaad waar dat hij meer van mij hield – zoals de wereld liefde ziet. Dat soort liefde vreet echter aan je. Het verslindt je met huid en haar; het geeft je geen rust. Van zijn vrouw hield hij op een veel zachtaardiger manier en als zij eerder stierf dan hij, zou hij ook zo om haar hebben getreurd – zachtaardig, met genegenheid, maar zonder het verscheurende verdriet dat hij voor mij voelde.

Dat zijn de feiten en blijkbaar draait het in ons leven altijd om feiten. We kijken naar de statistieken. We zoeken verklaringen en harde bewijzen. We hopen dat we met feiten in staat zullen zijn om de gebeurtenissen in ons leven onder controle te houden of dat de feiten hen in elk geval kunnen verklaren als ons dat niet lukt. We hopen dat ze ons helpen om alles te begrijpen. Dat alles opeens allemaal volkomen logisch wordt. Dat het mysterie wordt ontsluierd. Is het je trouwens weleens opgevallen dat het met feiten net zo is als met een deken die net iets te klein is? Er blijft altijd een stukje van het onbekende onbedekt.

Nu het verhaal voor mij is afgelopen zie ik dat het onbekende niet iets angstaanjagends is. Het is de liefde zelf. Zodra die zich aandient is dat het enige wat oncontroleerbaar, onvoorspelbaar en onbegrensd is. Zelfs hiervandaan, waar alles logisch is, blijft het een mysterie.